W0468964

Andreas Hagemann

Buchwächter

Das Buch der Phantasien

Besuchen Sie Andreas Hagemann im Internet:
www.andreashagemann.com

AH Publishing
Andreas Hagemann
c/o AutorenServices.de
Birkenallee 24
36037 Fulda

info@andreashagemann.com

Buchwächter: Das Buch der Phantasien
3. Auflage

Erstveröffentlichung im Juni 2018
Coverdesign: Alexander Kopainski, www.kopainski.com
unter Verwendung von shutterstock.com
Satz, Schmuckillustrationen: saje design, www.saje-design.de
Illustration (ganzseitig): Andreas Hagemann
Lektorat: Nina C. Hasse
Korrektorat: Claudia Heinen
Druck: booksfactory, 71-063 Szczecin (Polen)

Die Deutsche Nationalbibliothek verzeichnet diese
Publikation in der Deutschen Nationalbibliografie;
detaillierte bibliografische Daten sind im Internet über
http://dnb.dnb.de abrufbar.

ANDREAS HAGEMANN

BUCH WÄCHTER

DAS BUCH DER PHANTASIEN

Für Anja.

Das sind die Starken, die unter Tränen lachen,
eigene Sorgen verbergen und andere glücklich machen.

(Franz Grillparzer)

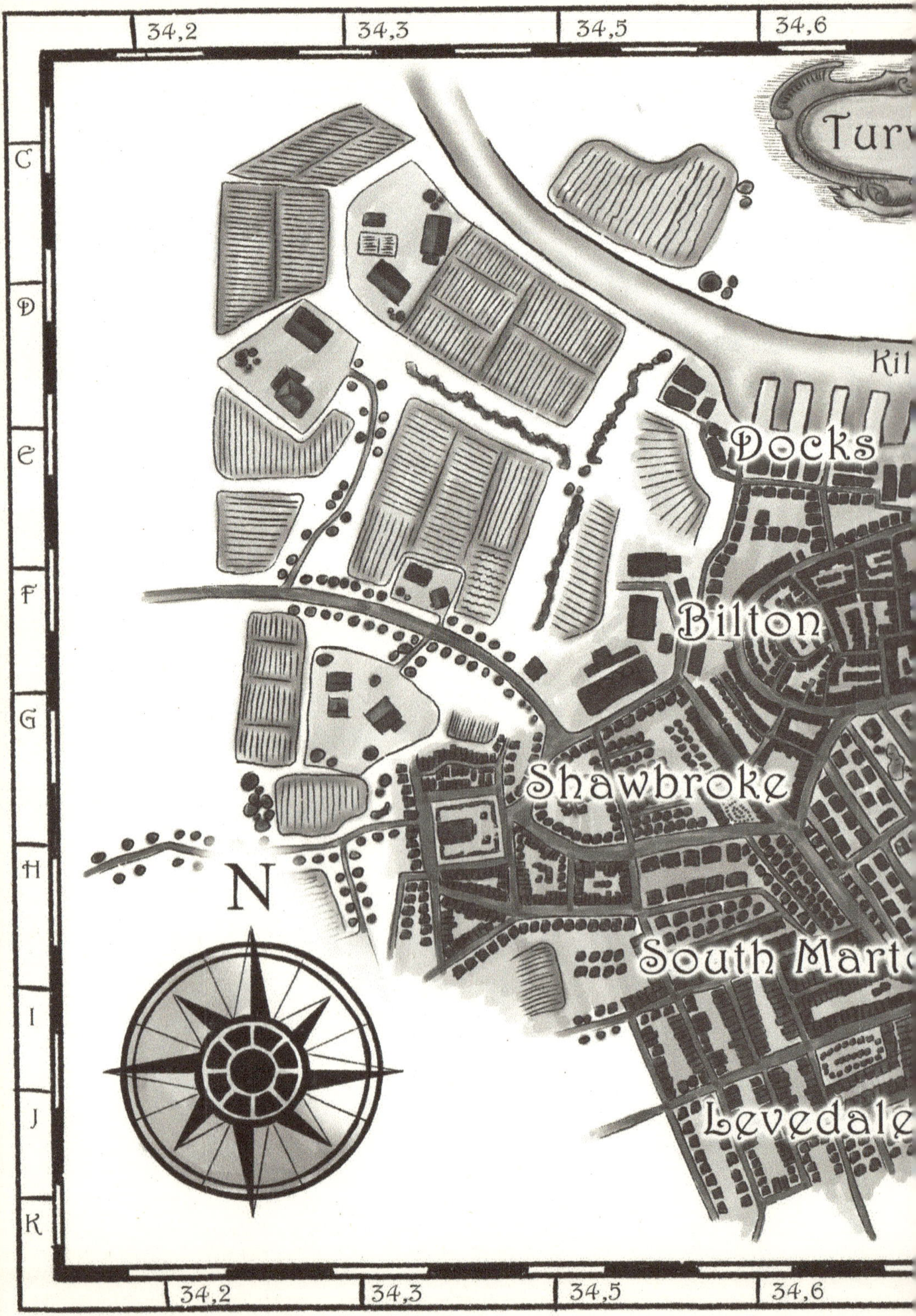
34,2
34,3
34,5
34,6
C
D
E
F
G
H
I
J
K
Turv
Kil
Docks
Bilton
Shawbroke
South Marto
Levedale
N

34,7
34,8
34,9
35,0
35,1
ston
e River
Gilbert's Gate
Greenhill
Rackley
Kingswood Harbour
C
D
E
F
G
H
I
J
K

1

Sein Herz pumpte die Nervosität bis in Finns Ohren. Immer wieder verschwand die Umgebung in rauschendem Nebel.

Das schrille Läuten der Glocke erfüllte das Schulgebäude. Endlich! Finn huschte aus dem Klassenzimmer in den Gang. Der Tross der Mitschüler zog seine schmächtige Gestalt einfach mit sich zur Tür des Gebäudes. Im Meer aus Köpfen kämpfte er rudernd gegen den Strom. Kurz bevor sie ihn auf den Schulhof hinausschoben, entdeckte er dort Gordon und seine Kumpanen Jay und Marvin an der Tür. Sein Herz schien für einen Moment auszusetzen.

Bitte nicht schon wieder Prügel.

Sein Mundwerk glich die Schwächen seiner Statur zwar aus, Hieben hatte er jedoch nichts entgegenzusetzen. Wenn Gordon vorhatte, ihm eins auf die Zwölf zu geben, dann geschah dies in der Regel auch. Wehrte er sich, wurde es nur schlimmer.

Finn bahnte sich einen Weg zum Türrahmen. Er durfte ihnen nicht in die Arme rennen. *Der Seiteneingang!*

Er drängte durch die Massen zurück ins Gebäude und drückte die Klinke der alten Holztür am anderen Ende des Ganges nach unten. Noch nicht verschlossen – Gott sei Dank!

Der Wind trug den Lärm der Kinder über den leeren Seitenhof heran. Zur Öffnung in der kniehohen Mauer mit dem Eisenzaun, die das Schulgelände umgab, war es nicht weit. Dahinter führte ein Weg direkt zur Hauptstraße. Doch es gab keine Bäume oder Büsche, die ihm auf dem Weg dorthin Deckung geben konnten.

Gordons Stimme wehte zu ihm herüber. »Hey, Jasper, sag deiner Mama, sie soll dir morgen was Graues rauslegen. Passt besser zu deinem schmutzigen Gesicht.« Jay und Marvin lachten, obwohl ihr Äußeres selbst keinen Reichtum vermuten ließ. Die Gruppe blickte zum Eingang und kehrte ihm den Rücken zu. Hoffentlich würden sie sich weiterhin den anderen Kindern widmen, damit er ungesehen zur Mauer kam.

Für einen Augenblick schämte er sich für diesen Gedanken, dann nutzte er die Gelegenheit. Er drückte die Tür auf, hastete zum Zaun hinüber und hockte sich hinter die Mauer.

Mit einem lauten Knall fiel die Tür ins Schloss.

Finn zuckte erschrocken zusammen und sah auf. Gordon musste die Bewegung an der Mauerkante bemerkt haben. Ihre Blicke trafen sich. Eine Welle der Angst sorgte für einen eiskalten Schauer. *Scheiße!*

»Schnappt euch den Feigling!«, brüllte Gordon.

Flink richtete Finn sich auf, strauchelte, fing sich wieder. Die drei Raufbolde eilten zum Tor. Die anderen Schüler wurden grob beiseitegestoßen.

Er erreichte die Straße ins Stadtzentrum als Erster. Sein Blick flog zu den drei Verfolgern, die gerade das Tor passierten. Er hatte einen kleinen Vorsprung. Der Gehweg war voller Passanten. Mit schnellen Sprüngen wich er ihnen aus.

»Verdammt, es ist Markt!« Vielleicht bot ihm das eine Möglichkeit, Gordon und seinen Kumpanen zwischen den Ständen des nahe gelegenen Marktplatzes entwischen zu können.

An der nächsten Querstraße blickte er erneut zurück. Wie eine Dampflok stieß Gordon alles und jeden aus dem Weg. Marvin und Jay versuchten, mitzuhalten, doch sie waren zu langsam.

Lautes Tröten von rechts! Finn fuhr herum. Unmittelbar neben ihm kam ein schnaufendes Ungetüm mit riesigen Rädern quietschend zum Stehen. *Ein Dampfwagen!* Finn ignorierte das qualmende Gefährt und hechtete weiter. Passanten liefen kreuz und quer und verstopften seinen Fluchtweg. Er sprang auf die Straße.

Dort vorn endeten die Häuserreihen. Der Marktplatz empfing ihn mit seinen Gerüchen und Geräuschen. Dutzende hölzerne Stände, bespannt mit verschiedenfarbigen Stoffdächern bildeten eine verwinkelte Kulisse, aus der ein halbes Dutzend Schornsteine ragte. Der Duft nach Gekochtem, Gebackenem und Gebratenem lockte die Käufer an.

Gordon hatte ordentlich aufgeholt, wurde aber abrupt von drei Damen gestoppt, die in ein Gespräch vertieft waren. »Du elender ...! Verteilt euch!«, rief Gordon.

Marvin und Jay stoben los.

Zwischen den Ständen drängten sich die Menschen teils so dicht, dass sie wie eine Wand den Weg versperrten. Nun war Finns Körpergröße von einem Meter fünfzig endlich einmal von Vorteil. Er drückte sich zwischen den ausladenden Röcken der Hausdamen und Küchenhilfen hindurch. Sie schirmten ihn unwissentlich vor den Blicken seiner Verfolger ab. Allerdings musste er aufpassen, dass er im Gedränge nicht seine Mütze verlor.

Knallend ging neben ihm ein Obstkorb auf einem Tisch nieder. Finn umklammerte seine Tasche und wich zurück.

»Bleib stehen, damit ich dir die Beine brechen kann!« Gordon schnaufte in Griffweite hinter ihm.

Finn spurtete los und bog rechts ab, nur um gleich darauf Jay an einem Stand mit Haushaltswaren zu erblicken. Gehetzt blickte er sich um.

In der Menschenmenge sah er ein bekanntes Gesicht. Bauer Dunkin!

Zur Linken hatte dieser einen Verkaufsplatz mit Gemüse. Unter seinen Tischen stapelten sich einige Kisten. Dahinter konnte er sich verstecken.

Finn nutzte die Gelegenheit. Er wich zwei Herren aus, rutschte weg und landete vor den Kisten im Dreck. Stöhnend kroch er in die Lücke zwischen beiden Stapeln. Sie boten jedoch zu wenig Deckung und er zog sich unermüdlich weiter bis zum dahinter gelegenen Stand.

Die Auslage war voll mit verschiedenen Sorten von Nüssen. Der Verkaufstisch war so breit, dass er ihm genügend Sichtschutz bot. Vorsichtig spähte er über die Kante. Sein Herz hämmerte in der Brust. Links sah er Marvin, der sich auf Zehenspitzen um die eigene Achse drehte und versuchte, über die zahlreichen Menschen zu blicken.

Wie konnte er diesen Kerl bloß loswerden? Finns Blick fiel auf die Waren in der Auslage, dann wandte er sich um. Der Besitzer des Nussstandes war in ein Gespräch mit einer Kundin vertieft. Auf gut Glück griff Finn in den Korb über sich. *Walnüsse!* Damit war das Werfen ein Kinderspiel. Finn war ein Meister des Steinwerfens, er schlug seine beiden Brüder dabei jedes Mal haushoch.

Allerdings brauchte er etwas zur Veränderung der Flugbahn, sonst würde Marvin sofort in seine Richtung schauen. Eine Dame mit einem riesigen Schirm lief an Marvin vorbei. Gleichzeitig tat sich ein schmaler Korridor zwischen den Marktbesuchern auf. Er zögerte nicht, sprang auf, zielte und warf. In hohem Bogen zischte die Nuss über die Köpfe hinweg, prallte vom Stoff des aufgespannten Schirms ab und landete genau auf Marvins Schulter.

Volltreffer! Was für eine Glanzleistung!

Am liebsten hätte er einen lauten Jubelruf ausgestoßen, doch dazu kam er nicht mehr. Jemand packte ihn am Handgelenk.

»Hast du geglaubt, du könntest mir entwischen?« Gordons überhebliches Grinsen entstellte sein feistes Gesicht. Für einen Augenblick war Finn wie gelähmt, doch schnell formte sich ein klarer Gedanke. Er schob seinem Angreifer die restlichen Nüsse in die Tasche.

»He, der klaut Ihre Nüsse!«, rief er laut.

Der Standbesitzer erblickte Gordons ausgebeulte Jackentasche und ließ die Kundin augenblicklich stehen. Wutentbrannt stürmte er auf sie zu und packte Gordon bei den Ohren. »Na warte, Bürschchen, dir werde ich Manieren beibringen!«

Gordons Hand löste sich von seinem Arm und Finn nutzte die Gelegenheit zu flüchten. Hinter sich hörte er Gordon jammern, doch sein schlechtes Gewissen hielt sich in Grenzen. Er preschte zwischen Körben, Ständen und Menschen hindurch, eine schmale Gasse vor Augen, die zwei Gebäude voneinander trennte und vom Marktplatz wegführte.

Der Marktlärm entfernte sich, bis nur noch seine Schritte auf dem Kopfsteinpflaster zu hören waren. Er brauchte unbedingt eine Pause und blieb stehen. Erschöpft sank er gegen die Backsteinwand.

»Da vorn ist er!«

Finns Herz machte einen Satz. Jay stand auf Höhe des letzten Standes und deutete auf ihn. Gleich darauf stürmten Marvin und

Gordon um die Ecke. Finn drückte sich von der Wand weg und eilte nach rechts aus der Gasse, nur um gleich wieder stehen zu bleiben.

Eine breite, offene Straße lag vor ihm. Keine Möglichkeit, sich zu verstecken. Wenige Meter entfernt stand ein großer Karren. *Stern & Bolt Winery* stand in schnörkeliger Schrift auf den gestapelten Fässern. Sie waren leer.

Finn huschte hinüber. Das Heck des Anhängers zeigte in Richtung Gasse, die Heckklappe war nicht verschlossen. Ein Glück!

Er hörte die Schritte seiner Verfolger aus der Gasse hallen. Finn hängte sich seitlich an den Wagen, damit man seine Beine unter dem Aufbau nicht sah. Die Jungs schauten nach rechts und links, schienen nicht glauben zu können, dass ihr Opfer nirgends zu sehen war.

»Wenn ich diesen kleinen Bastard in die Finger kriege«, brummte Gordon.

Finn haute gegen die Sicherung der Klappe. Sie bewegte sich nicht. Er schlug noch fester, ignorierte den Schmerz in seiner Hand. Der Splint sprang heraus. Die drei wollten sich in Bewegung setzen, als sie das Geräusch vernahmen und auf den Wagen starrten. Doch bevor sie verstanden, was los war, hatte Finn am Hebel der Klappe gezogen und die Fässer rollten aus dem Karren. Die Jungs stoben auseinander, doch die Geschosse verteilten sich schnell und rissen Finns Verfolger zu Boden.

Finn sprang vom Wagen herab. Für einen Augenblick genoss er seine Überlegenheit, dann eilte er weiter. Ohne zurückzublicken, rannte er die Straße hinunter. Jetzt blieb ihm nur noch einer der Läden als Versteck.

Plötzlich trat ein Mann aus einem Geschäft und versperrte ihm den Weg. Finn wich nach rechts aus. Er schlüpfte durch die offene Ladentür, die hinter ihm ins Schloss fiel.

Hastig sah er sich um. Konnte er sich hier irgendwo verstecken? Links standen schulterhohe Regalreihen. Er hastete dahinter und spähte zum Eingang.

Es dauerte nicht lang, bis die Rufe seiner Verfolger ertönten. Er kauerte sich auf den Boden. Die Schultasche glitt von der Schulter. Als die Geräusche am Laden vorbeizogen, atmete er aus, verschränkte die Arme auf den Knien und ließ den Kopf niedersinken.

Das gibt morgen 'ne ordentliche Abreibung.

Eine ganze Weile saß er so da. Wartete, bis sein Herzschlag sich beruhigte und die Gedanken nicht mehr durcheinanderflogen. Dann erst nahm er die neue Umgebung richtig wahr.

Das Sonnenlicht warf die Fenster als helle Vierecke auf regalgesäumte Wände. Buchrücken. Tausende, wenn nicht gar Zehntausende. Sie waren das stille Publikum des Ladens. Eine weitere Ebene mit Schmökern verbarg sich im hohen Raum, schwebte unter der Decke wie ein eigenes Reich. Zwei Wendeltreppen führten hinauf, fein und geschwungen. Eine Ranke aus Verzierungen schlängelte sich über sie.

Finn wandte sich nach rechts und erschrak. Nur wenige Schritte entfernt lehnte ein älterer Herr an der Ladentheke. Seine Augen wirkten im runden und blassen Gesicht hinter den Brillengläsern wie strahlende Diamanten. Was ihm an Haaren auf dem Kopf fehlte, wuchs umso intensiver um die Wangen, als dichter Busch reichten sie ihm bis zur Brust. Die Hände waren vor dem runden Bauch gefaltet. Im Sonnenlicht funkelte seine Robe wie ein Regenbogen.

So etwas hatte Finn noch nie gesehen. Er sah in warme, gütige und freundliche Augen. Niemals war er jemandem mit solch einer Ausstrahlung begegnet. Er mochte den alten Mann sofort, obwohl er ihn nicht einmal kannte.

Er sieht aus wie ein Zauberer. Fehlt nur einer dieser spitzen Hüte.

Erst jetzt bemerkte Finn, dass er nach wie vor auf der Erde hockte. Hastig sprang er auf und riss die Mütze vom Kopf.

»Ist wohl ein harter Tag, was?«, sprach der Fremde mit tiefer und angenehmer Stimme.

Finn senkte das Haupt, seine Unhöflichkeit war ihm unangenehm. »Tut mir leid, ich wollte Sie nicht stören.«

»Ich nehme kaum an, dass die drei eben deine Freunde waren?«

Finn schüttelte den Kopf. Er nestelte, ohne aufzusehen, an seiner Mütze herum. Es fühlte sich wie eine Standpauke an, obwohl der Mann freundlich war.

»Ich bin Arthur Robinson. Mir gehört dieses Etablissement für Realitätsflüchtlinge. Wie ist dein Name?«

Finn sah überrascht auf. »Finnley Oliver Ward. Meine Freunde nennen mich Finn. Also, würden sie, wenn ich welche hätte«, schob er leise nach.

»Hallo Finn, es ist mir eine Freude.« Sie reichten sich die Hände. Der Junge sah sich um. Hinter der Ladentheke gab es noch eine Tür, ansonsten säumten volle Regale sämtliche Wände. Er konnte den Blick kaum abwenden.

Die Buchrücken waren aus feinem Leder oder farbigen Stoffen. Einige waren aufwendig verziert, andere ganz schlicht. Sie sahen edel und teuer aus. Jedes Einzelne wollte er in die Hand nehmen und in die Geschichte eintauchen. Die Bücher in der

Schule waren anders. Diese hier zogen ihn an, schienen auf ihn zu warten. Finn atmete die staubige Luft ein. Sie war erfüllt vom Duft des Papiers.

»Liest du gern?«, fragte Arthur und riss ihn aus seiner Träumerei.

Finn sah ihn an. »Nein ... ich meine, eigentlich ... ja.«

»Ist die Frage so schwer?«, fragte der Alte schmunzelnd. Finn zog die Schultern hoch. Ursprünglich wollte er laut »Ja!« schreien, denn seine Eltern besaßen nicht viel. Sie waren einfache Bauern, die sich tagein, tagaus mit seinen Brüdern ums Vieh und die Felder kümmerten. Es reichte gerade für die täglichen Dinge, an Bücher war da nicht zu denken. Er genoss den Luxus, zur Schule gehen zu dürfen. Die Hoffnung seiner Eltern war, dass er ihnen und sich selbst durch eine Ausbildung eine bessere Zukunft ermöglichte.

»Ich wünschte, ich könnte mehr lesen.« *Viel mehr.*

Die Augen des Alten strahlten. »Was hältst du davon, bald wieder vorbeizuschauen? Es wäre mir eine Freude.« Der Einladung folgte ein breites Lächeln, das im Bart beinahe unterging. Finn starrte ihn an. So viel Freundlichkeit überraschte ihn. Bisher kannte er überwiegend nur Ablehnung.

»Niemand kann dem Ruf einer guten Geschichte widerstehen, oder?«, sagte der Buchhändler.

Finn nickte. Er setzte die Mütze auf und schwang die Tasche über die Schulter. »Ganz bestimmt komme ich wieder.« Vor der Tür drehte er sich noch einmal um. »Auf Wiedersehen, Mr. Robinson. Und danke, dass ich ...« Er deutete auf den Platz, an den er in Deckung gegangen war. Arthur verstand.

Bevor Finn hinaustrat, schaute er prüfend in beide Richtungen, um sicherzugehen, dass Gordon und seine Schläger nicht auf ihn warteten.

Schließlich eilte er auf direktem Wege nach Hause.

2

Den Kopf auf den linken Arm gestützt, starrte Finn vor sich hin. Mit dem Stift trommelte er einen Rhythmus auf die Tischplatte. Er saß am Rand einer voll besetzten Bank in der Mitte eines kleinen Klassenzimmers, umringt von knapp fünfzehn Mitschülern. Trotz der zugigen Fenster mochte er den Raum. Er schützte ihn vor Gordon, der es vor Mr. Curring nie wagen würde, ihn anzurühren.

Mr. Currings Versuche, ihnen den Dreisatz zu vermitteln, schwebten an Finn vorbei. Es war eigentlich ein Thema, dem er sonst aufmerksam folgte, denn er hatte ein sehr gutes Verständnis für Zahlen. Seine Eltern hatten dieses Talent erkannt und entschieden, ihn als einziges Kind die Schule beenden zu lassen. So konnte er auf dem Markt abkassieren, als auch Milch und Eier an einige Läden verkaufen. Zudem brachte es das Geld für die Schule ein. In aller Frühe lieferte er die Waren aus und brachte auf dem Heimweg die Flaschen wieder mit.

Vor seinem geistigen Auge befanden sich derzeit jedoch nicht Zahlen und Brüche, sondern eine gewaltige Bücherwand, flache Regalstrecken und eine Person in bunt schillernder Robe. Der Buchladen ging ihm nicht mehr aus dem Kopf. Noch gestern auf dem Heimweg hatte es ihn wieder zurückgezogen. Er wollte in den Büchern stöbern, sich in Ruhe umsehen, die Wendeltreppen hinaufsteigen. Mit den Geschichten konnte er dem Alltag und den Verpflichtungen entfliehen. Er schlüpfte gern in die Rolle eines

Helden, bestand Abenteuer und wurde eins mit den starken Figuren, die er so gern sein wollte. Packte ihn eine Geschichte, spann er sie tagelang weiter. Bis Gordons Gemeinheiten ihn wieder in die Wirklichkeit holten. Arthur Robinsons Buchladen faszinierte Finn so sehr, dass er alles andere ausblendete.

Wenn wir in den anderen Stunden doch nur einmal einen Roman lesen würden!

»Ich bin unschlüssig, ob ich Sie langweile oder Sie angestrengt über die Aufgabenstellung nachdenken, Ward.«

Finn schreckte hoch, als Mr. Curring seinen Namen sagte. Sein Stift fiel klappernd zu Boden.

»Solange das Schuljahr noch im Gange ist, erwarte ich Ihre ungeteilte Aufmerksamkeit. Begeben Sie sich zur Tafel und lösen Sie die Aufgabe!«

Irritiert sah Finn am Lehrer vorbei. Er wusste nicht, was Mr. Curring von ihm wollte. Dann entdeckte er den niedergeschriebenen Dreisatz an der Tafel. Unsicher erhob er sich und trat aus der Bank. Sein Fuß landete auf dem Stift. Ratternd rollte er weg und nahm ihm das Gleichgewicht. Finn kippte nach vorn und prallte auf die Tischkante. Schmerz schoss durch seine Schulter und der Raum verzog sich in Streifen. Donnernd landete er mit dem Rücken auf den Dielen. Seine Mitschüler lachten.

Großartig. Ich hätte Artist werden sollen, dann hätten sie jetzt applaudiert.

»Vollidiot«, kam Gordons Stimme aus dem Hintergrund.

»Wood, da Sie Ihren Intellekt offensichtlich nicht vollends ausschöpfen: Wie wäre es, wenn Sie Ward aufhelfen?«, hörte Finn Mr. Curring über sich.

Gordon quälte sich ein »Ja, Sir« heraus, spuckte sich heimlich in die Hand und reichte sie Finn. Dem entging die klebrige Feuchtigkeit nicht, als er sie packte.

»Sehr freundlich«, bedankte Finn sich und schlug Gordon auf die Schulter. Gordons wütenden Blick tat Finn mit einem Lächeln ab.

Er ging zur Tafel und nahm sich die Formel vor. Es war eine simple Aufgabe, deren Ergebnis er ergänzte und dafür Mr. Currings zufriedenes Nicken erntete. Finn mochte den strengen Mann. Unter der harten Schale verbarg sich ein weicher Kern. Dies war bestimmt der Grund, weshalb er den Schlagstock seltener schwang als andere Lehrer. Viel wichtiger war jedoch, dass Mr. Curring nicht blind für Gordons Anfeindungen war.

»Sehr gut.« Mr. Curring klopfte den Kreidestaub von den Händen. »Ich denke, damit haben sich alle einen frühen Schluss verdient. Angesichts des guten Wetters erspare ich Ihnen die Hausarbeit ausnahmsweise.«

Die Schüler packten rasch zusammen und stürmten aus dem Klassenzimmer. Gordon und seine Freunde waren die Ersten. Finns Gedanken trugen ihn wieder in Arthurs Laden und so verharrte er vor der Tafel, bis der Trubel sich legte.

»Ward, möchten Sie noch eine Aufgabe?«

Finn schüttelte irritiert den Kopf.

»Dann schlage ich vor, dass Sie Ihren Klassenkameraden folgen.«

Während Finn seine Sachen verstaute, sah er aus dem Fenster. Gordon und seine Handlanger waren nicht auf dem Schulhof zu sehen. Seltsam, dass sie ihm noch keine Abreibung verpasst hatten.

Das ist bestimmt kein Zufall. Ich muss aufpassen.

Deshalb schaute er in den Gang, dann durch die geöffnete Tür in den Hof, bevor er das Klassenzimmer verließ. Noch im Gebäude traf er eine Entscheidung. Er wollte unbedingt zum Buchladen. Außerdem konnte er einen anderen Weg nach Hause gehen und somit war es unwahrscheinlich, dass er den drei Raufbolden begegnete.

Zwei Fliegen mit einer Klappe!

Er mischte sich unter eine Gruppe Schüler und kam so unbemerkt vom Gelände. Gleich hinter dem Schultor zerstreute sich der Pulk in alle Himmelsrichtungen.

Finn bog in die Levington Street ein, die zum Marktplatz führte und die er gestern bereits auf der Flucht vor Gordon und seinen Handlangern entlanggerannt war. Doch heute konnte er die Stadt und ihr reges Treiben genießen. Schmunzelnd sah er den Damen in ihren ausladenden Reifröcken nach. Es war ihm ein Rätsel, warum sie sich mit Schirmen und riesigen Hüten vor der Sonne schützten. Die Herren wirkten im feinen Zwirn mit Gehstock und Zylinder wie Marionetten, die jemand im Verborgenen lenkte. Finn fand diesen Anblick amüsant, auch wenn er ein wenig neidisch war. Schuhe trug er nur zwischen September und Mai, wenn es zu kalt war, um barfuß zu laufen. Seine beste Kleidung bestand aus einer langen Hose und einem Hemd. Beides war nicht mehr neu, hatte aber wenigstens keine Löcher. Ein Grund mehr, sie unbeschadet an Gordon vorbeizubringen.

Finn genoss den Weg durch den Stadtteil South Marton mit seinen braunen Häuserzeilen, die sich schier endlos aneinanderreihten. Die meisten von ihnen besaßen kleine Fenster, grüne Türen und runde Schornsteine. Aber auch die anderen Viertel hatten solche Merkmale. Da gab es die Industrieviertel Bilton und

Rackley, die im Westen und Osten der Stadt mit ihren qualmenden Schloten wie eine Krone wirkten.

Zwei Kutschen polterten an Finn vorbei. Er stand an der Bolton Street, wo ihn gestern beinahe der Dampfwagen erwischt hätte. Die Straße grenzte einen weiteren Stadtteil ab: Shawbroke. Er bildete das Zentrum der Stadt und war das Viertel mit den Märkten und Geschäften. Hier bekam man buchstäblich alles, sofern man das nötige Kleingeld besaß.

Heute war der Marktplatz leer. Nur einige Dienstmädchen und Mägde, die für ihre Herrschaften die Besorgungen tätigten, standen in Gruppen auf dem Platz und plauderten miteinander. Finn schob die Hände in die Taschen und schlenderte langsam an ihnen vorbei. Für einen Moment lauschte er ihren Sorgen und Nöten ihrer Dienstherren, nur um festzustellen, dass auch Reichtum mit Problemen behaftet war. Er hörte Klagen, dass irgendjemand über irgendwen hergezogen hätte. Finn schüttelte den Kopf. *Das sind doch keine Probleme. Euer Gejammer möchte ich hören, wenn die Ernte ausbleibt oder das Geld für Kleidung fehlt. Das ist echte Not.*

Finn trat in die schmale Gasse, in der er Gordon gestern abgeschüttelt hatte. Der Karren mit den Fässern war verschwunden, stattdessen polterten Kutschen vorüber, Menschen standen vor den Geschäften, drückten ihre Gesichter an die Schaufenster oder bummelten die Gehwege entlang. Finn schlängelte sich zwischen ihnen hindurch. Je näher er dem Laden kam, desto nervöser wurde er.

Die Fassade des Hauses war im Vergleich zu den anderen wenig einladend. Am Erker und den großen Fenstern blätterte die grüne Farbe von den Rahmen, die Scheiben waren schmutzig.

Ein wurmstichiges Schild hing quer über der Front, auf dem in geschwungenen Lettern *Robinson Books and Antiques* stand.

Hier ist wohl so einiges antik.

Finn ging zum Schaufenster. Da warteten sie, die endlosen Bücherreihen. Er musste hinein! Vorsichtig öffnete er die Tür. Eine Glocke kündigte sein Eintreten an. Im Geschäft war es stickig. Er ließ die Tür sanft ins Schloss fallen und sah sich um.

Aus dem Hintergrund ertönte eine tiefe Stimme: »Ich bin sofort da.« Es war eindeutig Mr. Robinson. Mit einem Stapel Bücher auf dem Arm erschien er in der Tür hinter der Ladentheke. »Was darf ich für Sie ...«

Finn zog die Mütze vom Kopf und lächelte unsicher.

Der Alte strahlte. »Wie schön, dich zu sehen, Finn. Ich hoffe, es ist in Ordnung, wenn ich Finn sage?«

Er zuckte mit den Schultern. »Darf ich mich ein wenig umsehen?«, fragte er zögerlich.

»Gewiss, nur zu!«

Er ist nett, obwohl er bestimmt ahnt, dass ich nicht einmal Geld dabei habe. Die Ungeduld schob Finn voran. Er konnte sich kaum entscheiden, wo er beginnen sollte. Es gab unzählige Ecken. »Mr. Robinson, wie viele Bücher besitzen Sie?« Die Frage war nicht wichtig, aber sie half ihm, die Nervosität abzubauen.

»Oh bitte, nenn mich Arthur«, erwiderte der. »Mit diesen Förmlichkeiten fühle ich mich noch älter. Insbesondere aus dem Munde eines jungen Burschen.« Er besann sich wieder auf Finns Frage. »Ehrlich gesagt weiß ich es gar nicht. Irgendwann habe ich den Überblick verloren.« Er stützte die Hände in die Hüften und blies die Luft in seinen dichten Bart. Einzelne Haare flatterten lustig auf.

»Aber woher weißt du dann, was ein Buch kostet?«

»Jahrelange Erfahrung. Und ein wenig Bauchgefühl«, erwiderte Arthur schmunzelnd.

Finn ging am riesigen Wandregal entlang. »Was sind das für Bücher? Enthalten sie alle Geschichten, die es auf der Welt gibt?«

»Nein, das wäre sicherlich schön. Was du dir gerade ansiehst, sind wissenschaftliche Abhandlungen über die Tierwelt: Vögel, wilde Tiere, exotische Lebewesen und einiges mehr. Etwas weiter vorn stehen die Atlanten. Sie beinhalten Karten von Städten bis hin zu ganzen Ländern. Und über dir findest du Abhandlungen zum Thema Wirtschaft und Handel. Ziemlich langweilig, deswegen stehen sie so weit oben«, murmelte Arthur. »Was dich wahrscheinlich eher interessiert, sind Geschichten und Erzählungen, richtig?«

Finn nickte und Arthur bedeutete ihm, zu folgen. Er ging zwischen den Wendeltreppen hindurch, die wie zwei eiserne Wächter wirkten. Den Blick stetig nach oben zum verzierten Geländer gerichtet, sah Finn nicht, wie Arthur stehen blieb, und lief ungebremst in ihn hinein. Seine Finger glitten über den glatten Stoff der Robe. Das Gewebe war so dünn, dass er es kaum spürte. Es strahlte eine angenehme Wärme aus. Erschrocken hielt Finn inne, doch Arthur schien davon nichts mitbekommen zu haben. Er studierte die Buchrücken.

»Da ist es ja.« Arthur zog einen dunkelbraunen Band aus dem Regal, auf dessen Pappdeckel ein ovales Bild mit einem Jungen darin abgebildet war. Den Titel konnte Finn nicht erkennen.

»Diese Geschichte habe ich als Kind verschlungen und immer wieder gelesen. Sie heißt *Pinocchio*. Kennst du sie?« Arthur reichte Finn das Buch.

Robinson Books
& Antiques

»Der Junge ist ja aus Holz!«

»Richtig. Es geht um den alten Holzschnitzer Geppetto, der sich nichts sehnlicher wünscht als einen Jungen und daraufhin eine Puppe bastelt. Über Nacht wird sein Wunsch erhört. Pinocchio merkt bald, dass er anders ist, und so wächst in ihm der Wunsch, ein richtiger Junge zu werden. Ich habe es jedes Mal in einem Rutsch durchgelesen.«

Eine Pause entstand, in der Finn die feine Zeichnung betrachtete. Ihm gefielen die Details.

Schließlich wollte er es Arthur zurückgeben, doch der hob abwehrend die Hand. »Nimm es mit«, drängte Arthur ihn. »Du musst mir nur versprechen, es zurückzubringen, nachdem du es gelesen hast.«

Wie einen Schatz presste Finn sich das Buch gegen die Brust. »Ich verspreche, sehr gut darauf aufzupassen.«

Irgendwann erwachte er wie aus einem wunderschönen Traum und der Schreck fuhr ihm in die Glieder. »Wie spät ist es?«, fragte er.

Mit dicken Fingern fischte Arthur eine Taschenuhr aus dem Umhang und hielt sich das Zifferblatt dicht vor die Augen. »Gleich drei Uhr.«

Warum hatte er so getrödelt? Finn drehte sich zum Eingang. »Ich komme zu spät!« Noch während er zur Tür lief, rief er ein »Danke« über die Schulter.

Er spürte den Blick des Buchhändlers in seinem Rücken, als er ihn allein zwischen all den Geschichten zurückließ.

Ohne Pause rannte er mit der Kiste voll Milchflaschen den ganzen Weg nach Hause, um die Verspätung wettzumachen. Seine Eltern mochten es nicht, wenn ihr Tagesablauf durcheinander geriet. Er eilte zum Brunnen, wusch die Flaschen im Wassertrog aus und flitzte über den Hof ins Haus. In Windeseile wechselte er seine Schul- gegen die Arbeitskleidung. Der Rest des Tages verging wie im Flug mit Ställe ausmisten, die Hühner und Schweine füttern sowie seinen Brüdern beim Abladen und Säubern der Gerätschaften helfen.

Dies alles wiederholte sich tagein, tagaus. Jeder in der Familie hatte seine Aufgaben. Die Arbeit war notwendig, machte ihm häufig auch Spaß. Es sei denn, es regnete. Dann war der Hof eine einzige Schlammgrube, die Arbeit doppelt so schwer und Finn erschöpft, noch bevor die Sonne unterging.

Als Abschluss wartete das gemeinsame Abendessen.

»Wie viele Tage habt ihr noch in diesem Schuljahr?«, fragte seine Mutter Olivia.

Finn kaute bereits auf dem ersten Happen. »Mur moch ... bis Emde mächster Woche.«

Sein Bruder Corvin schüttelte den Kopf. »Beiß doch noch mal ab. Was ist mit Gordon? Hat er dich noch auf dem Kieker?«

Finn hob die Schultern. »Habt ihr den Pflug reparieren können?«, wich er aus.

»Allerdings. Und für meinen genialen Einfall hat mich übrigens noch keiner gelobt«, mischte sich sein älterer Bruder Jasper ein und stellte einen Krug Milch auf den Tisch. Er grinste erwartungsvoll in die Runde.

»Da denkst du einmal mit und schon erwartest du, dass man dir über den Kopf streichelt«, maulte Corvin.

»Jungs, vergesst das Essen nicht«, mahnte Olivia. Sie zog den Stuhl für ihren Mann zurück, der mit einer Schale Tomaten an den Tisch trat.

Corvin goss sich Milch ein. »Jetzt sag schon: Drangsaliert dich dieser Dummkopf immer noch?«

Finn verdrehte die Augen. »Solange er weiterhin auf die gleiche Schule geht, wird er das tun. Er kann ja sonst nichts. Aber es sind zum Glück nur noch ein paar Tage bis zu den Ferien.«

Finn war neun und ging in die vierte Klasse. Damit lagen noch etliche Jahre mit Gordon vor ihm. Es sei denn, ein glücklicher Umstand sorgte dafür, dass sich ihre Wege trennten.

»Wann ist die Weizenernte geplant? Noch vor Ende des Schuljahres?«

»Warum? Willst du dich drücken oder helfen? Das weißt du doch so gut wie wir auch«, stichelte sein Vater Jonathan, der für gewöhnlich schwieg. Die Familie sah ihn überrascht an. Dann prusteten Jasper und Corvin los. Finn ging nicht darauf ein. Es reichte, dass seine Brüder ihn regelmäßig aufzogen. Sein Vater strich ihm über den Kopf.

»Jasper, wie lief eigentlich das Treffen mit dem Mädchen vom Hof der Torlins? Wie hieß sie noch gleich ... Anna?« Finn stach in eine offene Wunde. Sein Bruder war fünfzehn und damit alt genug zum Heiraten. Allerdings besaß er nicht das Talent, die Mädchen für sich zu gewinnen. Eine stieß er vom Steg in den See, eine andere begrub er unter einem Heuhaufen und Finn erinnerte sich an Sträuße aus Blumen, die große Pusteln auslösten. Jasper lief rot an. Das war Antwort genug.

»Sag einfach Bescheid, wenn ich dir helfen kann«, schob Finn mit stolz geschwellter Brust nach.

Nun lachte Jonathan laut los.

Während sie erzählten, aßen und tranken und Finn tapfer die Späße seiner Brüder ertrug, verschwand die Sonne allmählich. Im Haus wurde es dunkel und schließlich waren die Kerzen am Tisch die einzigen Lichtquellen. Die Müdigkeit schwappte über die Familie hinweg, das Gespräch verstummte nach und nach. Zeit, schlafen zu gehen.

Das Haus bestand aus einem einzigen großen Raum. In einer Nische stand das Bett seiner Eltern, darunter befand sich das Ausziehbett für ihn und seine Brüder. Jonathan löschte die Kerzen, augenblicklich fielen Jasper und Corvin in tiefen Schlaf.

Dann erinnerte sich Finn an das Buch. Plötzlich war er wieder hellwach. Er wartete, bis er das gleichmäßige Atmen seiner Eltern hörte, und stahl sich aus dem Bett. Auf Zehenspitzen schlich er zur Tasche, die er neben der Tür abgestellt hatte, und nahm das Buch heraus. Zum Lesen hatte er die Kerzenstummel aus der Stube gesammelt und sie oben in einem Regal versteckt. Sie brannten nicht lange, erfüllten aber ihren Zweck. Er legte das Buch auf den Tisch, löste die gute Kerze aus dem Halter und steckte den Stummel hinein. Beim Zischen des Streichholzes horchte er, ob sich jemand regte, doch alles blieb still. Vorsichtig zog er den Stuhl zurück und setzte sich. Mit beiden Händen nahm er das Buch in die Hand. Wie edles Porzellan hielt er es fest und zögerte, es aufzuklappen. Er betrachtete eine ganze Weile den Einband mit dem Bild des hölzernen Jungen, der seinerseits den Leser neugierig anzuschauen schien.

Was für eine verrückte Idee, eine Holzpuppe lebendig werden zu lassen. Genauso ungewöhnlich hätte er die Welt um sich herum am liebsten. *Die Menschen würden so vielleicht mehr lächeln.*

Der Buchdeckel knarzte beim Öffnen. Finn begann zu lesen und vergaß die Angst, erwischt zu werden. Seite um Seite verschlang er die Geschichte, die Bilder in seinem Kopf trugen ihn davon. Er schlich hinter Meister Geppetto durch die kleine Werkstatt und sah zu, wie Pinocchio entstand. Feine Stimmen ertönten, begleiteten das Geschehen, bis sie so laut wurden, dass er glaubte, jemand sei mit ihm im Raum. Das Buch sank auf den Tisch und Finn starrte in die Dunkelheit. *Habe ich mir das eingebildet?* Das Haus war nach wie vor ruhig. Nur sein Herz pochte und der Wind strich ums Gebäude. Lächelnd schüttelte er den Kopf und las weiter.

Holz knarzte.

Finn schreckte hoch. Sein Blick wanderte hastig zur Schlafecke. Weder die Eltern noch seine beiden Brüder hatten sich bewegt. Unheimlich! Er sah sich noch einmal im Zimmer um, entzündete einen neuen Kerzenstummel und las weiter. Die Erzählung riss ihn erneut mit sich. Er folgte den Abenteuern des hölzernen Jungen bis zum Schluss. Finn atmete langsam aus, als er das Buch schließlich zuklappte. *Was für eine ungewöhnliche Geschichte.* Mit dem Handrücken rieb er sich die brennenden Augen. Er legte den Kopf auf die Arme, um die Geschichte für einen Augenblick weiter kreisen zu lassen. Erfüllt von den letzten Sätzen schlief er ein.

Die Sonne schickte bereits die ersten Strahlen durchs Fenster.

3

Die Wolke trieb langsam im Wind dahin. Unter all den weißen Gebilden war ihr graues Kleid nicht zu übersehen. Sie blickte zufrieden auf die grüne Szenerie, in der kleine Häuser wie bunte Pilze verteilt standen. Neben ihr zog ein Planet vorbei. Ein Junge stand darauf, sein blondes Haar wehte ihm um den Kopf. Der kleine Prinz winkte ihr und sie erwiderte seinen Gruß mit einem Lächeln. Er war eine Phantasie. Das Ergebnis der menschlichen Einbildung. Sie entstanden in erster Linie durch das Lesen ihrer Geschichten. Aber auch Träume und das Denken an sie verlieh ihnen Kraft. Sie waren per se weder gut noch böse, sondern das, was die Menschen ihnen angedachten. Wie in einem Theaterstück, in dem die Charaktere für eine kurze Zeit eine Rolle spielten.

Der Ort, über den die Wolke gemütlich hinwegsegelte, war die Vorstellungskraft der Menschen. Auch die Wolke war eine Phantasie. Die erste von ihnen entstanden aus dem Gedanken an die Menschheit selbst. Sie wandelte in ihren Träumen, schwebte durch ihre Wünsche und blickte auf ihre Hoffnungen. Doch sie war ebenso die Verbindung zu allen Phantasien. Sie fühlte, wie es ihnen erging, spürte die Sorgen, das Interesse an ihnen und noch viel wichtiger: Merkte, wann sie verloschen.

Phantasien existierten, solange die Menschen an sie dachten. Verschwanden ihre Bücher, las man nicht mehr ihre Geschichten, wurden sie zu Schemen und verschwanden.

Eine Gruppe junger Drachen riss die Wolke aus ihren Gedanken. Mit waghalsigen Manövern wirbelten sie um ihre Feuersäulen und jagten sich durch den Himmel. Ihre Farben strahlten, denn ihre Geschichten erfreuten sich großer Beliebtheit.

Doch der Schein trog.

Die Menschen hatten immer weniger Zeit zum Lesen und Kinder wurden zunehmend ohne Gutenachtgeschichten ins Bett geschickt. Sorgen und Nöte füllten die Köpfe, die Arbeit stahl zusätzlich die freie Zeit.

Die Phantasien wurden weniger. Tag für Tag. Was konnte sie tun?

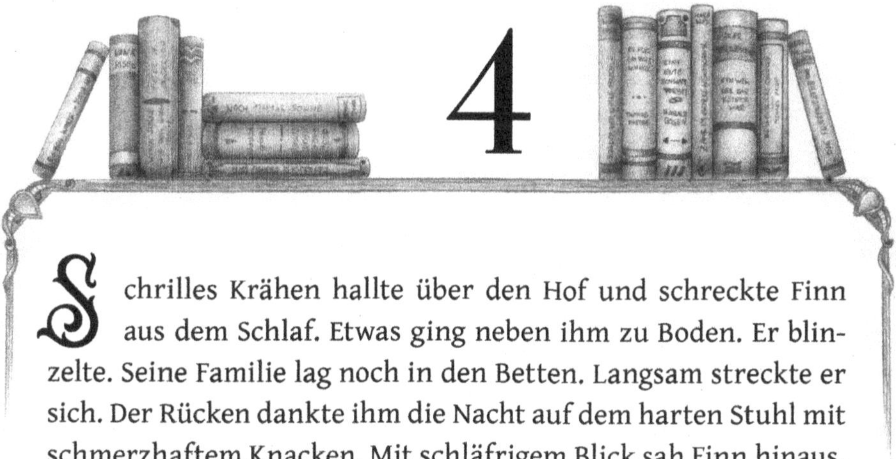

4

Schrilles Krähen hallte über den Hof und schreckte Finn aus dem Schlaf. Etwas ging neben ihm zu Boden. Er blinzelte. Seine Familie lag noch in den Betten. Langsam streckte er sich. Der Rücken dankte ihm die Nacht auf dem harten Stuhl mit schmerzhaftem Knacken. Mit schläfrigem Blick sah Finn hinaus.

Es kann unmöglich schon früher Morgen sein!

Müde lehnte Finn sich zurück und rieb sich übers Gesicht. Sämtliche Muskeln schmerzten und das Aufstehen fiel schwer. So übersah er das Buch, das aufgeklappt auf dem Boden lag. Er strauchelte, als es unter ihm wegglitt und er unsanft auf dem Holzboden landete.

Verflucht noch mal! Oh nein ...

Bestürzt hob er das Buch auf. Es sah schlimm aus. Der Steg war gebrochen, Dreck hatte sich in die offenen Seiten gerieben und einige Blätter hingen lose heraus.

Das wird Arthur mir nie verzeihen!

Es raschelte in der Nische. Das Poltern schien die anderen geweckt zu haben. Er hastete zur Tasche und verstaute das Buch, bevor es jemand sah, und drückte rasch eine Kerze auf den runtergebrannten Stummel im Kerzenständer.

Wie soll ich das nur wiedergutmachen? Es ist doch eine von Arthurs Lieblingsgeschichten!

Heute fiel es Finn schwer, dem Unterricht zu folgen. Seine Gedanken kreisten um einen Vorschlag, den er Arthur wegen seines Missgeschicks unterbreiten konnte. Er wollte ihn auf keinen Fall enttäuschen.

Der Unterricht zog sich. Da nutzte es auch nichts, dass die letzten beiden Stunden wegen eines kranken Lehrers ausfielen. Selbst das Läuten der Glocke hielt Finn für eine Täuschung. Trotz des Sonnenscheins wollte keine Freude bei ihm aufkommen, Arthur wiederzusehen. Als er endlich beim Laden ankam, dauerte es eine ganze Weile, bis er sich überwand, die Tür zu öffnen.

Arthur hatte nicht so früh mit ihm gerechnet. Finn legte das Buch zögerlich auf den Tresen. Mit zitternder Stimme erklärte er: »Es tut mir unendlich leid. Ich war unaufmerksam ... Das hätte nicht passieren dürfen.«

Arthur schaute ohne jede Regung aufs Buch hinab.

»Ich ... ich möchte das gerne wiedergutmachen! Geld habe ich keines, aber ich kann den Schaden abarbeiten«, sagte Finn in dem Versuch, Arthur milde zu stimmen.

Der sah ihn eindringlich an. Finn stand barfuß vor ihm, die Kleidung so einfach und schmucklos, wie sie nur sein konnte. »Ich danke dir für deine Ehrlichkeit. Nur wenige haben die Courage dazu. Du hättest auch einfach fortbleiben können.«

»Ich habe daran gedacht«, gestand Finn kleinlaut. »Allerdings hast du für das Buch bestimmt hart gearbeitet. Es wäre nicht anständig gewesen, einfach wegzubleiben.«

Arthur nickte anerkennend. »Wie hat dir die Geschichte gefallen?«

Finn zog die Stirn kraus. »Ich mochte Pinocchio. Allerdings ist er faul und ein Feigling dazu. Wie kann man seine Freunde im

Stich lassen? Er hat sich durch Dummheit in eine blöde Situation gebracht. In etwa so wie ich gerade.«

Arthur war von dieser Antwort überrascht. »Richtig. Aber auch wenn er sich selbst im Weg stand, hat er sein Ziel nie aus den Augen verloren. Und ich könnte hier tatsächlich etwas Hilfe gebrauchen.«

»Womit soll ich anfangen?« Finns Schultasche polterte auf den Boden.

Arthurs Bart verbarg sein Schmunzeln. »Vielleicht räumst du deine Sachen erst einmal hinter den Tresen.«

Finns Gesichtsausdruck veränderte sich plötzlich. »Um halb drei muss ich allerdings los.« Er wollte nicht schon wieder zu spät nach Hause kommen.

Arthur sah auf die Taschenuhr. »Dann haben wir noch gut zwei Stunden.« Der Alte nahm sich zunächst die notierten Bestellungen vor. Die Zettel waren im Nu für die weitere Bearbeitung sortiert.

Finn zeigte auf drei Kisten hinter dem Tresen. »Was ist mit denen hier? Müssen die ausgepackt werden?«

»Immer mit der Ruhe, mein Junge. Zuerst die Bestellungen. Der Bote wird bald hier sein.«

Finn wurde ins Büro hinter der Ladentheke geschickt, um Packpapier zu holen. Im Türrahmen blieb er mit offenem Mund stehen. Der Raum glich einem Wohnzimmer. Ein dicker Teppich dämpfte seine Schritte, die Wände waren hüfthoch getäfelt, darüber hingen dicke dunkelrote Tapeten. Links in der Ecke standen zwei massive braune Schränke. Rechts protzte ein breiter, schwerer Schreibtisch, hinter dem ein gewaltiges Bullauge Licht hereinließ. Zwei Ledersessel dienten als Sitzgelegenheit. Finn ging zur Kommode, um das Papier herauszunehmen.

»Hast du es gefunden?« Arthur lehnte neugierig in der Tür.

»Der Raum gefällt mir.« Er nahm rasch das Papier und eilte zurück in den Verkaufsraum. Auf der Theke stand bereits ein Stapel Bücher, daneben lag ein aufgeschlagenes Heft.

»Ich werde dir gleich einen Titel nennen und du suchst das entsprechende Buch aus dem Turm heraus«, erklärte Arthur geduldig. »Wie sieht es bei dir mit dem Einpacken aus?«

»Du meinst wie ein Geschenk?«

»Wie ein Geschenk, richtig.«

»Kein Problem.« Finn wartete gespannt darauf, dass Arthur den ersten Titel vorlas. Der setzte sich eine Brille auf und tippte mit dem Zeigefinger auf die erste Zeile. »Pinocchio. Das kommt mir irgendwie bekannt vor.«

Für einen Moment verflog Finns Freude. Sein Missgeschick tat ihm noch immer leid. »Eine gute Wahl, wie ich finde«, meinte er mit gespielter Freude. Der Band steckte mitten im Stapel. Er musste sich auf die Zehenspitzen stellen, um ihn herauszuziehen. Dann schnappte er sich einen Bogen Packpapier und begann.

Arthur genoss die Gesellschaft seines Gastes. Es erinnerte ihn an die Zeit mit seinem Vater. Genau wie Finn heute hatte Arthur selbst oft im Laden ausgeholfen. Mit dem gleichen Eifer hatte er jede freie Minute hier verbracht. Und gab es einmal weniger zu tun, las er eine Geschichte nach der anderen, einige der Bücher besaß er sogar heute noch. Doch vieles hatte sich verändert. Die Fenster waren trüb geworden und die Rahmen brauchten dringend einen Anstrich. Drinnen sah es nicht besser aus. Die Handläufe waren abgegriffen und etliche Regale drohten, unter der schweren Last nachzugeben. Es wurde Zeit, dass ihm jemand zur Hand ging, um den Laden wieder auf Vordermann zu bringen.

»Fertig!«, rief Finn. Das eingepackte Buch hatte eher etwas von Faltkunst.

»Was ist das?«

Finn lachte. »Ich habe nicht gesagt, dass ich es gut kann.«

Arthur schnappte sich das Buch, entfernte das Papier und zeigte Finn, wie man es mit wenigen Handgriffen einpackte. Finn wickelte Paketband drumherum und Arthur schrieb die Anschrift des Empfängers darauf.

Nach und nach wurde der Bücherstapel kleiner. Pünktlich zum letzten Päckchen ertönte die Türglocke.

Ein Postbote in dunkelblauer Uniform betrat das Geschäft und begrüßte den Buchhändler mit Handschlag. Arthur drückte dem Boten Geld in die Hand und dieser verbeugte sich, nahm die Pakete für die Kunden, lüftete die Mütze zum Gruß und ging wieder. Die Türglocke schwang leise nach.

»Können wir jetzt die Pakete auspacken?«, fragte Finn, kaum dass die Tür wieder ins Schloss gefallen war.

»Meine Güte, wo nimmst du nur die Energie her?« Arthur schlurfte um die Theke herum und inspizierte die Aufschriften. Dann tippte er auf das größte Paket der neuen Buchlieferung und erklärte Finn, wo und wie die Atlanten einzusortieren waren. Der Junge ließ sich nicht lange bitten und hievte die Kiste zu den Regalen am Fenster. Dort schob er die Bücher im Regal zurecht, sodass genug Platz für die neuen war.

Das feine Klingeln der Glocke ertönte erneut. Dumpfe Schritte waren auf dem Holzboden zu hören, begleitet vom Klacken eines Gehstocks. Arthurs Freude verschwand schlagartig.

»Arthur, mein lieber Freund!« Die Stimme, die erklang, war hoch und überhöflich. »Ich hoffe, die Geschäfte gehen gut?«

Arthurs Blick zeugte von Abneigung und Verachtung. »Soweit gut. Was willst du, Nepomuk?«

Das kantige Gesicht seines Gegenübers verzog sich zu einem hämischen Grinsen. »Ich denke, du weißt, weshalb ich hier bin.«

»Und meine Antwort ist die gleiche wie immer. Ich habe das Buch nicht und kann es dir ebenso wenig besorgen.«

Der Fremde wippte auf den Gehstock gestützt vor und zurück. »Arthur, warum lassen wir diese Albernheiten nicht? Wir wissen beide, dass du es besitzt. Und wie für alles im Leben gibt es auch dafür einen Preis. Nenn ihn mir und ich werde ihn bezahlen.«

Arthur stieß die Luft verächtlich aus und stützte sich auf die Ladentheke. Nur mit Mühe konnte er seinen Unmut zurückhalten.

Finn lugte neugierig zur Theke und erblickte einen Mann. Für einen Erwachsenen war er klein, wirkte durch die aufrechte, selbstbewusste Haltung aber wie jemand, der sich für wichtig hielt. Alles an ihm sah teuer aus. Der helle Stoff des Anzugs war in Anbetracht der dreckigen Stadt mehr als ungewöhnlich, wenn nicht sogar verschwenderisch. Seine Hände steckten in braunen Handschuhen, die zu den gleichfarbigen Schuhen passten. Beide waren aus feinem Leder. Dann fiel Finn der Gehstock auf. Die ihm bekannten Exemplare waren gerade Stöcke aus stabilem Kastanienholz. Dieser hier sah aus wie ein tiefschwarzer, knorriger Ast. Griff und Spitze waren unter den zahlreichen Windungen kaum als solche zu erkennen.

Mit einem Mal ging ein Zittern durch dieses Ding. Ein zaghaftes *Tock* ertönte. Der Fremde blickte überrascht hinab. Er spreizte die Finger, sodass nur noch sein Handteller auf dem Stock ruhte.

Tock, tock, tock. Zuckend versuchte der Stock, sich aus dem Griff zu befreien. Nepomuk ließ ihn los und er fiel, auf Finn deutend, zwischen die Regale. Dem glitt der schwere Atlas, den er gerade hatte einräumen wollen, polternd aus der Hand. Nepomuks Blick folgte dem Geräusch.

Zum ersten Mal konnte Finn in seine kalten Augen sehen. Gänsehaut überzog seinen Körper, er wollte sich am liebsten verkriechen.

»Wie ich sehe, hast du dir Unterstützung geholt«, sagte Nepomuk abfällig zu Arthur. »Das dürfte dir helfen, mein Buch schneller zu finden – sollte er es dir nicht stehlen.«

Arthur rümpfte verächtlich die Nase. »Sofern ich dir nicht mit einem anderen Gesuch einen Gefallen tun kann, würde ich mich jetzt gerne wieder der Arbeit widmen«, bat er den Fremden unmissverständlich hinaus.

»Gewiss.« Nepomuk begab sich zur Tür und drehte sich dort auf dem Absatz noch einmal um. »Ich warne dich, Arthur: Solltest du mir das Buch weiterhin verweigern, werde ich dir alles nehmen. Du solltest mir also beschaffen, was ich will.« Mit einem ironischen Lächeln deutete er eine Verbeugung an und hob den Zylinder zum Gruß. »Ich empfehle mich.«

Das Klingeln der Türglocke war wie eine Erlösung.

Arthur ließ den Kopf hängen. Seine Hände zitterten.

Vorsichtig zog Finn sich am Regal hoch und ging zum Verkaufstisch hinüber. »Wer war das?«

Arthur löste sich aus der Starre. »Sein Name ist Nepomuk Burke. Ihm gehört praktisch die halbe Stadt, weshalb er offensichtlich die Meinung vertritt, sich alles nehmen zu können, wonach ihm beliebt.«

»Ihr nennt euch beim Vornamen. Wart ihr einmal Freunde?«, fragte Finn.

Arthurs Gesicht bekam einen merkwürdigen Ausdruck. »Wir haben für einige Zeit die gleiche Leidenschaft geteilt. Ich war so naiv zu glauben, wir wären Partner.«

»Was heißt ›naiv‹?«

»Es bedeutet, dass man stets ans Gute im Menschen glaubt. Sagen wir, er ist ein schmieriger Halunke, dem es an Anstand mangelt.« Arthur lächelte, doch seine Augen wirkten traurig. Er holte die Taschenuhr an der Kette hervor. »Hör mal, kannst du für mich einen Moment auf den Laden aufpassen?«, fragte er mit einem Blick darauf.

Finn war von der Frage überrumpelt. »Wie spät ist es denn?«

»Viertel nach zwei.«

Es war noch etwas Zeit, bis Finn wieder los musste. »Und was ist, wenn jemand etwas kaufen möchte? So wie ich aussehe, hält man mich doch für einen Dieb.«

Arthur überlegte. In diesem Viertel konnte seine Erscheinung tatsächlich einen falschen Eindruck erwecken. »Es wird nicht lang dauern. Wenn du dich unwohl fühlst, dann schließ einfach die Tür ab. Ich würde mich auch mit einer neuen Geschichte revanchieren.« Finn riss die Augen auf. Auf gar keinen Fall wollte er Arthur ein weiteres Mal enttäuschen.

»Okay«, meinte Finn.

Arthur ging ohne ein Wort. Finn sah ihm nach, wie er vor dem Fenster entlangging und dann aus dem Blickfeld verschwand. Nun stand er ganz allein in dem riesigen Geschäft.

5

Die Wolke hatte eine Entscheidung getroffen. Wenn die Menschen weniger lasen, dann mussten die Phantasien ihre Freude daran neu entfachen. Dafür brauchte sie Unterstützung.

»Meine Freunde, hört mir einen Moment zu.«

Um sie herum erschienen Dutzende Phantasien. Einige leuchteten wie Regenbögen, andere waren nicht mehr als ein Schimmer. Ein weißer Wal zog behäbig seine Kreise, ein Junge mit langen Fingernägeln und strubbeligem Haar schwebte auf und ab. An anderer Stelle erschien ein Kind im Lendenschurz, eine Liane um den Arm geschlungen. Neben ihm stand ein junges Mädchen mit einem Glasschuh in der Hand.

Die Aufmerksamkeit der übrigen Phantasien spürte die Wolke über ihre Verbindungen.

»Ich sorge mich um eure Kraft. Immer mehr von euch verblassen oder verschwinden ganz.«

Erschrocken sahen sich die Figuren an.

»Die Köpfe der Menschen sind voller Sorgen und Ängste. Wollen wir nicht an Kraft verlieren, brauchen sie mehr Freude. Lasst sie uns dazu bringen, eine Geschichte zu lesen.«

Die Phantasien blieben stumm. Sie verfügten nur über die wenigen Fähigkeiten, mit denen man sie erschaffen hatte.

»Wir könnten den Rat der Buchwächter fragen«, schlug ein Fräulein mit dunklem Haar und Haut so weiß wie Schnee mit lieblicher Stimme vor.

Die anderen Phantasien nickten eifrig, bewunderten Schneewittchen für ihren Einfall.

Es wurden keine weiteren Ideen vorgebracht und so stimmte die Wolke dem Vorschlag zu.

»Lasst uns sehen, was sie empfehlen.«

Ein Licht begann plötzlich, vor der Wolke zu pulsieren, und die Anwesenden kniffen die Augen zusammen. Es schwoll ab und wurde zu einer Glaskugel. In ihrem Inneren drängten farbige Nebelfetzen an den Rand.

Ein Klingeln ertönte und verklang. Ein zweites Klingeln folgte und verstummte ebenfalls. Beim dritten Mal reckten sich einige erwartungsvoll der Kugel entgegen. Nichts geschah. Tarzan zupfte gelangweilt Moos von der Liane. Cinderella schnaubte. Beim vierten Klingeln meldete sich eine hektische Stimme. »Ja bitte?«

In der Kugel flackerte ein rundes Gesicht auf.

»Mein lieber Rondo, wir möchten dich um deinen Rat bitten«, begann die Wolke ohne Umschweife das Gespräch.

»Es ist mir eine Freude, dich zu sehen. Wie kann ich behilflich sein?«

Das Bild war unscharf. Rondos üppige Gestalt wirbelte auf der anderen Seite. Die Wolke konnte sich vorstellen, was er tat. Sie kannte das Gegenstück der Kugel aus seinen Gedanken. Es war eine Apparatur, die wie ein umgebauter Schminktisch mit großem Spiegel aussah. Ein klobiges Ungetüm mit Schaltern und Reglern, aus dem etliche Kabel hingen. Mit einem Mal wurde sein Gesicht deutlicher. Er lehnte sich zurück.

Die Wolke fasste die Situation zusammen und Rondo tippte sich nachdenklich ans Kinn, während die kurzen Arme auf dem Bauch ruhten.

Die Sorgen über das Verschwinden der Phantasien war berechtigt. Blieb man untätig, würde es sehr schwer werden, die Begeisterung fürs Lesen aufrechtzuhalten.

»Ihr braucht den Ideenreichtum der Kinder. Ihr Vorstellungsvermögen kennt keine Grenzen, ebenso ihr Hunger nach neuen Geschichten. Das wird euch neue Kraft geben.«

»Wie können wir möglichst viele von ihnen erreichen? Über Träume?«, hakte die Wolke nach.

Rondo nickte, dass sein Doppelkinn wackelte. »Ja, das wäre der einfachste Weg.«

Eine hölzerne Puppe räusperte sich zögernd. Verlegen spielte Pinocchio mit den Fingern am blauen Hut. »Ich denke, das könnte funktionieren. Erst kürzlich bin ich von etlichen Kindern gelesen worden und ...« Seine Nase wuchs knackend und die hohe Stimme brach ab. »He he, ähm ... na gut, es war *ein* Kind. Trotzdem war es ein wundervolles Gefühl. Ich habe Zuneigung, Freude und Begeisterung gespürt. Ebenso den Wunsch, aus mir einen richtigen Jungen werden zu lassen.« Sein Kopf sank auf die Brust. Zahlreiche Blicke waren auf ihn gerichtet. Die erste Phantasie spürte, wie sich das Gefühl in Pinocchio ausbreitete. Seine Erscheinung leuchtete auf. Erstauntes Raunen erhob sich.

Die Wolke war zufrieden. »Vielen Dank, Rondo.« Die Glaskugel löste sich auf. Schlagartig war es still.

Ein Räuspern erklang. Brummbär, einer der Zwerge, trat hinter Mäusepelzchen hervor. Verstohlen sah er sich nach allen Seiten um und stützte sich auf seine Spitzhacke. »Wir sollten uns vielleicht zusammentun«, schlug er mürrisch vor.

»Du meinst, wir sollten gemeinsam in den Träumen der Menschen auftauchen?«, hakte die hübsche Blondine nach.

Der Zwerg nickte.

»Dann ... komm du mit mir«, sagte Mäusepelzchen zum Zwerg.

Brummbär wich ein Stück zurück und spielte verlegen an der Hacke. Die Worte kamen ihm nur schwer über die Lippen. »Eine Prinzessin ... und ein Zwerg, das kann doch nicht ...«

»Das ist eine hervorragende Idee!«, posaunte die Wolke. »Genau so können wir die Phantasie anregen.«

Irritiert betrachteten sich die übrigen Phantasien, einige zuckten mit den Schultern. Ein roter Drache stapfte durch die Menge, baute sich vor den restlichen sechs Zwergen auf, die mit blassen Gesichtern zurückwichen. Er wollte gerne mit ihnen gehen. Die sechs steckten kurz die Köpfe zusammen und willigten dann wie aus einem Munde ein. Eine dunkel gekleidete Dame mit einem Apfel in der Hand streichelte das weiche Fell eines Einhorns und fragte, ob sie es reiten dürfe. Das Einhorn willigte ein, wenn es denn den Apfel bekäme. Sie reichte ihm einen anderen und beide verließen die Gruppe. Klappernd schritt ein Ritter auf eine Hexe zu, die sich allein zwischen den Phantasien nach einer passenden Begleitung umsah. Sie zuckte zusammen, als Eisenherz sie ansprach, und sie schenkte ihm ein Lächeln mit schiefen gelben Zähnen.

Nacheinander verschwanden die Phantasien, machten sich auf in die Träume der Menschen, bis die Wolke allein zurückblieb und mit ihr die Hoffnung, etwas Wundervolles angestoßen zu haben.

6

Finn blickte eine ganze Weile auf das große Schaufenster. Er hoffte, dass Arthur nur kurz frische Luft brauchte und es sich anders überlegte. Doch mit dem Gedanken an ein neues Buch verschwand die Hilflosigkeit allmählich. Er spürte die Atmosphäre des Ladens und die schwere, staubige Luft. Ihn packte der Wunsch, nach Herzenslust zu stöbern. Vor allem, weil er völlig ungestört war.

Schwungvoll drehte er sich um, kehrte dem Eingang den Rücken zu und blickte voller Erwartung in die Tiefen des Geschäftes. Das Licht verlor sich hinter den Treppen und machte die Dunkelheit zu einem mystischen Vorhang, doch das zog ihn nur noch mehr an.

Mit wippenden Schritten trat er weiter in den Raum. Sein Blick ging kreuz und quer und blieb an der rechten Wendeltreppe hängen. Er umschloss das kalte Metall und meinte für einen Augenblick, weiter oben ein Flüstern zu vernehmen. *Was war das?*

Bereits bei seinem ersten Besuch hatte es ihn auf den Gittersteg gezogen, der an weiteren Regalen vorbeiführte. Die Bücher dort sahen älter aus.

Finn ging um das Geländer herum, setzte den Fuß auf die erste Stufe. Ein hoher Ton wanderte durchs Metall und verschwand so schnell, wie er gekommen war. Sein Herz pochte heftig. *Solange Arthur nicht hier ist, will ich jeden Winkel erkunden!* Er stieg die zahlreichen, kurzen Stufen hinauf.

Noch bevor er auf den Steg trat, fiel sein Blick zurück in den Vorraum. Erst jetzt wurden ihm die Größe und die Wirkung des alten Gebäudes bewusst. Das Licht erfüllte den hohen Raum und schuf eine Atmosphäre der Ruhe und Behaglichkeit. Wie eine eigene kleine Welt, abgeschnitten vom Trubel der Stadt.

Finn wandte sich ab und ging langsam an den Regalen entlang. Sein Blick huschte über die Buchrücken, die staubig auf den Brettern standen. *Warum werden die nicht verkauft? Oder kann Arthur sich nicht davon trennen?*

Ab und an blieb er stehen und las die Titel. Doch außer wissenschaftlichen Abhandlungen kam ihm nichts Spannendes vor die Nase. Plötzlich riss er die Augen auf. In der Dunkelheit gab es einen Knick nach links. Der Laden war geschnitten wie ein L. Finn schob sich am Geländer entlang, um vornübergebeugt seine Neugierde zu befriedigen. Im schummrigen Licht wirkten die Bücher wie schüchterne Gesichter.

Mit einem Mal ging die Türglocke. Er zuckte zusammen.

Oh, nein! Bitte kein Kunde!

Er starrte zum Eingang. Kälte kroch ihm über die Arme und richtete die Härchen auf. So sehr er sich übers Geländer beugte, er konnte niemanden im Laden sehen. Das Türgeräusch fehlte. Sein Herz klopfte ihm bis zum Hals. Vorsichtig schob er sich zum Anfang des Stegs und blickte auf den leeren Vorraum. *Das Läuten habe ich mir nicht eingebildet. Niemals. Ich sollte mich umsehen. Ich darf das hier auf gar keinen Fall vermasseln.*

Er stieg die Wendeltreppe hinunter und lauschte. Stille. Blieb nur noch Arthurs Arbeitszimmer. Er konnte kaum einen Fuß vor den anderen setzen, so sehr zitterte er. *Reiß dich zusammen! Du bist doch kein Baby mehr.*

Der Versuch, sich Mut zuzusprechen, half ihm, wachsam zu sein. Sein pochendes Herz konnte es jedoch nicht beruhigen. Finn wollte mit einem Satz ins Zimmer springen. Sollte dem Eindringling wenigstens der Schreck in die Knochen fahren, wenn er ihm schon solche Angst einjagte.

Mit beiden Füßen landete er auf dem Holzboden vor dem Teppich und sah in den leeren Raum.

Sein grimmiger Blick löste sich in Erstaunen auf. Er kam sich albern vor.

Du bist so ein Angsthase, Finnley Oliver Ward. Kein Wunder, dass Gordon dich so herumschubsen kann. Von sich selbst enttäuscht, ging er zurück in den Verkaufsraum und lehnte sich an die Theke. *Nicht nur ängstlich, sondern auch bekloppt.* Er sah hinauf zur Türglocke. *Habe ich es mir doch nur eingebildet? Sie schwingt*, stellte Finn fest und sah nun genauer hin. *Aber das kann doch nicht … Vielleicht ein Luftzug?*

Finn spannte sich an und schaute sich ein weiteres Mal im Laden um. Niemand zu sehen. Die Glocke weiterhin fixierend, trat er näher heran. *Ist das ein Gesicht?* Jetzt schien seine Phantasie endgültig mit ihm durchzugehen. Die zahlreichen Kratzer und Abnutzungsspuren schienen auf der Außenseite so etwas wie zwei zusammengekniffene Augen und einen breiten Mund zu bilden.

»Ick halt dit nich mehr aus!«, brach es aus der Türglocke heraus. Sie riss die Augen auf, japste und begann zu schwingen. »Ick brauche Luft! Und ick muss redn könn, wa!«

Finn erschrak und wich rücklings aus, schlug mit dem Rücken gegen die Registrierkasse auf der Theke.

»Was du kannst, ist dich beruhigen«, ertönte es rasselnd

hinter ihm. Der Junge wirbelte herum. Er versuchte, die Stimmen den Gegenständen zuzuordnen, während sein Kopf protestierte.

Rückwärts stolperte er in den Raum.

»Warum soll ick ma beruhijen? Versuch du ma'n janzen Tach de Klappe zu haltn, während man dia andauand de Türe annen Kopp ...«

»Stopp!«, rief Finn mit bebender Stimme. Er drückte die Handflächen fest gegen die Schläfen. Der Lärm verebbte augenblicklich. Das leise Klappern von Hufen drang als einziges Zeichen der Realität zu ihm durch.

»Wieso?«, fragte die Türglocke schließlich mit einem Hauch von Unverständnis in der Stimme.

Ich bin definitiv verrückt! Finn sah auf, wollte seinen Augen noch immer nicht trauen und stürmte zur Tür. Dahinter musste wieder alles normal sein.

»Halt!«, rief die Glocke.

»Wieso?«, schrie Finn.

Die Registrierkasse begann zu lachen. »Haha, er äfft dich nach«, rasselte sie.

»Tuta nich!«, protestierte die Türklingel.

»Sicher?«

»Niemals. Haste mich nachjeäfft, Junge?«, wandte die Glocke sich an Finn.

»Was geht hier überhaupt vor?« Er taumelte wieder von der Tür weg. Nun schien auch die Glocke zu bemerken, dass die Situation aus dem Ruder geriet.

»Mmh ... ick befürchte, den erstn Eindruck hamma wohl vakackt.« Ruhe trat ein.

»Du meinst, *du* hast es vermasselt. Stell dich wenigstens vor«, drängte die Kasse. Finn erkannte erst jetzt, dass in der Preisanzeige Augen klimperten.

»Wat?«

»Du sollst dich vorstellen! Das macht man so«, schob sie energischer nach.

»Stell du de doch vor, alte Eisenschachtel.« Die Glocke schwang genervt hin und her.

»Also gut. Ich bin Ka-Tsching und der übergroße Intimschmuck da oben ist Ring.«

Finns Blick sprang zwischen den Gegenständen hin und her. Jetzt hatten seine Fantastereien auch noch Namen!

»Was ist ein Intimschmuck?«, fragte er unbewusst, während der Kopf weiter nach einer Erklärung suchte.

Ring begann lauthals zu lachen. »Na, sieh ma zu, wie de da wieda rauskommst!«, stichelte er. Ka-Tsching verdrehte die Augen.

»Seid ihr lebendig ... wie Pinocchio?« Finns Frage sorgte zunächst für Ruhe, bis die beiden gleichzeitig losprusteten. Dann verstummte die Türklingel plötzlich und ihr Gesicht wurde nachdenklich.

»Die Fraje is ja nich ma so blöd. Wieso lebm wa eijentlich?«

Ka-Tsching wurde ebenfalls still und dachte darüber nach. »Keine Ahnung. Jedenfalls hätte man nicht alles zum Leben erwecken müssen. Wenn du verstehst, was ich meine?« Er zwinkerte Finn zu. Aus einer dicken Naht an der Rückseite der Kasse bildete sich ein schelmisches Grinsen.

Die Augen der Türglocke verengten sich zu Schlitzen. »Dit Einzije, wat in deinem Kopp is, sind grüne Scheine und jepresstet Blech. Keen Wunda, dat Unterhaltungn mit dir so zäh sind.«

Ka-Tsching feixte und setzte direkt zum Konter an. »Wenigstens hängt aus meinem Schädel kein Lollipop.«

»Na warte, komm ma zu mia nach oben, dann mach ick mit dir'n Kassensturz!«

Finn folgte dem rauen Wortgefecht. *Irgendwie sind die beiden ja ganz witzig. Wenn auch ziemlich anstrengend. Aber wie ist es möglich, dass sie ... leben? Ist das Magie? Vielleicht gibt es die ja wirklich!*

Nachdem von den Streithähnen offensichtlich keine Gefahr ausging, feuerte sein Kopf eine Armada an Fragen. »Was macht ihr eigentlich hier?«, stellte er die erstbeste. Die Wesen verstummten für einen Augenblick und sahen Finn durchdringend an.

»Außer ... rumhängen, meinst du?« Ka-Tsching konnte nicht an sich halten und vibrierte klappernd vor Lachen über die Theke, während Ring wütend zu seinem Gegenüber klingelte.

»Wär meen Klöppel nur'n wenig länga, ick würd dir glatt ...« Der Rest des Satzes ging in überschäumender Heiterkeit der Kasse unter. Sie stand mittlerweile so nah an der Kante, dass sie hinunterzustürzen drohte.

»Vorsicht!«, rief Ka-Tsching melodisch, bevor die Tür hart gegen seinen Freund knallte.

»Ick hasse et!«, schrie Ring wütend.

Finn sah in Arthurs weit aufgerissene Augen.

Dessen Blick wanderte zur schräg auf der Theke stehenden Kasse. »Ich befürchte, ich muss dir etwas erklären.«

Er ging an Finn vorbei, schob Ka-Tsching wieder an seinen Platz und bat ihn, ihm ins Arbeitszimmer zu folgen. Noch bevor Finn durch den Durchgang schritt, blickte er zurück auf die beiden äußerst lebendigen Gegenstände. Kaum war er im Zimmer, begann das Gezeter im Verkaufsraum von Neuem.

»Die beiden sind wie ein altes Ehepaar. Sie streiten so lange, bis einem die Argumente ausgehen oder einer von ihnen entkräftet einschläft.« Arthur plumpste in den Sessel, atmete tief aus und deutete auf die Sitzgelegenheit vor dem Schreibtisch. Der Bart zuckte kurz. Er musterte ihn, als überlegte er, wie er anfangen sollte. Nach lautem Räuspern begann er.

»Wie gut kannst du Geheimnisse bewahren?«

»Was sind Geheimnisse?« Finn zwinkerte schelmisch.

»Was ich dir nun sagen werde, darf niemals außerhalb dieser Wände Erwähnung finden. Ich muss mich darauf verlassen können.« Arthurs Blick war stechend und ließ keinen Zweifel an der Ernsthaftigkeit dieser Bitte aufkommen. Finn nickte kurz und war gespannt, was folgen würde.

»Magie ist selten. Man braucht ein waches Auge, um sie zu entdecken. Es ist nicht so, als würde sie einen anschreien.«

Finn schmunzelte. *Ab und an tut sie es doch.*

Arthur schien nicht recht zu wissen, wie er fortfahren sollte, und trommelte mit den Fingern auf das dunkle Holz. Finn wollte nicht warten, bis Arthur seine Gedanken sortiert hatte. Er wollte Antworten.

»Woher kommen die beiden?«

»Ich weiß es nicht genau. Mein Vater brachte sie vor langer Zeit mit und so wie du gerade habe ich irgendwann Bekanntschaft mit ihnen gemacht. Sie sind über die Jahre wie zwei Wachhunde geworden, die den Laden im Auge behalten, wenn ich nicht da bin.«

Deshalb hatte er keine Sorge, mich hier allein zu lassen.

»Warum hat denn nicht jedes Geschäft welche wie sie?« Vor dem Zimmer ertönten undeutlich Flüche. »Na ja, zumindest so was in der Art«, ergänzte Finn.

»Mit Magie ist nicht zu spaßen«, fuhr Arthur fort und hob mahnend den Zeigefinger. »Sie ist mächtig und nur wenige wissen, dass sie existiert. Und das ist auch gut so. Es gibt genug Menschen mit schlechten Absichten.«

Das Bild von Mr. Burke drängte sich Finn auf, doch er schob den Gedanken von sich. *Magie würde die Arbeit auf den Feldern deutlich erleichtern.*

»Wie macht man denn Magie?«

Arthurs Augenbrauen hoben sich. Die Frage schien pikant zu sein. Der Alte zögerte. »Lass mich dir so viel sagen, dass theoretisch jeder zur Ausübung in der Lage ist.«

»Kannst du es?«

Er schüttelte den Kopf.

»Warum habe ich solche Gegenstände nicht schon öfter gesehen?«, schob Finn die nächste Frage hinterher.

»Unsere Zivilisation ist fasziniert von mechanischen und dampfenden Maschinen. Die Menschen möchten die Dinge in Bewegung sehen, sie selbst steuern. An etwas Alltäglichem wie eine Türglocke oder einer Kasse haben sie kein Interesse. Deshalb bemerkt sie niemand. Und selbst, wenn sie es sehen, würden sie nicht daran glauben.« Arthur legte den Kopf schief und zeigte auf Finn. »Es gibt aber Kinder und gelegentlich auch Heranwachsende, die Freude an der Phantasie haben. Ihr Vorstellungsvermögen kennt keine Grenzen. Was immer sie erleben wollen, erleben sie einfach. Solche Menschen sind es, denen Magie gelegentlich auffällt.«

Finn erinnerte sich an das Heu von Bauer Dunkin. Wenn er mit seinen Brüdern in der Scheune spielte, bauten sie daraus eine Festung. Sie musste vor Eindringlingen ins Königreich beschützt werden. Solche Spiele waren völlig normal für sie. Wie konnte man an einem solchen Spaß kein Interesse haben?

»Jetzt, wo du dieses Geheimnis kennst, musst du allerdings wachsam sein. Solltest du davon erzählen, wird man dich für verrückt halten.«

Wie gern würde ich einmal zaubern. Wie in den Geschichten. Mich Gordon, Jay und Marvin mutig in den Weg stellen. Ihnen einfach mal so richtig ...

Der Gong einer Glocke ließ ihn hochfahren.

»Wie spät ist es?«, fragte er. Arthur hob den Zeigefinger und wartete die Anzahl der Glockenschläge ab.

»Drei Uhr, wie es scheint.«

Finn sprang hektisch auf und eilte aus dem Zimmer. Ka-Tsching und Ring verstummten, wahrscheinlich überrascht von seinem überhasteten Aufbruch. Mit der Tasche über der Schulter tauchte er noch einmal im Türrahmen von Arthurs Arbeitszimmer auf.

»Entschuldige, wenn ich jetzt einfach gehe. Morgen ist Markt. Da gibt es zu Hause immer viel vorzubereiten.«

»Das heißt, du wirst mich am Samstag nicht mit deiner Anwesenheit erfreuen?«

Traurigkeit überkam Finn. »Der Markt ist sehr wichtig. Aber dann gleich am Montag wieder? Schließlich habe ich meine Schuld noch nicht beglichen.«

»Sehr gerne«, erwiderte der Alte. »Ich schulde dir ja auch noch eine Geschichte.«

Mit schnellen Schritten rannte Finn nach vorn, riss die Tür auf und unterbrach damit Rings Abschiedsgruß. Schmollend schaukelte die Glocke hinter ihm hin und her.

Arthur blieb im Sessel sitzen und blickte geradeaus.

Ich muss mir etwas einfallen lassen. Er wird mit Sicherheit noch weitere Fragen stellen. Und die beiden Quasselstrippen erhalten erst einmal eine Standpauke.

7

Es brannte nur ein Licht in der Pardington Avenue Nummer eins, einem Gebäude, so groß wie ein ganzer Häuserblock. Flackernd und tanzend wirkte es von außen wie ein Irrlicht, das man eingefangen hatte. In dem riesigen Raum verschluckte die dunkle und schwere Holzvertäfelung beinah alles an Leuchtkraft. Zwar gab es Elektrizität in diesem Viertel, doch Nepomuk mochte den gemütlichen Schimmer, den nur Kerzen schenken konnten. Zudem waren sie billiger.

Mit dem Rücken zur Tür saß er in einem ausladenden Ohrensessel, dessen Lehne ihn deutlich überragte. Ein gigantisches Ungetüm, schwer und unpersönlich. Mit goldenem Prunk verziert, drängte er sich dem Betrachter in all seiner Herrlichkeit auf. Würde ihn denn je jemand anderes außer Nepomuk zu Gesicht bekommen. Denn selbst, wenn jemand diesen Raum unter den einhundertzwanzig seines Hauses zufällig gefunden hätte, er wäre nicht hineingelangt. Gesichert mit drei Schlössern und einer Tür so dick wie ein kräftiger Kerl, war nur die Bank von Turweston stärker geschützt. Nepomuk mochte kein Aufsehen, keine Schlagzeilen, bevorzugte das Agieren und Walten aus dem Hintergrund. Und dafür brauchte er einen passenden Ort.

Seine Eltern hatten ihn mit einem kleinen und schwächlichen Körper gestraft, ihn im Gegenzug jedoch mit einem findigen Geist gesegnet. *Man muss nicht stark sein, um zu überleben.* Wer die Schwächen der anderen erkannte und sie zu nutzen wusste, war ihnen immer einen Schritt voraus. Schwieriger dagegen waren Gegner, die seiner eigenen Konstitution entsprachen – wie Arthur Robinson. Mit List und taktischen Spielchen war ihm nur schwer beizukommen. Da bedurfte es einer ausgefeilten Strategie, um Erfolg zu haben. Doch dafür musste er alle Variablen kennen. Und dieser Junge war eine neue.

Nepomuk saß regungslos im Ledersessel, den Hut noch auf dem Kopf. Seine Arme ruhten auf den Lehnen, in der rechten Hand hielt er einen Zettel. Er starrte geradeaus, verfolgte die Bilder, die sich in seinem Geist abspielten. Erst vor wenigen Minuten hatte er das Telegramm erhalten, das nur eine kurze Nachricht überbrachte:

Finnley Oliver Ward. Bauerssohn, keine nutzbaren Informationen.

Nepomuk zerknüllte das Stück Papier und warf es seitlich in den Raum.

Wie kann es sein, dass über diesen Jungen nichts Relevantes existiert? Er war sicher, dass Arthur etwas verbarg. Und dieser Ward spielte dabei eine Rolle.

Nepomuks Blick ruhte auf dem Gehstock, der an der Seite des Sekretärs lehnte. Er erhob sich und ging zu ihm hinüber.

Dieser Gegenstand war der Einzige, dem er vertraute. Nirgendwo ging er ohne ihn hin. Der Stock nahm Dinge wahr, die magisch oder besonders waren. Warum hatte er dann bei dem Jungen angeschlagen?

Als er den Stock berührte, fluteten die altbekannten Bilder seinen Kopf, wie sie zueinandergefunden hatten. Kühles Mondlicht malte den Wald blau. Es war der vorletzte Abend einer Expedition, tief im Dschungel. Müde vom Geschwätz seiner Mitreisenden vertrat Nepomuk sich die Beine außerhalb des sicheren Lagers. Im Schein des Halbmondes folgte er einem Pfad.

Der Wind spielte mit den Blättern und so bemerkte er nicht, dass etwas durchs Unterholz eilte. Ein Schatten traf ihn, raubte ihm den sicheren Stand. Er kroch an ihm empor, klammerte sich an seinen Rücken. Panisch schlug Nepomuk um sich, doch das Etwas krallte sich fest an seinen Rücken.

Tiefes Grollen ertönte und selbst der Wind beendete sein Blätterspiel. Noch etwas war ganz in der Nähe. Hastig erhob Nepomuk sich. Die Angst blendete den Angreifer aus. Auf dem beleuchteten Pfad war er eine Opfergabe. Sein Blick huschte zu den zahlreichen schmalen Schatten, suchte nach einem Versteck. Er hastete den Pfad ein Stück zurück und tauchte abseits des Weges in die Dunkelheit eines riesigen Baumes. Einige Lianen boten zusätzlichen Schutz.

Ein zottliges Ungetüm mit riesigem Schädel brach aus dem Unterholz. Jeder Atemzug brachte die Luft zum Beben, während es auf dem Pfad verweilte. Ein Bär, so groß wie Nepomuk noch nie einen gesehen hatte. Wie eine Armee aus Geistern stieß er seinen heißen Atem hervor, schnüffelte in die Dunkelheit.

Er blickte in Nepomuks Richtung, näherte sich langsam. Schmatzend hinterließen die Pranken Abdrücke im Boden.

Nepomuk zitterte. Der Bär war nur noch wenige Meter entfernt. Erst jetzt spürte er das andere Wesen im Rücken, das sich fest an ihn klammerte.

Unter ihm bebte der Boden, bei jedem Schritt ihres Verfolgers. Er witterte sie, fand sie jedoch nicht. Wütend stieß er einen Schrei aus. Nepomuk fuhr zusammen. Nach einer Weile verschwand ihr Gegenüber brummend im dichten Wald.

Nur zögerlich bewegte sich Nepomuk. Und mit ihm das Wesen.

Es löste sich von seinem Rücken und sprang von ihm weg ins Mondlicht. Für einen kurzen Augenblick leuchteten zwei Ringe in jedem der Augen. Es schien ihn zu mustern.

Nepomuk hatte so etwas noch nie gesehen. Dieses Wesen war weder ein Affe noch irgendeine andere Spezies, die er kannte. Dünnes, weiches Fell war alles, was er im spärlichen Schein sah. Den Rest verschlang die Nacht.

Eine dreigliedrige Pfote legte sich auf eine Wurzel, die aus dem Boden ragte. Dort, wo sie das Holz berührte, leuchtete es kurz auf, um gleich darauf knackend zu verdorren. Als toter Stumpf löste es sich vom Baum und rollte über den Boden.

Einen Atemzug lang sahen sie sich an, bevor das Wesen raschelnd im Dickicht verschwand.

Nepomuk zögerte, den Stock aufzuheben. Eine merkwürdige Energie ging davon aus. Doch er konnte nicht davon ablassen, spürte die Energie und Anziehung, die es ausübte.

Erst in den darauffolgenden Tagen zeigte sich, was das Wesen ihm hinterlassen hatte. Eine Macht, die ihn beschützte.

Mit dem Blick ins Zeltlager verschwammen die Bilder der Vergangenheit. Die Bäume verschmolzen zu eintönigen Wänden, der Waldboden wandelte sich zu Dielen, sein Zelt wurde zum Sekretär. Nur der Stock in seiner Hand blieb.

Energisch durchschritt Nepomuk den großen Raum, hin zu einer Wandtafel auf der anderen Seite. Eine Apparatur war in eines der Paneele eingelassen. Er legte einen Hebel um. Augenblicklich durchflutete Leben den feinen Holzboden.

Ein Mosaik aus Buchstaben und Zahlen war darin eingearbeitet, angeordnet wie auf einer Schreibmaschine. Jede einzelne Platte wanderte einmal mit dem eingelassenen, goldenen Letter auf und ab. Wie eine einzelne Welle auf einem Teich prüfte die Mechanik ihre Einsatzfähigkeit.

Nepomuk begab sich an den Rand des Feldes, richtete den Stab darauf und stellte die Frage, auf die er eine Antwort erhoffte: »Ist der Junge relevant?«

Der Stab in seiner Hand zog ihn auf das Buchstabenfeld, direkt in die Mitte. Er senkte sich herab und berührte den Buchstaben J. Nepomuk drückte die Platte herunter. Sogleich begann die Apparatur in der Wand zu ticken. Kaum war der Stab angehoben, drängte er nach links zum nächsten Buchstaben. A. *Tick, tick, tick.*

Für diese Antwort brauchte er nicht einmal den kurzen Streifen Papier aus dem Schreiber zu nehmen.

»Welche Bedeutung hat der Junge für meine Pläne?«

Es zog ihn nach rechts.

G. *Tick, tick, tick.*

Gleich darauf nach oben links.

E. *Tick, tick, tick.* Vier weitere Buchstaben folgten.

»Gefahr«, sprach Nepomuk leise vor sich hin. »Inwiefern ist er gefährlich?« Das nächste Wort war deutlich länger und so ging er am Ende zum Schreiber, um es vom Streifen abzulesen. »Phantasie«, stand darauf. Der letzte Buchstabe war verschmiert.

Nepomuk schüttelte den Kopf. Das ergab keinen Sinn. Er beschloss, seine Zeit nicht mit Raten zu verschwenden.

»Muss der Junge beseitigt werden?« JA folgte kurz darauf.

Alles Übel ist zunächst nur eine junge Pflanze. Nepomuk ging zum Sekretär und sendete eine Nachricht über den Telegrafen. Man sollte sich um den Jungen kümmern.

8

Als Finn die Augen aufschlug, fühlte er sich keineswegs erholt. Er rieb sich durchs Gesicht. In seinen Erinnerungen kreiste noch die wirre Geschichte seines Traumes. Er starrte ins Zimmer, blickte jedoch nur auf die Bilder der Nacht.

Pinocchio war erschienen, hatte gefragt, ob er mit ihm spielen wolle. Dann stand er mitten in dessen Welt. Geppetto führte ihn durch die winzige Werkstatt. Plötzlich baute sich ein grüner Kerl mit pilzähnlichen Ohren hinter ihnen auf. Er suchte ein paar kräftige Jungs, die ihm helfen konnten, den Wagen mit einer Prinzessin aus einer Grube zu ziehen. Sie willigten ein.

Bei ihrer Ankunft versuchten sieben klein gewachsene Geschöpfe, den Karren zu bewegen. Sie standen bis zu den Knien im Schlamm und drückten von allen Seiten gleichzeitig.

Was für ein sinnloses Unterfangen, ging es ihm durch den Kopf.

Finn trieb sie ans Ende des Wagens. Mit vereinten Kräften dauerte es nicht lang und der Wagen bewegte sich schmatzend aus dem Loch. Doch der Weg war abschüssig und so trieb es das schwere Gefährt immer wieder zurück in den schlammigen Untergrund. Kurzerhand schob Pinocchio seinen Fuß unter eines der Räder und der Wagen stand sicher. Erfreut drückte der grüne Riese jeden an die breite Brust. Noch während sie versuchten, ihm und seinem strengen Geruch zu entkommen, stürmte ein Ritter aus dem Gebüsch. Mit erhobenem Schwert stellte er sich ihnen entgegen. An seinen Namen konnte Finn sich nicht mehr erinnern. Das Bild eines eisernen Herzens glomm für einen Moment auf.

Mit Inbrunst zeigte der Fremde auf die hübsche Dame im Heu des Karrens.

»Sie ist meine Frau, gebt sie frei oder ihr werdet alle sterben!«, schrie er. Das Getöse weckte das zierliche Fräulein. Sie sah sich um und fragte, woher der Lärm komme.

Der Herr in der Rüstung wiederholte sein Verlangen. Dem Fräulein verfinsterte es den Blick. Aufrecht im Karren stehend, stemmte sie empört die Arme in die Hüften.

»Ihr? Mein Mann? Ich kenne Euch nicht. Eure Rüstung ist nicht einmal poliert. Weder besitzt Ihr Ringe an den Fingern noch ein Wappen auf Eurem Schwert. Kein Edelmann käme so prunklos daher!«, rief sie ihm pikiert hinüber. Wütend flog eine Handvoll Heu hinterher.

Niemand traute sich, etwas zu sagen, als dem armen Tropf das Schwert zu Boden sank und er mit hängendem Kopf über den kleinen Hügel von dannen zog. Die Winzlinge jubelten. Dann riss der Traum ab.

Finn setzte sich aufrecht hin und rieb den Rest der Fantasterei aus den klebrigen Augen. Das Bett war leer. Ebenso das seiner Eltern.

Habe ich verschlafen?

Dann erst bemerkte er die Hektik im Haus. Sein Vater drehte Runden um den Esstisch, während seine Mutter jammernd auf einem Stuhl saß. Sogar auf dem Hof herrschte eifrige Betriebsamkeit.

Irgendetwas stimmt nicht. Er sprang auf.

Es war Samstag, in wenigen Stunden würden sie allesamt

auf dem Markt ihre Waren anbieten. Von der geordneten Vorbereitung seiner Eltern war jedoch nichts zu erkennen. Vor dem Fenster sah er seinen ältesten Bruder Corvin zum Stall eilen.

»Was ist los?«, fragte er, doch man nahm ihn gar nicht wahr. »Was ist passiert?«

Als seine Mutter Olivia ihn bemerkte, tupfte sie sich mit einem Tuch Tränen weg. Sein Vater grummelte wütende Verwünschungen in seinen dichten Bart und rannte Finn beinahe um.

»Jemand hat letzte Nacht unser Vieh gestohlen«, schluchzte Olivia. »Nur ein paar Hühner und Ziegen haben sie uns gelassen.«

Finn starrte sie irritiert an. Was sie ihm da erzählte, konnte einfach nicht sein. Niemand stahl unbemerkt das gesamte Vieh.

Olivia bemerkte seinen Blick. »Deine Brüder versuchen gerade, herauszufinden, wie das möglich war.«

Langsam ging Finn zum Fenster. Corvin hatte das Tor zum Stall offen gelassen und so konnte er in den dunklen Bauch sehen. Das laute, schnatternde Leben war fort.

Ring begrüßte Finn in freundlichem Singsang. Als der Junge jedoch weiterlief, ohne ihn zu beachten, verstummte die Türglocke wieder und sah ihm nach. Arthur kam zwischen den Wendeltreppen hervor. Sein Gast blickte traurig zu Boden.

»Was ist passiert?«, wollte der Alte wissen.

Finns Augen glänzten feucht. Große Hände schoben das traurige Bündel ins Arbeitszimmer. Der weiche Sessel vor dem Schreibtisch fühlte sich an wie eine sanfte Umarmung. Mit leisem Stöhnen nahm Arthur gegenüber Platz und zog an der Schublade des Tisches. Sie wollte ihren Inhalt nur schwerfällig freigeben, doch schließlich hielt Arthur ihm eine in Packpapier gewickelte Tafel Schokolade hin.

Dieser Anblick vertrieb den traurigen Ausdruck in Finns Gesicht. Zögerlich nahm er sich ein Stück.

»Mir hilft das immer, wenn es mir nicht so gut geht«, sagte Arthur. Seine tiefe Stimme spendete Wärme.

Schokolade. Das Wort schmolz auf Finns Zunge genau wie die dunkle Köstlichkeit.

»Was ist passiert? Haben dich die Jungen erwischt?«, hakte der Alte nach.

Traurigkeit überkam Finn erneut. Er begann zu erzählen. Mit jedem Wort taute er mehr auf, redete sich die Wut von der Seele. Es ärgerte ihn, wie andere die Existenz hart arbeitender Menschen ohne Rücksicht zunichtemachten. Ihre Haupteinnahmequelle war ihnen genommen worden und konnte nicht auf die Schnelle ersetzt werden. Zwar war es möglich, weiterhin die Felder zu bestellen, doch ohne Vieh war die Arbeit zeitraubend und kräftezehrend.

Finns Versuche, sich in die Beratung der Familie einzubringen und zu helfen, blieben ungehört und so beschloss er, in den Laden zu gehen. Auch, um seine Gedanken zu sortieren.

Arthur lehnte sich zurück und wartete darauf, dass Finn Luft holte. Er wollte ihn nicht einfach unterbrechen.

»Was hältst du davon, wenn du mir hier im Laden ein wenig mehr zur Hand gehst? Es wird sicherlich den finanziellen Verlust deiner Eltern nicht wettmachen können, aber du könntest die zusätzliche Zeit nutzen und etwas zu eurem Einkommen beitragen.«

Mit weit aufgerissenen Augen sah Finn ihn an. In seinem

Kopf kreisten die Gedanken wild durcheinander. Sie formten eine wirre Antwort.

»Das wäre ... dann könnte ich ... und meine Brüder müssten nicht ...« Mit einem Mal sprang er auf und zog rasch die Jacke aus. »Womit sollen wir anfangen? Gibt es noch Sendungen zu verschicken? Oder Pakete, die ausgepackt werden müssen? Oder der Boden gewischt?«

Arthur lachte. »Immer mit der Ruhe, du Energiebündel. Deiner Euphorie entnehme ich, dass du gerne helfen möchtest?«

Hastig nickte Finn.

»Bevor man eine Arbeit beginnt, muss man sich jedoch auf den Lohn einigen.«

Finn verstand, hatte jedoch nicht die leiseste Ahnung, was seine Arbeit wert war. Ihr Einkommen war von der geernteten Menge und der Nachfrage auf dem Markt abhängig. Einen fixen Lohn hatte niemand von ihnen.

»Was schlägst du vor?«, fragte er und übergab damit das Zepter an Arthur. Der überlegte.

»Vielleicht ein Pfund pro Tag? Du könntest nach der Schule vorbeikommen und mir zwei bis drei Stunden helfen. Das wäre ein ordentlicher Verdienst. Was sagst du?«

Ein Pfund. Es begann erneut, in Finn zu arbeiten. *Das sind fast ein Laib Brot oder zwei Dutzend Eier. Sogar eine große Kanne Milch. Und das pro Tag! Damit kann ich viele Lebensmittel kaufen.*

»Abgemacht!«

Sie erhoben sich und willigten mit kräftigem Händedruck ein. Finn stürmte daraufhin zurück in den Verkaufsraum, stemmte die Arme in die Hüfte und sah sich um.

»Wonach schaust du?«, wollte Arthur hinter ihm wissen.

»Wir sollten zunächst aufräumen, die Regale entstauben und durchwischen. Wir müssen einen richtig guten Eindruck machen.« Kaum ausgesprochen bemerkte er, wie anmaßend sein Vorschlag war, und drehte sich langsam mit gesenktem Kopf herum. Sogar Ring und Ka-Tsching rissen die Augen auf. Doch Arthur schmunzelte.

»Recht hast du.« Arthur legte ihm zustimmend die Hand auf die Schulter. »Ein ordentliches Geschäft weckt Vertrauen. Darüber hinaus werden die Damen die Sauberkeit zu schätzen wissen und uns vielleicht weiterempfehlen.«

Er ging hinter die Ladentheke, verschwand gebückt für einen Augenblick außer Sichtweite und holte einen Eimer und Mopp hervor.

Finn wunderte sich über den Aufbewahrungsort, folgte aber lieber Arthurs Ausführungen für den optimalen Wischverlauf durchs Geschäft. Der wollte Regale abstauben.

Unermüdlich wischte Finn den Boden. Er hielt nur inne, um Arthur bei der Beratung der Kunden zu beobachten. *Das sieht gar nicht so schwer aus.* Voller Überzeugung stellte er sich genauso hin, ahmte die Bewegungen und Gesten nach. Zur Vervollständigung griff er nach einem Buch. Ein Flüstern drang an sein Ohr. Erschrocken hielt er inne und blickte sich um. Außer Arthur und dem Kunden war niemand im Laden.

»Fiiinnn ...« Das Wispern schickte eiskalte Wellen seinen Rücken hinunter. Finn zog die Schultern hoch. Hier war niemand. Er schob das Buch an seinen Platz zurück. Vorsichtig ging er zwischen den Treppen hindurch.

»Fiiinnn ...« Kalt und wehklagend drang es wieder zu ihm. Als würde es aus allen Richtungen gleichzeitig kommen. Er suchte die oberen Regale ab, den Steg zu beiden Seiten, doch nirgends war jemand zu sehen. Er war völlig allein hier hinten.

»Was ist los?«, sprach Arthur ihn plötzlich an und Finn zuckte zusammen. »Entschuldige, ich wollte mich nicht anschleichen.«

Der Schreck kribbelte in seinen Gliedern nach. Finn fühlte sich zu einer Erklärung genötigt. »Ich dachte, ich hätte etwas gehört.« Mehr wollte er nicht preisgeben. Das halbe Lächeln konnte die Unsicherheit in seiner Stimme jedoch nicht überspielen. Arthur tat, als wäre damit alles Notwendige gesagt.

»Ich möchte gerne mehr über Bücher erfahren. Und über den Laden. Ich glaube, du kannst mir bestimmt viele Geschichten erzählen.« Es war nicht einmal als Ablenkung gedacht, sondern aus wirklichem Interesse.

Arthurs Miene hellte sich auf. Er drehte sich dem großen Fenster entgegen und blickte auf die Straße. Der Sonnenschein tauchte alles in ein warmes Gelb.

»Mein Vater hat diesen Laden eröffnet, als er noch ein junger Mann war. Voller Tatendrang und Energie. Ähnlich wie du heute«, wandte er sich an Finn. »Allerdings war der Laden damals deutlich kleiner. Er bestand nur aus dem Vorraum und wurde im Laufe der Jahre zwei Mal erweitert.«

Finn folgte ihm, als Arthur langsam zu den Treppen ging. Der Buchhändler drehte sich plötzlich auf dem Absatz um und starrte ihn an, die Arme hinter dem Rücken verschränkt. »Ich möchte dir etwas zeigen«, sagte er. Ein schelmischer Ausdruck huschte über sein Gesicht. Mit flinken Schritten erklomm er die linke Wendeltreppe und blieb auf halber Höhe stehen, als sein Schützling ihm staunend nachsah. »Na los, nur keine falsche Scheu!«

Oben angekommen, hielt Finn sich keuchend am Geländer fest.

»Setz dich auf die oberste Stufe«, forderte Arthur ihn auf.

So erschöpft bin ich nun auch wieder nicht.

Arthurs auf und ab tanzende Augenbrauen ließen nichts Gutes erahnen. Der alte Mann legte die rechte Hand auf den Pfosten.

»Los geht's!«, verkündete er, drückte auf den Pfosten und ... nichts geschah. »Na, das ist ... war ja klar. Wenn man schon einmal ...« Schwungvoll schlug er auf den runden Abschluss. Mit einem lauten *Klack* drehten sich die zahlreichen Stufen, bis sie eine Rutschbahn bildeten.

Schreiend sauste Finn dem engen Wirbel folgend hinunter. Am Ende fehlte ein Übergang zum Boden. Mit dem Hintern landete er auf den Holzdielen. Das Gesicht knautschig zusammengezogen, griff er sich an die rechte Pobacke. Arthur vollführte einen Freudentanz auf dem Steg. Lautes Kinderlachen hallte durch den Buchladen.

»Da sach doch ma eener, dat Arbeit keen Spaß macht.« Ring genoss den Trubel ganz offensichtlich.

Arthur hielt inne. »Großartig, oder? Ich weiß, die letzte Stufe ist tückisch.« Die Stufen klappten in ihre ursprüngliche Position zurück. »Diesen Umbau hat mein Vater mir zu meinem sechzehnten Geburtstag geschenkt. Eigentlich war er zum schnelleren Transport von Büchern gedacht. Allerdings kam er nicht umhin einzugestehen, dass diese Treppe einen gewissen Spaßfaktor besitzt.«

Arthur drückte den Knopf erneut, das Klacken erklang und mit einem Satz nahm er selbst die Rutsche. Jauchzend genoss er die rasante Abfahrt. Finn rollte flink beiseite, bevor der Körper dumpf neben ihm aufschlug. Unter euphorischem Stöhnen verfluchte Arthur die letzte Stufe und hielt sich sogleich den Rücken.

»Oh Mann, da sollten wir wirklich was tun«, nuschelte er. Eine Regalleiter bot ihm Halt, sich auf die Beine zu ziehen. Beim Blick auf das dunkle Holz schien ihm noch etwas einzufallen. Arthur bat Finn, auf die Leiter zu steigen.

Skeptisch sah dieser ihn an. Der Buchhändler machte den Eindruck eines Kindes, dem unentwegt irgendwelche Streiche einfielen. Nach der Rutschpartie wollte er kein allzu großes Wagnis eingehen.

»Was soll ich da?«

»Nur zu, es wird schon nichts passieren.« So mehrdeutig wie Arthur die Worte aussprach, wurde ihm flau im Magen.

Es ist eine Leiter. Was soll schon passieren? Finn ließ sein Gegenüber beim Erklimmen der Sprossen nicht aus den Augen. Erst als Arthur mit dem Daumen darauf drückte, entdeckte Finn den Knopf, der in eine dezente Verzierung eingearbeitet war. Mit einem Mal setzte sich die Leiter in Bewegung und glitt gemütlich über die gesamte Regalwand. Finn wollte gerade zum Jubeln ansetzen, als sein Gefährt plötzlich stockte und ihn herumriss. Genauso abrupt nahm es gleich wieder Fahrt auf. In stetem Wechsel folgte nun Stopp, Weiterfahrt, Stopp, Weiterfahrt, bis er völlig durchgeschüttelt hinunterfiel.

Erschrocken vom Fehlverhalten der Apparatur stürmte Arthur herbei. In Finns Kopf tanzten die Bilder hin und her. Mit Mühe zog er sich am Regal nach oben, griff nach dem nächstbesten Halt, doch der Hebel, an den er sich klammerte, gab nach. Arthur beugte sich herab, als mit einem Mal ein Zwischenregal herausschnellte und ihn mit einem kräftigen Seitenhieb aus dem Gleichgewicht brachte. Der Stoß war so heftig, dass er zur gegenüberliegenden Seite rollte und gegen die Bücherwand donnerte.

Anstatt irgendwo Halt zu finden, rissen die Hilfe suchenden Hände Bücher aus den Regalen und begruben den alten Mann unter sich.

»Es tut mir so …«, setzte Finn an. Doch die Bücher rutschten von ihm herunter, als Arthur sich lachend auf die Ellenbogen stützte.

»Diese Regale hatte ich völlig vergessen. Was für ein Spaß!« Noch nie hatte Finn jemanden in Arthurs Alter so freudestrahlend gesehen. Es war, als würde er die Zeit mit einem gleichaltrigen Freund verbringen.

Schließlich kehrte Ruhe ein.

»Ich sollte dir jemanden vorstellen«, sagte Arthur und streckte Finn die Hand entgegen, damit er ihm aufhalf.

9

Über die Mittagszeit wurde der Laden geschlossen. Diese Zeit nutzte Arthur, um eine Kleinigkeit zu essen oder für notwendige Besorgungen. Wohin er seinen jungen Angestellten mitnehmen wollte, verriet er nicht. Auch wenn Finn hartnäckig nachbohrte, blieb Arthur eisern. So erfüllte Finn kribbelnde Vorfreude.

Er beobachtete, wie Arthur sein Gesicht genüsslich der Sonne entgegenstreckte und ins Schlendern verfiel. Die Menschen trieb es bei diesem Wetter nach draußen, Passanten standen in Gruppen beieinander, warteten auf Kutschen oder spähten in die zahlreichen Schaufenster. Daher war ein flinkes Vorankommen ohnehin unmöglich.

So weit hatte sich Finn noch nie vom Markt entfernt. Er sog die Eindrücke, Gerüche und die geschäftige Atmosphäre in sich auf und beobachtete die Menschen, die irgendwie einen glücklichen Eindruck machten. Sie gehörten wohl zur Mittelschicht, von der sein Vater ab und an sprach. Genug Einkommen für feinen Zwirn, ein behagliches Dach über den Kopf und das zufriedene Lächeln der Sorglosigkeit auf den Lippen. Niemals hätte Finn sich träumen lassen, dass man es ihnen so deutlich ansehen würde.

Arthur grüßte beinah jeden, verteilte sein Lächeln wie eine Visitenkarte.

Irgendwie clever, fand Finn, der nun verstand, dass die Aufmachung des Buchhändlers nicht einfach persönlicher Geschmack, sondern gleichzeitig ein Erkennungs-merkmal war.

Die Leute blickten den Buchhändler unvermittelt an, drehten sich nach ihm um und grüßten zurück. Niemand zeigte eine Spur von Abneigung oder Spott. Im Gegenteil, sie lächelten bei seinem Anblick.

Die nächste Begrüßung war zwei jungen Damen gewidmet. Die rechte war etwa so alt wie Finn. In ihren ausufernden Kleidern waren sie kaum zu übersehen und doch blickte Finn erst im letzten Moment auf und bemerkte die strahlenden braunen Augen des Mädchens. Ihr Blick folgte seinem, als sie an ihr vorbeigingen. Finn blieb stehen. Sie zuckte amüsiert mit dem Mundwinkel. Finn deutete eine Verbeugung an und hob die Mütze zum Gruß. Für einen Moment genoss er den Glücksrausch, in den ihn ihre Aufmerksamkeit versetzte.

»Kommst du?«

»Bitte? Oh, natürlich.«

Am Ende des ersten Blocks bog Arthur links ab. Neugierig versuchte Finn, alle Eindrücke in sich aufzusaugen. Vielleicht zeigte sich ein Hinweis, wohin es ging. Die Häuser waren im Vergleich zu Arthurs Straße etwas höher, wirkten aber deutlich älter und baufälliger. Doch die vielen Verzierungen an Fenster und Türen verliehen ihnen Charme. Die Gebäude gingen nahtlos ineinander über, verschmolzen zu einer einzigen Front, deren altes und blättriges Gesicht wie das Lächeln eines Greises aussah. Einige Türen führten zu Wohnräumen, andere direkt in Geschäfte. Die Möglichkeiten, das hart verdiente Geld auszugeben, waren in diesem Teil der Stadt schier endlos.

»Junger Mann?« Arthur räusperte sich.

Erst jetzt bemerkte er, dass der Buchhändler stehen geblieben war, um eines der Geschäfte zu betreten. Finn legte den Kopf in den Nacken. Was immer dort über der breiten Fensterzeile hing, war kein Schild. Eher ein hölzernes Monstrum, das von drehenden Zahnrädern, Scheiben, Bändern und einigen elektrischen Lampen umgeben war, als handele es sich dabei um eine Maschine. Und so überraschte es ihn nicht, dass in großen Lettern *Cleverdon Tools and Machines* darauf stand.

»Warte erst, bis du drinnen bist!«, rief Arthur ihm zu.

Als die unscheinbare Tür ins Schloss fiel, begrüßte Arthur jemanden außer Sichtweite.

Finn blieb wie angewurzelt stehen. Die Luft wich aus seinem offen stehenden Mund. Er starrte auf ein schillerndes Farbenmeer. Hunderte, wenn nicht sogar Tausende Apparaturen standen bis in die hintersten Ecken des Raumes. Volle Tische, vom Gewicht ächzende Regale, selbst von den Decken hingen glänzende, matte, große, kleine, mal einfach, mal kompliziert aussehende Gegenstände. Eine lebendig funkelnde Mischung aus Glas, Metall und Holz.

Finn ging auf einen der Apparate zu, der wie eine übergroße Vase aussah. Der gläserne Gegenstand thronte auf einem metallenen Sockel, aus dem eine Kurbel ragte. Als er vorsichtig daran drehte, bewegten sich kleine Messer im Inneren des Gefäßes.

Wahnsinn, damit könnte man im Nu Gemüse zerkleinern! Das wäre eine tolle Erleichterung für Mutter.

Kaum, dass er die Mechanik verstand, sprang sein Blick bereits weiter auf eine kleine hölzerne Schatulle. Feine Pflanzenschnitzereien umschlangen sie, ohne sich aufzudrängen. Er drehte sie in alle Richtungen. Es fehlte ein Loch für einen Schlüssel. Allerdings besaß die Schatulle an jeder Seite winzige Schalter, die in die Schnitzereien eingearbeitet waren. Man musste genau hinschauen, um sie zu erkennen. Finn probierte erfolglos einige Kombinationen und stellte sie schließlich zurück an ihren Platz.

Daneben saß ein Vogel aus Metall in einem Käfig. Das Tier war so filigran gearbeitet, dass man zunächst nur an der grauen Farbe erkannte, dass er unecht war. An der Vorderseite des Sockels befand sich ein Knopf. Finn konnte nicht widerstehen. Zuckend richtete der Vogel sich auf, drehte den Kopf hin und her. Dem zierlichen Schnabel entwich ein helles und klares Zwitschern. Es erfüllte den Raum mit Leichtigkeit. Ohne es zu merken, schloss Finn die Augen. Seine Arme wurden schwer. Er tauchte vollkommen ab, verschwand in der Melodie. Zufrieden lächelte er vor sich hin. Das Zwitschern ebbte ab, die Geräusche der Umgebung drangen wieder zu ihm durch und mit einem Schlag war er mit allen Sinnen zurück im Laden.

»Wunderschön, nicht wahr?«

Finn sah auf und erschrak. Aus dicken Gläsern glotzten ihn zwei gigantische Augen an, die sich wie bemalte Perlen aufdrängten.

»Oh, entschuldige. Ich vergesse dieses blöde Ding immer.« Die Stimme klang kratzig, in das S mischte sich ein zischender Laut. Knochige Finger klappten das Gestell hoch. Der Mann war deutlich älter als Arthur. Seine ledrige Haut trug die Spuren der Zeit als tiefe Falten. Ein kurzer, stoppliger Bart prägte das schmale Kinn. Die große Nase, auf der das Gestell mit dicken Gläser hielt, konnte man nicht übersehen. Die Augen funkelten wie die eines Kindes. Wach, aufmerksam und freundlich. Sie wurden von buschigen Brauen beschützt, die mit den Haaren des Schopfes eine graue Einheit bildeten.

Finn musste schmunzeln. Der Alte war schüchtern, stand

mit leicht gebeugter Haltung und vor die Brust gezogenen Armen da. Seine Hände strichen sich abwechselnd über die Finger.

»Ich bin Finnley Ward«, reichte er ihm die Hand.

Der Alte war erfreut. »Mein Name ist Gillian Cleverdon.«

»Dann haben Sie das alles hier gemacht!«, rief Finn mit aufgerissenen Augen.

Bei Gillian sorgte die Begeisterung für rosigen Teint. Verlegen kratzte er sich am Hinterkopf. »Nun ja ...«

»Ach, keine falsche Bescheidenheit. Gillian ist ein kleines Genie.« Arthur gesellte sich zu ihnen und legte seinem Freund voller Stolz die Hand auf die Schulter. »Was du hier siehst, sind im Prinzip nur Spielzeuge. Kleine Experimente, die der ein oder anderen Hausfrau das Leben erleichtern, vielleicht auch einem Kind die Freizeit versüßen. Alles, was wir soeben im Laden erlebt haben, entstammt ebenfalls seinen Ideen. Gillian hat die Treppe seinerzeit für meinen Vater entworfen.«

Wie kann ein so unscheinbarer, alter Mann so fantastische Dinge erschaffen?

Gillian schien die warmen Worte zu genießen, winkte jedoch ab. »Ich habe Spaß daran, zu schrauben und zu basteln. Wenn es die Leute mögen und kaufen, umso besser«, krächzte er.

Finn ließ den Blick erneut über die Apparaturen wandern.

»Ich müsste mit Gillian noch eine Kleinigkeit besprechen. Wäre es in Ordnung, wenn du dich noch ein wenig umsiehst?«, fragte Arthur.

Finn nickte. *Nichts möchte ich lieber tun!* Er schlenderte zum Schaufenster. Auf einer flachen Kiste stand eine Art Bild. In dem Holzrahmen befanden sich zwei Glasscheiben, zwischen denen etwas schimmerte. Vorsichtig nahm er die Arbeit in die Hand. Es war eine kleine Hütte, die auf einem Hügel stand. Ein Bauer mit zwei Eseln fuhr die Ernte heran. Es war wie der Vogel komplett aus Metall gearbeitet. Drehte man das Bild, sah man das Haus und den Bauern von der anderen Seite. Beim Umdrehen bemerkte Finn zwei kleine Knöpfe an der Seite.

Neugierig begann er daran zu drehen, doch nichts geschah. Dann zog er an einem und der Wagen mit den Eseln setzte sich in Bewegung. Mit aufgerissenen Augen probierte er den nächsten, hinter dem Fenster des Hauses erschien eine Figur.

Finn betrachtete das Bild begeistert. Aus dem unscheinbaren Gegenstand wurde ein lebendiges Bild. Immer und immer wieder bewegte er den Esel und ließ den Bauern zu Hause ankommen, bis sich ein Schatten über ihn legte.

Finn ließ den Rahmen sinken und zuckte erschrocken zusammen. Gordon Wood stand direkt vor dem Laden. Augenblicklich duckte er sich und kroch hinter die Verkleidung des Schaufensters. Den Rahmen drückte er schützend an die Brust. *Hat er mich gesehen? Ist er uns gefolgt? Aber dann wüsste er ja, dass ich immer bei Arthur bin!*

»Alles in Ordnung mit dir?«

Gillian sah hinaus, schien jedoch nichts Ungewöhnliches zu entdecken. Er reichte dem Jungen die Hand und half ihm auf.

Peinlich berührt wich Finn seinem Blick aus und stellte das Bild zurück.

»Da war ein Junge ...«, begann er, »... wir verstehen uns nicht sonderlich. Ich war überrascht, ihn hier zu sehen.« *Du bist so ein Weichei, Finn.*

»Ich verstehe.« Der Tüftler wirkte nachdenklich. »Komm mal mit.« Er schlurfte zu einer schiefen Schrankwand. Weder Schubladen noch Türen waren gerade, quollen teils über vor funkelnden Utensilien. Mit einem Ruck zog Gillian vergeblich an einer Schublade. Stöhnend trat er einen Schritt zurück und klopfte leicht dagegen. Prompt gab sie nach.

Hinter Gillians Rücken konnte Finn nicht sehen, wonach die schlaksige Gestalt suchte. Mit einem Mal hielt er ihm einen großen Gegenstand vor die Nase.

Finn erkannte, worum es sich handelte, konnte sich aber keinen Reim darauf machen. Also tat er unwissend. »Was ist das?«

»Ein Gürtel.« Die Erklärung war genauso emotionslos wie der Gegenstand. Der Lederriemen war spröde wie alte Farbe und passte zur übergroßen, abgenutzten Schnalle.

Und was hat das mit Gordon zu tun? Was soll daran so besonders sein?

»Lass dich vom unscheinbaren Äußeren nicht täuschen. Wie so oft kommt es auf die inneren Werte an.« Gillian kam zu ihm herüber, seine Schuhe kratzten über die Dielen. Als er in die Knie ging, protestierten seine Gelenke knackend. Ohne zu fragen, zog er Finn die Kordel aus der Hose.

Finn umfasste direkt den Saum, denn mit einem Schlag griff die Schwerkraft nach dem Stück Stoff. Irritiert sah er zu, wie Gillian das hässliche Lederband in die Schlaufen fädelte. An der Hose verlor die Schnalle ihre Wuchtigkeit, obwohl sonst alles an seiner Optik wie ein bizarrer Auswuchs anmutete.

Schließlich trat Gillian einen Schritt zurück und stemmte stolz die Fäuste in die Hüfte.

Unter all dem Rost und der schwachen blauen Farbe der Schnalle schwangen sich feine Ranken um die Kanten. Rechts und links war jeweils ein kleiner Knopf angebracht.

»In dieser Schnalle ist eine Schlagplatte versteckt. Sobald

du auf den linken Knopf drückst ...« Eigentlich wollte Finn nur darüber streichen. Doch der Mechanismus war sensibel und löste sogleich aus. Ein kräftiger Ruck durchfuhr ihn und schleuderte ihn zurück. Die Dielen empfingen ihn unsanft und unter Schmerzen rieb er sich den Hintern. Aus der Schnalle wippte die Platte wie ein Springteufel.

»Ich hätte die Erklärung anders anfangen sollen«, sagte Gillian zerknirscht. Es klang wie eine Entschuldigung.

Finn lachte und betrachtete die neue Errungenschaft. Arthur half ihm auf und beide sahen Gillian erwartungsvoll an. »Wenn du nun den rechten Knopf drückst, fährt der Schlagmechanismus wieder ein.« Klackernd verschwand die Platte.

Das ist großartig! Gordon soll sich jetzt noch einmal trauen, mich anzugreifen. Warte ... Ein Gedanke machte sich plötzlich breit. »Kann man das Ding auch schnell nacheinander betätigen?« Seine Frage sorgte beim Erfinder für einen irritierten Gesichtsausdruck.

»Ah, ich verstehe! Falls dein Freund nicht allein aufkreuzt oder sehr flink ist.«

Finn grinste und nickte.

»Dann hältst du beide Knöpfe gleichzeitig gedrückt.« Bevor Finn es probieren konnte, hob Gillian die Hand. »Vielleicht solltest du ein oder zwei Mal üben. Diesen Gürtel zu bedienen, ist nicht ganz leicht. Arthur, bist du so lieb und reichst mir den Schemel dort unter dem Tisch herüber?«

Arthur befreite den Hocker von den Apparaturen und platzierte ihn im Gang zwischen Finn und Gillian. Mit zittrigen Fingern stellte Gillian drei eiserne Figuren darauf, die bei einem Treffer nicht gleich zerbrechen würden.

»Du kannst dich bis zu einem Meter davor aufstellen. Drehe

deine Hüfte in die etwaige Richtung, sorge für einen sicheren Stand und dann drücke auf den Knopf«, erklärte Gillian.

Auch wenn Finn nichts zu befürchten hatte, waren ihm die Blicke der beiden unangenehm. *Hoffentlich mache ich nichts kaputt.*

Er positionierte sich, atmete tief durch und drückte den Auslöser. Den kräftigen Stoß konnte Finn abfangen, doch die Schlagplatte verfehlte das Ziel. Statt einer der Figuren traf sie die Kante des Schemels, der nun abhob, die Figuren im Raum verteilte und dann mit voller Wucht Gillians Schienbein traf. Dieser sackte augenblicklich zusammen.

»Oh, Gott, das habe ich nicht gewollt«, rief Finn lauthals und hechtete hinüber. Arthur beugte sich herab und erkundigte sich nach Gillians Befinden.

»Darauf hätte ich auch selbst kommen können. Begib dich nie vor eine geladene Waffe.«

Arthur konnte sich ein Lachen nicht verkneifen. »Und er hat sogar alle drei Figuren auf einmal abgeräumt.«

Gillian hielt inne und stimmte mit ein.

Finn war die Situation nun noch unangenehmer. *Hoffentlich geht es Gillian wirklich gut und ich habe ihn nicht allzu sehr verletzt. Das gibt mit Sicherheit ein ordentliches Horn.*

»Wir sollten uns langsam auf den Rückweg machen.« Arthur klopfte seinem Freund auf die Schulter. »Außerdem haben wir noch nichts gegessen. Ich möchte vermeiden, dass mein Magen sich wie Finns neuer Gürtel verhält.«

Finn verzog das Gesicht zu einer Grimasse. *Sehr witzig.*

»Gillian, ich benötige das neue Schloss bis Ende der Woche. Es ist wirklich dringend.« Mit einem Schlag war Arthurs Ernsthaftigkeit wieder da. Gillian nickte und wandte sich wieder an Finn.

»Es war mir eine große Freude, junger Mann. Und pass gut auf den Gürtel auf. Vielleicht kann er dir einen guten Dienst erweisen.« Sie reichten sich zum Abschied die Hände. Finn ließ den Blick noch einmal durch den Laden schweifen.

Ich mag diesen Ort. Er ist beinahe genauso geheimnisvoll wie Arthurs Buchladen.

Im Sonnenschein ging Arthur zielstrebig voraus. Finn hing seinen Gedanken nach.

»Hat Gillian auch Ring und Ka-Tsching gebaut?«, wollte der Junge plötzlich wissen.

Arthur blickte überrascht herab und blieb dann stehen.

»Nein. Die beiden sind genau wie wir lebendige Wesen.«

Finn nickte, auch wenn das die Frage nicht beantwortete. Irgendetwas in Arthurs Gesicht veränderte sich. Er setzte seinen Weg fort.

Ob ich ihn nach dem Schloss fragen kann? Oder ist das auch ein Geheimnis? Doch seine Neugierde gewann die Oberhand.

»Ist der Laden nicht sicher?«

»Wie kommst du darauf?«

»Na ja, du hast ein neues Schloss bestellt.«

Die Antwort dauerte. »Es ist eine … Vorsichtsmaßnahme. Du erinnerst dich an Mr. Burke? Ich traue ihm nicht. Er wird nichts unversucht lassen, um das zu bekommen, was er bei mir zu finden glaubt. Und dabei möchte ich ihm so viele Hindernisse in den Weg legen, wie ich kann.« Ein ungewöhnlich hämischer Ausdruck stahl sich auf sein Gesicht und Finn begriff.

Dieser Mr. Burke muss ein echt mieser Kerl sein. Ich hoffe, dass ich ihm nicht noch einmal begegne.

10

Die edle Kutsche hielt in einer namenlosen Straße im Industriegebiet von Bilton vor einem baufälligen Gebäude, dessen Ziegel vom Rauch der Schornsteine braun verfärbt waren. Selbst die kleinen Fenster waren nichts weiter als graue Flächen. Eine trostlose Fassade zwischen weiteren Häusern in einem dünn besiedelten Viertel.

Mit einem Satz sprang der Kutscher vom Bock und öffnete die Kabinentür. Eine kleine Gestalt trat auf den Gehweg, auf einen knorrigen schwarzen Stock gestützt. Nepomuk rümpfte die Nase, während er die Gegend inspizierte.

Die schwere Luft der Industrieanlagen kroch wie ein verendendes Tier durch die Straßen. Der Müll türmte sich vor den Eingängen, durchschnitt selbst den Dunst der Schornsteine mit beißendem Gestank. Nepomuk wollte hier draußen nur so lange verweilen, wie es unbedingt notwendig war, bevor sich der Geruch in seiner teuren Kleidung festsetzen konnte.

Neben dem Aufgang zu den Wohnungen stieg er eine schmale Treppe hinab, die versteckt hinter einer niedrigen Mauer lag. Die Stufen waren feucht und rutschig. Angewidert klammerte er sich an seinen Stock. Weder Wind noch Sonne fanden hierher.

Am Ende der Stufen versperrte ihm ein riesenhafter Kerl den Weg. Die Tür hinter ihm war kaum zu sehen. Mit der Faust schlug er zwei Mal kräftig gegen das Metall, ein schmales Sichtfenster wurde aufgezogen. Irgendwo klackte es. Quietschend öffnete sich der Zugang. Der Hüne ließ Nepomuk passieren und die Finsternis verschluckte ihn.

Im Gebäude war es kühl, doch auch hier drückte die Luft auf die Lungen. Feuchtigkeit vermischte sich mit Exkrementen. Nepomuk presste sich ein Taschentuch auf Mund und Nase. Licht drang nur durch ein schmales Kellerfenster herein, das jemand notdürftig saubergewischt hatte. Nepomuk stieß einen erstickten Schrei ins Tuch, als er gegen etwas Weiches trat, das quiekend Reißaus nahm. Wäre dieses Unterfangen nicht zwingend notwendig, er hätte den gesamten Komplex abreißen lassen. Allein sich hier aufhalten zu müssen, widerte ihn an. Mit dem Stock klopfte er an eine Tür, die man im Spiel der Schatten kaum sah. Eilige Schritte erklangen, das Eisen kratzte über Holz.

Nepomuk ließ dem blassen Kerl im weißen Mantel keine Zeit für eine Begrüßung.

»Ich hoffe, Sie können mir Erfolge vorweisen«, raunte er. Grob stieß er den Mann beiseite.

Eine zweite Person hinten im Raum sah auf und versuchte, ihren Auftraggeber über ein klobiges Gestell auf der Nase hinweg zu erkennen. Der Blick aus den tellergroßen Augen wirkte so intensiv, als könnte er direkt in die finstere Seele des Besuchers schauen.

Nepomuk hatte zur Vorsicht alle Fenster zumauern lassen. Frische Luft kam nur durch ein einziges Rohr in einer Ecke, dessen Ventilator rumpelnd und polternd gegen die Ermüdung ankämpfte. Schummeriges Licht kroch von drei einzelnen, von der Decke hängenden Lampen durch den Raum. Es schuf die Atmosphäre einer Gruft, in der man Regale, Tische und allerlei gespenstige Apparaturen vergessen hatte.

»Mr. Burke, schön, dass Sie uns beehren. Hatten Sie eine gute –«

»Lassen wir die Höflichkeiten, Professor Lewitt. Ich habe wenig Zeit.«

Der Professor nickte, darum bemüht, seine Freundlichkeit aufrechtzuerhalten. Er strich über den blauen Einband eines sehr alten Buches, das vor ihm in einer Halterung lag.

»In Ordnung. Vor etwa einer Woche haben wir die Sicherung des Buches entschlüsseln können. Wer immer diese Kopie angelegt hat, war ein Meister seines Handwerks. Entgegen der Erwartung beinhaltet es weder ein Tor noch simple Zaubersprüche. Es ist ein Foliant, der detailliert Möglichkeiten und Anwendungen für die Manipulation von Phantasien beschreibt.« Freudig aufgerissene Augen blickten Nepomuk an, doch der teilte die Euphorie nicht im gleichen Maße.

»Funktioniert es?«, wollte er emotionslos wissen.

»Nach den Tests ist Mr. Torn aufgefallen, dass die Charaktere der Geschichte ihm nach dem Lesen in die Träume folgten. Also habe ich es ebenfalls versucht, mit dem gleichen Resultat. So haben wir uns auf dasselbe Buch fokussiert, um die gleiche Phantasie anzusprechen. Zur Überprüfung haben wir uns auf ein Szenario für die Nacht verständigt. Unser Charakter durchlief exakt unsere Geschichte!« Professor Lewitts Stimme hob sich und nun regte sich auch Nepomuks Begeisterung.

»Ist das ein Ja?«

»Es ist noch zu früh, um dies als abschließenden Erfolg zu bezeichnen. Aber es ist definitiv ein Teilerfolg, der uns den richtigen Weg aufzeigt.«

»Dann machen Sie weiter. Ich erwarte in drei Tagen einen

neuen Bericht. Sehen Sie zu, dass Sie so viele Phantasien wie möglich kontrollieren können. Konzentrieren Sie Ihre Arbeit auf aktuelle Bücher.«

Der Professor ließ die Schultern hängen und schob sich an die Halterung. Er druckste ein wenig herum, bevor er mit der Sprache herausrückte. »Mr. Burke, mit Verlaub, wir benötigen eine Pause. Seit gut zwei Wochen widmen wir uns ohne Unterlass diesem Buch. Es wäre uns ein Graus, würden uns durch Schlafmangel Fehler unterlaufen.«

Nepomuks Augen funkelten. »Welch armselige Ausrede, sich Pausen zu verschaffen. Aber gut. Was benötigen Sie?«

Mit so viel Entgegenkommen schien der Professor nicht gerechnet zu haben. »Zwei Tage Ruhe. Danach zwei Mann zur Entlastung.«

Nepomuk überlegte. *Mit mehr Unterstützung würden Fortschritte schneller erzielt. Andererseits sehen sie nicht sonderlich erschöpft aus. Sei es drum.*

»Sie werden nacheinander frei nehmen. Sollten sich vorzeitig neue Erkenntnisse ergeben, möchte ich umgehend benachrichtigt werden. Und vergessen Sie das andere Buch nicht. Ich erwarte hier ebenso Fortschritte.« Er deutete auf ein rotes Buch, das unweit auf einem Tisch lag.

Ohne ein Wort der Verabschiedung wandte sich Nepomuk ab und verließ den Raum. Als die schwere Tür ins Schloss fiel, schnitt sie die erleichterten Blicke des Professors und Mr. Torns ab. Sie waren froh, dass dieser Widerling endlich verschwunden war.

11

In der Darlington Road Nummer 37 ging es ruhig zu. Die Kunden zeigten sich nur vereinzelt im Buchladen und so blieb Arthur Zeit für die monatliche Buchhaltung. Es war mühselig und zeitraubend, dennoch mochte er das Spiel mit den Zahlen. Sobald die Einnahmen die Kosten überstiegen, wurde die Rechnerei sogar zur wahren Freude. Während Arthur mit der Nase dicht über den Büchern hing, wirbelte Finn durch den Laden.

Mit seinen regelmäßigen Besuchen hatte sich bereits einiges verändert. Das Geschäft wirkte frischer und war aufgeräumt, das große Schaufenster ließ interessierte Blicke zu und die Geschwindigkeit, in der die Bestellungen bearbeitet wurden, hatte deutlich zugenommen. Ein Umstand, der sich in Arthurs Rechnungen positiv bemerkbar machte. Nebenbei blieb sogar noch Zeit, weitere Geschichten zu lesen.

Leises Klingeln huschte durch den Raum.

Finn sah auf und unterbrach das Einräumen. Im Begriff, eine Begrüßung zu rufen, schloss er den Mund wieder. Da war niemand. *Nanu?* Er widmete sich wieder der Sortierung.

Ein weiteres Läuten erklang, doch erneut war niemand zu sehen. Finn legte das Buch aus der Hand und erhob sich. Sein Blick glitt zu Ka-Tsching, doch der hatte die Augen fest geschlossen. Dem feinen Rasseln der Münzen nach schlief er. Auch die Glocke bewegte sich nicht.

Bilde ich mir das ein? Manchmal ist dieser Laden echt merkwürdig.

Um sicherzugehen, dass die beiden ihm keinen Streich spielten, blieb Finn noch eine Weile stehen. Nichts. Als er sich schließlich abwandte, blieb sein Fuß an einer Diele hängen und er stolperte. Im Hintergrund war unterdrücktes Glucksen zu hören.

Na wartet ihr beiden. Das Spielchen mache ich mit. Grinsend setzte sich Finn wieder auf den Boden, tat, als wäre nichts passiert, und sortierte die Bücher weiter.

»Na, was machst du denn hier?«, sprach er in die Leere des Geschäfts. »*Das Leben der Affen und ihre alltäglichen Beschäftigungen* bei Geografie, also wirklich.« Finn ging zum Regal am Schaufenster. Wohl wissend, dass Ring ihn hier nicht sehen konnte, griff er nach dem Scheuerbesen in der Ecke. Um den Schein perfekt zu machen, schob er eines der Bücher raus und wieder rein. Gemächlich ging er am Fenster entlang und blieb unweit der Türe stehen. Der lange Stiel wanderte leise nach oben, dann schrillte hektisches Türleuten durch die Stille.

»Hblbl… lllääää… sst blbl … du dit … wohl sein!«

Ka-Tsching fing so herzhaft an zu lachen, dass er rasselnd über die Ladentheke hüpfte.

»Was in Herrgotts Namen treibt ihr da draußen?«, donnerte Arthurs Stimme nach vorn.

»Ich habe geschaut, ob Ring noch richtig befestigt ist. Es machte den Anschein, als würde der Wind ihn in Bewegung versetzen«, rief Finn hinüber.

»Mir is janz schlecht«, lallte die Glocke. Sie pendelte langsam aus.

»Ich brauche echt Hände«, fing Ka-Tsching an. »Ich muss mir die Tränen aus den Augen wischen. Obwohl, so brauch ich mir das Elend wenigstens nicht ansehen.« Erneutes Gelächter.

»Red ma, du Blechbüchse. Wennde Mist baust, wird's für uns meest teua«, erwiderte Ring.

Ka-Tsching schnappte nach Luft, bevor er antwortete. »Ich rechne aber wenigstens damit. Verstehst du?« Er prustete los.

Finn und Ring rollten gleichermaßen mit den Augen. Der Junge ging um die Ladentheke herum und warf einen angestrengten Blick auf Ka-Tschings Tasten, sodass dieser irritiert verstummte.

»Was soll das werden, wenn es fertig ist?«, fühlte dieser sich bedrängt.

»Hab ich's mir doch gedacht. Die am häufigsten verwendeten Tasten sind null, acht und fünfzehn. Das erklärt die Witze«, antwortete Finn und drehte sich grinsend weg.

Rings freudiges Klingeln war Antwort genug.

»Ick find den Jungn knorke.«

Die beiden magischen Wesen drifteten in einen neuen Disput ab und Finn widmete sich wieder seiner Arbeit. Auch wenn die Kundschaft heute fernblieb, war dies kein Grund, die anderen Aufgaben zu vernachlässigen. Nacheinander schob er die herausgezogenen Bücher in neuer Reihenfolge ins Regal, als er ein leises Wispern vernahm. Instinktiv drehte er sich den beiden Streithähnen zu, doch die waren noch immer mit sich selbst beschäftigt. Finn warf einen Blick in die Tiefe des Geschäftes. Er schüttelte den Kopf.

»... niemals wirst du ...«, sprach jemand.

Finn schnellte herum. *Das ist keine Einbildung!* Behutsam legte er die Bücher auf den Boden und ging in die Richtung, aus der er die Stimme vernommen hatte. Nichts. Alles war wie gewohnt.

Entweder werde ich verrückt oder ihre Streiche werden immer besser. Zur Sicherheit sah er zu den beiden, doch sie diskutierten nach wie vor.

»... zu spät, zu spät. Ich komme viel zu spät ...«

Hastig hob Finn den Blick. Ein heller Schemen verschwand in einem der Bücherschränke.

Doch nicht verrückt! So unauffällig wie möglich, aber so schnell wie nötig eilte er die Wendeltreppe zur Linken hinauf. Den Blick auf das entsprechende Regal gerichtet, schlich er sich heran.

Wie kann das ... Da brat mir doch einer einen Storch. Bin wohl doch verrückt.

Der helle Schein huschte im Erdgeschoss aus einem Regal. Er blieb stehen. Ein weißer Hase mit riesiger Taschenuhr.

Finn schüttelte den Kopf. Es war kein Trugbild. Er betätigte den Schalter an der Treppe, sauste hinunter und fing die Landung mit einer gekonnten Vorwärtsrolle ab.

Nun bekamen auch Ring und Ka-Tsching das Verhalten des jungen Burschen mit und verfolgten das Schauspiel. Finn hingegen hastete nach hinten und stand erneut allein vor den Regalen. Keine Spur vom weißen Hasen.

»Kann man dir helfen?«, rief Ka-Tsching.

Irritiert drehte Finn sich herum und setzte zu einer Antwort an. Die Wahrheit hielt er für unangebracht.

»Ich dachte, ich hätte eine Fliege gesehen. Motte, meine ich.«

Die beiden sahen ihn emotionslos an. »Warse weiß und flauschee?«, wollte Ring wissen.

Finn entglitten die Gesichtszüge. *Meint er das ernst?*

Ring lachte. »Warn Scherz.«

»Du könntest sie aber mit einem Stock jagen, wenn du möchtest«, mischte sich Ka-Tsching ein. »Aber Vorsicht, die setzen sich gern auf Türglocken.« Er fing an zu glucksen, seine Augenbrauen hüpften in Rings Richtung.

Ich renne hier wie ein aufgescheuchtes Huhn durch den Laden und mache mich lächerlich. Zum Glück hat Arthur das nicht gesehen. Eine Motte … Da hätte ich das Kaninchen gleich erwähnen können. Entgegen seiner Erwartung gingen die beiden Spaßvögel nicht weiter darauf ein, obwohl sie sonst jedwede Vorlage zu nutzen wussten. Ihre wissenden Blicke bemerkte Finn hinter seinem Rücken hingegen nicht.

Im Buchladen brannten nur noch wenige Kerzen. Ihr Licht tanzte über die Schrift der Buchrücken und enthüllte sie für einen Augenblick wie kleine Geheimnisse. Mit der aufziehenden Nacht war Finn nach Hause gegangen. Der Laden lag still da. Arthurs schlurfende Schritte drangen aus dem Arbeitszimmer. Es war Zeit für den Feierabend.

Sein Blick glitt durch den Laden und dann über den Brillenrand zu seinen beiden Streithähnen. »Ihr seid so ruhig. Übt ihr euch in Zurückhaltung?«

Ring und Ka-Tsching blieben stumm. Ein Umstand, der ihn innehalten ließ.

»Was ist los? Stimmt etwas nicht?«

Zurückhaltend sahen sie sich immer wieder an, bis Ring das Wort ergriff.

»Wie soll ick et sajen?«

»Wollt ihr kündigen?«, brummte Arthur und schmunzelte.

»Pfff … als hätten wir eine Wahl.« Die Augenbrauen hochgezogen, wandte Arthur sich der Kasse zu. »Entschuldige, das war anders gemeint. Ich tue nichts lieber, als hier zu arbeiten, meinte ich.« Die Schublade der Kasse verzog sich zu einem breiten Grinsen.

»Erinnerste dich an Finns fünf Minuten heute Nachmittach?«, versuchte Ring, auf das Thema zurückzukommen.

»Es war kaum zu überhören.« Arthur lehnte an der Theke.

»Er hat wat jetan ...« Ring konnte sich kaum überwinden auszusprechen, was ihm durch den Kopf ging.

»Hat er gestohlen?«

»Ach, wat. Jott bewahre. Im Jegenteil, et is wundervoll. Finn hat ... auf eene Phantasie reajiert.« Stille. Arthur sah ihn regungslos an.

»Zumindest glob ick dit, weila ihr hinterher ...« Ring tat sich schwer mit der eigenen Beobachtung.

»Verstehe«, nuschelte Arthur.

Ka-Tsching übernahm das Gespräch. »Es war das Kaninchen. Wie üblich zu spät. Es rannte erst durch die Krimis und anschließend durch die Phantastik.«

Ring fand die Worte wieder. »Ja, und irjendwie hat Finn se sehn könn. Er jing jenau da hin, wo se erschien. Die Phantasien kommen und jehen ja, wie se wolln. Dit is nich unjewöhnlich. Nur hat keen Mensch se dabei je jesehen. Nich ma du, Arthur.«

Der Alte nickte. »Ihr seid euch sicher?«

Ka-Tsching rasselte und Ring bestätigte mit dezentem Läuten.

Nachdenklich drehte sich Arthur weg und schritt hinter dem Tresen auf und ab. »Ich muss gestehen, ich bin nicht sonderlich überrascht. Wundert mich eher, dass es so lange gedauert hat.«

Nun sahen sich die beiden Wesen irritiert an.

»Als er in den Laden stolperte und sich für einen Augenblick hinsetzte, habe ich etwas bei ihm gespürt, das ich nicht beschreiben konnte.«

»Aber wenn dit stimmt, wäre dit außajewöhnlich!« Ring war regelrecht aus dem Häuschen und schwang aufgeregt hin und her.

»Wir müssen ihn befragen. Wenn er wirklich Phantasien sehen kann, dann sollte er keine Bücher einräumen. Das weißt du hoffentlich«, mahnte Ka-Tsching und fing sich damit einen finsteren Blick ein.

»Ihr habt recht. Lasst mich morgen mit ihm sprechen. Sollte sich eure Vermutung bestätigen, dann müssen wir den Rat informieren. Und damit sollten wir nicht zu lange warten.«

12

Auf dem Hof war es still. Nur der Wind spielte mit den Blättern der Baumkronen. Aus dem Stall drang der einsame Ruf einer Ziege. Der gesamte Lebensinhalt seiner Familie war zerstört. Von jetzt auf gleich. Wo einst das Vieh gemütlich umherlief, hatte die Sonne ein staubiges Meer hinterlassen, das im Schein des Abendrots wie der Rand einer Wüste aussah. Auf einem Karren stapelte sich Getreide. Offenbar die klägliche Ausbeute des gesamten Tages. Ohne kräftiges Vieh war es unmöglich, alles abzutransportieren, einzulagern oder zu verarbeiten. Finn mochte sich gar nicht vorstellen, wie seine Eltern und Brüder dies alles mit bloßen Händen herbeigeschafft hatten, während er Bücher einsortierte. Mit einem Schlag fühlte er sich schlecht. *Wie kann es sein, dass die einen bis auf die Knochen schuften, wenn andere für den gleichen Lohn kaum einen Finger krumm machen müssen?*

Die Erkenntnis war schonungslos und schmerzte ihn.

Sein Blick wanderte zum Haus. Durch die Fenster stahl sich warmes Licht. Mit schweren Schritten ging Finn zur Tür. Ihr Quietschen klang wie ein Klagelied. Er zog die Mütze vom Kopf und blickte zu seiner Familie, die stumm am Esstisch saß. Kaum hörbar grüßte er sie. Nur sein Vater erwiderte den Gruß zurückhaltend. Mit ausgestrecktem Arm zog er ihn an sich, drückte ihn, um ihm liebevoll über den Kopf zu streichen. Jonathan zog den leeren Stuhl beiseite, damit Finn sich setzen konnte.

Der Tisch war noch gedeckt. Ein wenig Brot, ein Krug Milch,

etwas Wurst, Käse und auf einem Schälchen ein Stück Butter. Keine üppige Mahlzeit, aber genug, um den Gaumen zu erfreuen und den Magen zu füllen. Die Teller der anderen trugen Krümel. Nichts deutete darauf hin, dass sie sich reichlich genommen hatten.

Finns Mutter Olivia saß gedankenversunken über den Tisch gebeugt. Sie war ungewöhnlich blass. Noch nie hatte Finn ihr Gesicht so von Sorge gezeichnet gesehen. Dann fiel ihm schlagartig Arthurs Angebot ein.

Beim Klang von Finns Stimme zuckten sie zusammen. Mit Freude erzählte er, dass er eine Möglichkeit angeboten bekommen hatte, etwas zu verdienen. Völlig verdutzt wechselten sie Blicke. Jonathan fixierte ihn, sein Gesichtsausdruck schwankte zwischen Begeisterung und Enttäuschung. Das Geld war vonnöten, keine Frage, aber dass ausgerechnet der Jüngste es heimbringen sollte, ging ihm zutiefst gegen die Ehre.

Sie lauschten Finns Worten, seiner zögerlichen Erzählung vom Buchladen und über einen verrückten Bastler. Insbesondere Corvin und Jasper hingen an seinen Lippen. Sie wollten kaum glauben, was ihr jüngerer Bruder an einem einzigen Tag erlebt hatte. Natürlich kürzte Finn die Erzählung und verheimlichte, dass er bereits seit einigen Tagen regelmäßig bei Arthur aufschlug. Jedoch hinterfragte niemand seine Geschichte und so glitten sie mit seinem Erlebten in einen Abend, aus dem die Trostlosigkeit mit jeder weiteren Minute wich. Irgendwann versiegte der Gesprächsstoff, Müdigkeit machte sich breit. Das Zimmer wurde aufgeräumt und nacheinander begaben sie sich ins Bett, in der Hoffnung der nächste Tag möge besser werden.

Grelles Licht blendete Finn, umhüllte ihn wie die Wärme eines Sommertages. Es dauerte, bis seine Augen sich daran gewöhnten und ihm die Welt zeigten, in der er stand. Zunächst erschien ihm die Umgebung wie eine bekannte Stadt mit Häusern, Straßen und Gehwegen. Mit nur einem Unterschied: Sie bestand vollständig aus Papier.

Alles trug ein cremefarbenes Kleid mit schwarzen Buchstaben. Finn sah nach unten, traute sich kaum, sich von der Stelle zu bewegen. Zögerlich tat er den ersten Schritt und erschrak. Der Untergrund war weich, federte, knisterte und raschelte wie Papier.

Finn grinste. Mit einem Satz sprang er nach vorn und juchzte bei der weichen Landung. Die Begeisterung für diese kuriose Welt ließ ihn hüpfen und tanzen, während die Häuserzeilen unbemerkt vorüberzogen. Völlig außer Puste stützte er sich auf den Knien ab, um durchzuatmen. Er sah sich um.

Das ist nicht irgendeine Stadt, stellte er fest. *Das ist Turweston.* In dem Kleid aus Zeitungen war es kaum zu erkennen. Wo sonst Dreck und Backstein den Charakter der Stadt formten, gab es nun einen einheitlichen Farbton. Finn überlegte, in welchem Stadtteil er stand und noch viel wichtiger, warum er überhaupt hier war? Den Kopf voller Gedanken schritt er durch die Straßen. Ein markantes Gebäude mit Bullauge stach heraus. Arthurs Buchladen.

Aufgeregt rannte er hinüber. *Es sieht ganz anders aus. Und warum brennt drinnen Licht?*

Als einziges Haus besaß es echte Fenster. Das Innere hatte mit Arthurs Laden jedoch nichts gemein. Finn blickte in einen kleinen Raum, in dem es nur deckenhohe Regale gab. Wo immer er auch hinsah, es stand überall ein und dasselbe blaue Buch darin. Hundertfach.

Vorsichtig drückte er die Tür auf. Es war nicht Rings heiteres Klingeln, das sein Eintreten ankündigte, sondern der dumpfe Ton gegen Karton.

Der blaue Schein der Bücher war kalt, zog die Wärme aus dem Raum und ließ ihn erdrückend wirken. Finn zog eines der Bücher heraus. Es war schwer, besaß einen dicken Ledereinband, der mit goldglänzenden Beschlägen befestigt war. Auf dem Deckel schimmerten verschiedene Embleme, deren Ränder wie ein Uhrwerk ineinandergriffen. Allerdings fehlten Titel und Autor.

Irgendetwas an diesem Buch ist merkwürdig. Soll ich es aufschlagen?

Plötzlich vernahm er eine Stimme. Undeutlich.

Er drehte sich um die eigene Achse. Es schien, als sei noch jemand im Raum. Doch er war allein. Irritiert widmete er sich wieder dem Buch.

Ring und Ka-Tsching würde ich diesen Spuk durchaus zutrauen ... Kaum war der Gedanke heraus, verneinte die Stimme diesen und jagte ihm damit einen eiskalten Schauer über den Rücken.

Wer ist da?

Doch anstelle einer Antwort begann das Buch in seiner Hand, sich zu bewegen. Erschrocken ließ Finn los. Es sank herab und schwebte auf Kniehöhe. Hektisch trat er zurück und stieß gegen die Fensterbank.

Wie ist das möglich? Das muss Magie sein!

Das Buch stieg wieder nach oben. Es hielt ihm auf Augenhöhe den Deckel entgegen. Ein Ächzen ging durch das Leder und auf einmal gewann das Buch an Größe. Es schwoll an, bis es sogar ihn überragte. Knarzend schwang der Deckel auf. Einige Seiten wehten hinterher, sodass Finns Blick auf die ersten Zeilen fiel. Nichts davon konnte er lesen. Statt der bekannten Buchstaben reihten sich wirre, krakelige Schnörkel aneinander. In einem merkwürdigen Singsang ertönte die Stimme wieder.

Was in Herrgotts Namen passiert hier? Mit aufgerissenen Augen wich Finn vor dem Buch zurück. Es gab keinen Fluchtweg.

Die Zeichen bewegten sich im Rhythmus der merkwürdigen Melodie. Ganz rechts löste sich eines aus dem Textblock. Es wanderte zögerlich zum Rand des Blattes, hielt kurz inne, um schließlich in den Raum zu schweben. Gleich darauf folgten ihm weitere Zeichen. Sie bildeten einen Strom, der wie Wasser aus den Seiten floss. Als dunkler Rauch kreisten sie um ihn herum.

Ich muss hier raus! Irgendetwas stimmt hier nicht.

Panik beschleunigte sein Herz. Er wollte schreien, bekam jedoch keinen Ton heraus. Die Enge raubte ihm die Luft. Eine kalte Kette aus Zeichen kroch um ihn herum, schlang sich mit festem Griff um Arme und Beine. Er wurde zur hilflosen Beute.

Das Buch kam so nah, dass Finn der Geruch trockenen Papiers in die Nase kroch. Staubig und alt. Zappelnd versuchte er, seinen Oberkörper zu befreien, verlor jedoch das Gleichgewicht. Langsam kippte er nach vorn, direkt in den Schlund des ledrigen Monsters. Dann schlugen die Buchhälften mit aller Kraft zusammen.

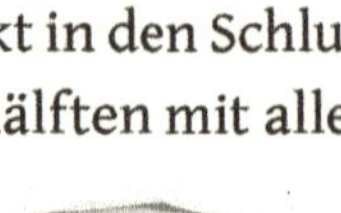

Finns Schrei blieb ihm im Hals stecken. Hastig sog er die Luft in die Lunge. Sein Herz schlug kräftig, trieb den Schrecken in alle

Enden seines Körpers. Er bemerkte nicht einmal, dass er aufrecht im Bett saß. Die Bilder im Kopf verblassten und der gewohnte Anblick des Zimmers nahm ihren Platz ein. Die Nacht hatte alles fest im Griff.

Es war ein Traum. Nur ein Traum.

Langsam schob Finn sich zurück unter die Decke. Er lauschte in die Dunkelheit, versuchte, die restlichen Bildfetzen zu vertreiben. Es dauerte lange, bis ihm die Augen vor Erschöpfung zufielen.

13

Selten drängten sich die Phantasien so dicht und zahlreich vor der Wolke. Auf einer grünen Wiese, inmitten blühender Obstbäume standen sie in den Paarungen und Gruppen, in denen sie gemeinschaftlich in den Träumen aktiv waren. Einige tuschelten aufgeregt, erzählten von ihren Erlebnissen, andere schwebten blass und teilnahmslos vor sich hin. Die erste Phantasie bat um Ruhe. Respektvolle Stille trat ein.

»Euer Erscheinen scheint funktioniert zu haben«, begann sie. Es lag jedoch nicht nur Freude in ihrem Gesichtsausdruck. »Ich spüre aber auch, dass einige unter euch weniger Erfolg hatten. Was hat euer Wirken erschwert?«

Zögerlich trat ein hübsches Mädchen mit gesenktem Kopf nach vorn. Sie betrachtete den Glasschuh in ihren Händen. »Niemand scheint Schuhe zu mögen«, begann sie. Sie schluchzte.

Ein Kater trat neben sie. Auf seinen Ohren ruhte ein unförmiger Hut, seine Hinterläufe steckten in riesigen Stiefeln. Sein Blick war skeptisch. »Mmhmau ... Mädchen, in den Dingern wirst du nie sieben Meilen schaffen. Mau. Viel zu unpraktisch. Mau.« Entgegen seiner Intension vermochten die Worte nicht, zu trösten. Das Mädchen schluchzte weiter.

Ein Frosch hüpfte aus dem dichten Gras auf einen Stein. »Ich huaaab, auch nichts erraaaichen können«, quakte er. Eine goldene Krone saß schief auf dem Kopf. »Selbst maaaine Kugel habe ich geputzt. Aaaber sie wooollten mich aaalle nur küüüssen.« Er plusterte die Wangen auf und blies Luft zwischen den spitzen Lippen hervor.

Nacheinander berichteten die verschiedensten Phantasien von ihren fehlgeschlagenen Versuchen, bis die Wolke sie unterbrach.

»Ich denke nicht, dass es eine Frage eurer Ideen oder Konstellationen war, die es so schwierig machte.«

»Es hat den Anschein, als wäre gar kein Platz für mich«, rief Struwwelpeter. »Ich habe bei so vielen versucht, in die Köpfe zu gelangen, doch ...«

»Ab mit ihren Köpfen!«, schrie die rote Königin aus dem Hintergrund. Unvermittelt drehten sich alle zu ihr um, auch ihre eigenen Spielkarten. Sie errötete. »Entschuldigung. Gewohnheit«, hauchte sie.

Struwwelpeter sprach weiter. »Ich wollte sagen, dass es keinen Raum für Freude, Tanz und Klamauk gab. Sorgen, Ängste und noch Dunkleres nahmen sämtlichen Platz ein. Es gab nicht die kleinste Lücke.«

Traurigkeit und Enttäuschung pulsierten schwach über die Verbindungen der Wolke. In hellem Blau leuchteten die Fäden der starken Phantasien. Sie folgte einem der schwächeren. Ihre Wahrnehmung blieb bei Gretel hängen, sie spürte sie unter den Anwesenden. Hinter der stattlichen Gestalt eines Wolf verbarg sie sich. Ihr Schluchzen war kaum zu hören. Die erste Phantasie sprach ihr Mut zu, vorzutreten.

»Mein Bruder Hänsel ... ich kann ihn nirgends finden.« Tränen liefen funkelnd die Wangen hinunter. Mit seinen großen Tatzen drückte der Wolf sie an sein Fell, um ihr ein wenig Trost zu spenden.

Die Wolke versuchte, Hänsel auszumachen. Sie begann bei Gretel, wanderte zur Hexe, prüfte andere Geschöpfe, doch der Junge war nirgends auszumachen. »Du meine Güte …« Sie seufzte schwer. »Ich befürchte, dass die Erinnerung an ihn erloschen ist.«

Das herzzerreißende Weinen schwappte auf die kräftig leuchtenden Gestalten über. Ihnen wurde wieder bewusst, was es bedeutete, wenn ihre Geschichten nicht gelesen wurden. Sie liefen Gefahr, für immer zwischen den Buchdeckeln vergessen zu werden.

Die dunkle Gestalt des kopflosen Reiters verschluckte den Sonnenschein. Der orangefarbene Kürbis leuchtete unterm Arm. Er schlug vor, erneut die Wächter zu kontaktieren.

Bejahende Ausrufe brandeten auf.

Ein schwarzer Vogel flatterte aus einem der Bäume. Er landete auf der Schulter des Reiters. Nach lautem Krächzen sprach der Rabe: »Ohne Hilfe wird es schwer.«

Die Wolke nickte. Sie schloss die Augen. In pulsierendem Licht erschien die gläserne Kugel. Das Licht der Sonne brach sich darin und malte Regenbögen aufs saftige Grün. Allein ihr Schein erfüllte die Anwesenden mit Zuversicht. Zwischen die Figuren wanderte das Klingeln einer Glocke.

»Ja bitte?« Rondos Stimme war augenblicklich zu hören.

»Mein lieber Freund, wir benötigen ein weiteres Mal Euren Rat.«

»Selbstverständlich. Wie kann ich euch helfen?«

Mit wenigen Worten beschrieb sie die Ergebnisse der nächtlichen Ausflüge, ihre Erfolge und Misserfolge.

Rondo überlegte. »Was ich euch vorschlage, wird wahrscheinlich nur wenig Zustimmung finden. Aber ihr solltet versuchen, mit den Buchwürmern zusammenzuarbeiten.«

Tumult brach los. Viele Phantasien empörten sich über diese unverschämte Idee.

»Bitte beruhigt euch«, versuchte die Wolke zu beschwichtigen. »Wir sollten uns anhören, was Rondo damit bezweckt.« Doch die Ruhe hielt nicht lange an.

Mit krächzender Stimme rief die Hexe Baba Jaga aus ihrem Hexenhaus: »Aber sie scheren sich nicht um uns, wah. Sie verschlingen Bücher nur. Welche Geschichten sie zu erzählen haben, ist ihnen völlig egal, wah!«

»Dennoch«, ging Rondo dazwischen. »Sie sind in der Welt der Menschen heimisch. Sie können helfen, auf Bücher aufmerksam zu machen. Ihre Anziehungskraft wird nützlich sein, Leser in die Läden und Geschäfte zu ziehen. Nur so werdet ihr neue Leser finden.«

Der Widerstand ebbte ab. Aus dem Unverständnis wurden Hilfe suchende Blicke. Doch niemand fand Argumente, die dagegensprachen.

Rondos Vorschlag klang einleuchtend. Im wahrsten Sinne verschlangen Buchwürmer Bücher, ohne sie zu lesen. Allerdings schadete es ihnen auch nicht. Ihr Verschlingen war mehr ein Naschen, ein intensives Probieren. Die Energie jedoch, die sie damit freisetzten, strahlte weit über ihre Körper hinaus und löste bei den Menschen in ihrer Nähe ein tiefes Verlangen nach Lesestoff aus.

Die Wolke hielt dies für einen sinnvollen Ansatz. »Hab vielen Dank, Rondo.«

In einem Rauschen verschwand die Kugel wieder, drückende

Stille nahm ihren Platz ein. Alle Blicke waren nun auf die erste Phantasie gerichtet.

Ich spüre eure Unsicherheit und Sorge.Und ich hoffe, dass wir einer Lösung damit näher kommen. Niemand hat es verdient, in Vergessenheit zu geraten.

14

Ungeduldig stapfte Nepomuk durch den großen Raum. Zehn Uhr hatte man ihm gesagt. Der Zeiger der goldenen Taschenuhr zeigte bereits fünf Minuten nach zehn. Unpünktlichkeit tolerierte er nicht. Doch dieses Mal blieb ihm nichts anderes übrig. Woher das Telegramm kam, auf das er wartete, wusste er nicht. Wichtig war nur, dass es kam. Und zwar bald.

Die kostbare Zeit einfach verstreichen zu lassen, pumpte Wut durch seine Glieder. Das Leben war zu kurz, um es mit Nutzlosigkeit und Unproduktivität zu vergeuden.

Verärgert zog er die Brauen zusammen und die Lippen kraus. Er starrte auf den Telegrafen. In dem kleinen Apparat begann es zu summen. Der elektrische Magnet lud sich auf, gleich darauf huschte die Spitze der Mine über den schmalen Streifen Papier. Wie eine freche Zunge schob sich die Nachricht nach draußen.

Ein zufriedenes Lächeln umspielte Nepomuks harte Züge. *Mein lieber Arthur Robinson, nun wirst du mir nicht mehr ausweichen können.*

Seit drei Tagen verbrachte Finn die Zeit nach der Schule in Arthurs Laden. Mit der Motivation, seine Familie zu unterstützen, konnte er endlich die Geheimniskrämerei ablegen und die Zeit in Arthurs Reich vollends genießen.

Aus irgendeinem Grund lief er Gordon nicht mehr über den Weg, was ihm das Verschwinden vom Schulgelände ungemein erleichterte und ihn vor blauen Flecken bewahrte. Ein bisschen schade nur, dass sein neuer Gürtel keinen Einsatz fand. Er hätte ihn gerne einmal in Aktion erlebt.

Arthur hatte ihn allein im Laden gelassen, um ein paar Besorgungen zu tätigen. Etwas, das er in Anbetracht der guten Auftragslage nur ungern tat, jedoch nicht zu vermeiden war.

Finn hatte sich hastig um die neue Ware gekümmert, um endlich auf Entdeckungstour zu gehen. Er hoffte, dass niemand ihn dabei störte. Im Begriff loszustürmen, fiel sein Blick auf die Ladentheke. Die neu eingegangenen Bestellungen hatte er ganz vergessen.

Arthur hatte bereits alles vorbereitet. Die Liste mit den Adressen, der kleine Stapel Bücher sowie das Packpapier. Nur der grobe Faden, um alles zu verschnüren, fehlte. Suchend ging Finn die Ladentheke ab.

»Kann ich dir helfen?«, fragte Ka-Tsching, der den jungen Mann beobachtete.

»Weißt du, wo die braune Schnur abgeblieben ist?«

»Sicher«, antwortete er und sein Blick huschte zur Türglocke.

Der amüsierte Gesichtsausdruck missfiel Finn. »Ring schläft, oder?«

Ka-Tsching nickte. »Unter mir im Schrank ist ein Staubwedel. Kümmere dich damit um unseren schlafenden Freund und ich verrate dir, wo die Schnur ist«, griente Ka-Tsching.

Die Glocke hing regungslos in ihrer Halterung und schien tatsächlich fest zu schlafen. Finn haderte einen Moment, stimmte dann jedoch zu.

Er nahm den Wedel heraus, schlich um die Theke und platzierte sich unter seinem Opfer. Der Stiel war kurz, also zappelte Finn auf Zehenspitzen herum, um hinaufzureichen. Die weichen Federn umspielten den Klöppel. Ring stimmte in die kreisende Bewegung mit ein. Der schmale Mund zog sich in die Breite. Plötzlich lachte er laut.

Erst als sein *Linglinglingling* erschöpft klang, ließ Finn den Staubwedel sinken. Ring keuchte, Ka-Tsching lachte rasselnd. Auch Finn konnte sich ein Grinsen nicht verkneifen.

»Dit findet da witzich, wa? Bespielt einfach meen ... wenn ma hia nich ma in Ruhe'n Nickerchen machen kann, wat is eure Freundschaft denn wert?«, tönte er.

»Warte, ich schau mal nach.« Ka-Tsching ließ die Schublade aufgleiten und tat so, als würde er Geld zählen. »Aktuell etwa ein Pfund und fünfzig Pennies.«

Ring rollte mit den Augen.

»Jetzt, wo du wach bist«, schob die Kasse nach. »Bist du einmal so lieb und verrätst unserem eifrigen Freund, wo die Packschnur liegt?«

Trotz der Müdigkeit zeigte sich ein Funkeln in Rings Augen.

»Klaro. In Arthurs Büro, wahrscheinlee uffm Schreibtisch.«

Finn hob dankend die Hand und ging ins Nebenzimmer. Nach einiger Zeit rief er: »Ich finde nichts. Bist du sicher?«

»Merkwürdig. Vielleicht liegt sie doch hier draußen«, sagte die Kasse.

Tief Luft holend erschien Finn im Türrahmen. »Ihr habt mich veralbert oder?« Er stemmte die Hände in die Hüften.

»Kennst du das Buch *Der Weg war umsonst*?« Tosendes Gelächter.

Finn musste sich Gehör verschaffen. »Na gut, schließen wir für den Moment Frieden. Wo ist die Schnur?«

Ka-Tsching ließ die Geldkassette herausgleiten und schleuderte die Rolle mit der Zunge hinüber. »Keine Ahnung, warum Arthur sie permanent hier reinlegt. Ich wusste aber, dass es irgendwann von Nutzen sein würde.« Er kicherte erneut.

Nachdem Finn alle Utensilien beisammen hatte, machte er sich flink daran, die Bücher zu verpacken und die Adressen auf die Pakete zu schreiben, damit er endlich im Laden stöbern konnte. Im Hintergrund lieferten sich die beiden magischen Gegenstände einmal mehr Wortgefechte. So gut es ging, blendete er sie aus.

Seine schmalen Finger stellten gerade das letzte Paket fertig, als er meinte, etwas im hinteren Teil des Ladens zu hören. *Das Kaninchen?* Da Ring und Ka-Tsching noch immer diskutierten, bat er beide, still zu sein. Sie gehorchten nur widerwillig.

Finn ging zu den Wendeltreppen und lauschte. *Nein! Was immer es ist, falls es überhaupt etwas ist, lasse ich mich davon nicht mehr an der Nase herumführen. Und schon gar nicht mache ich mich vor den beiden Kindsköpfen lächerlich.*

»Was'n los? Hörste een Mäuseballett?«, fragte Ring.

»Ich höre jedenfalls nur Quaken«, entgegnete Ka-Tsching und hob neunmalklug die Brauen.

Finn vernahm es in der Zwischenzeit erneut. Ein Schmatzen. Keine Stimmen, wie es die letzten Male der Fall gewesen war. Er suchte die Regale ab. Im Knick des Ladens lauschte er erneut. Gerade, als er zu der Erkenntnis gelangt war, es handele sich doch nur um Einbildung, hörte er es wieder. Allerdings kam das Geräusch von oben. Zögerlich ging er die Wendeltreppe hinauf und blieb am Absatz stehen. Dass Ring und Ka-Tsching ihn die ganze Zeit über beobachteten, ignorierte er.

Jetzt hör auf, dir wegen allem Sorgen zu machen! Was soll hier schon sein? Es sind nur Bücher.

Dann erklang das Schmatzen erneut, laut und deutlich. Noch immer konnte er in den Reihen nichts erkennen. Beim nächsten Mal eilte er in die entsprechende Richtung und blieb vor einem Regal mit fantastischen Erzählungen stehen. Auf Zehenspitzen versuchte er, etwas zu erkennen und erschrak.

»He, alles in Ordnung da oben?«, erkundigte sich Ka-Tsching.

Finn sah noch einmal genauer hin, wollte seinen Augen jedoch kaum trauen. Hinter einem der Bücher saß ein dickes dunkelblaues, beinloses Wesen. Ein schmales Buch in der Hand, das breite, zahnlose Maul geöffnet, als wollte es gerade in den Umschlag beißen. Sie blickten sich mit aufgerissenen Augen an.

»Ja ... ja, alles gut. Bin nur ... weggerutscht«, stammelte er, ohne den Blick abzuwenden. Das Wesen zog das Buch langsam wieder aus dem Maul und starrte zurück.

»Waf?«, fragte es. Es schien keinerlei Angst zu haben. *Ist es auch so ein magisches Wesen wie Ring und Ka-Tsching?*

»Isst du das Buch?«

Das Ding schüttelte den speckigen Kopf.

»Was dann?«, schob er nach.

»Ich geniefe Büfer.«

Finn verstand nicht.

»Fau her.« Das Buch verschwand im breiten Schlund und wurde ganz langsam und schmatzend wieder herausgezogen. Unübersehbar waren die Seiten nun gelb verfärbt, es wirkte alt und abgenutzt.

Sehen die deshalb alle so aus?, spukte es Finn durch den Kopf. »Aber warum machst du das?«

»Ich lebe fon Gefichten. Je fpannender, defto beffer«, versuchte das Wesen, den einfachen Umstand zu erklären.

Finn sah es noch immer fasziniert an. »Und ... was bist du?«

Das rundliche Geschöpf stellte das Buch zurück an seinen Platz. »Ein Büferfurm.«

Jetzt war er völlig baff. Er dachte, das sei eine Bezeichnung für diejenigen, die einfach nicht aufhören konnten, Geschichten zu verschlingen. Dass es nun ein richtiges Wesen mit dieser Eigenschaft gab, brachte sein Herz zum Hüpfen.

Gibt es dann auch Leseratten?, fragte er sich und beschloss, Arthur die Frage zu stellen, sobald er zurückkam. Der Bücherwurm betrachtete Finn neugierig.

»Hast du einen Namen? Ich bin Finn.«

Die speckigen Lippenwulste formten ein Lächeln. »If bin Karl.« Beim Abschluss seines Namens lugte eine riesige Zunge aus seinem Schlund heraus.

»Wieso habe ich dich vorher noch nie hier gesehen?«

Schulterzucken.

»Wohnst du hier ... irgendwo?« Finn fand den kleinen Kerl drollig und wollte noch immer nicht wahrhaben, dass so jemand überhaupt existierte. *Vielleicht hat es eine geheime Behausung. Oder es kann zaubern!*

»Meift flafe ich hinter den Büfern. Man bemerkt mif nift, aber ich bin immer da. Und wenn mir langfeilig ift, dann fpreche ich mit den Phanta–« Karl brach den Satz ab und sah verstohlen weg.

Da Finn mit seinen Gedanken bereits bei der nächsten Frage

war, bemerkte er es gar nicht. »Wenn du die Bücher ... also ... du weißt schon. Schadet ihnen das nicht? Klar, sie sehen dann anders aus. Aber wenn du die Geschichten verschlingst ... wie soll ich sagen, fehlt ihnen anschließend etwas?«

Karl gluckste. Es brachte seinen Körper wie ein Stück Gelee zum Wackeln.

»Nein. Arthur mag ef fogar. Ef läfft die Büfer älter auffehen. Dann kann er nämlif etfaf mehr verlangen.«

»Bist du allein hier oder gibt es noch mehr von dir? Wenn du schon länger hier bist, müsstest du dann nicht schon alle Bücher einmal durch haben? So groß ist der Laden ja auch nicht.«

Karl erzählte ihm, dass er hier allein lebte. Bücherwürmer seien nicht unbedingt die geselligsten Wesen und bevorzugten eher die Einsamkeit. Bei der Geschwindigkeit, wie Arthur und er Bücher einsortierten, aussortierten und verkauften, gehe ihm das Futter einfach nie aus. Im Gegenteil, er könne es kaum abwarten, mit den neuen zu beginnen.

»Wie schmeckt so ein Buch eigentlich?«, wollte Finn wissen. Er konnte seine Fragen gar nicht so schnell stellen, wie sie ihm im Kopf kreisten.

Karl überlegte. »Fantaftife Gefichten find wie ein Obftkorb. Fruchtig, frif und famtig. Fpannende Romane prickeln auf der Funge, find manfmal etfaf farf. Liebefromane ferftrömen daf Aroma von Blumenfträufen. Daf hält lange an. Und Kinderbücher fmecken meift einfaf nach Kreide und Fachfmalftiften. Defhalb mag ich die nicht fo.«

Finn wollte gerade zur nächsten Frage ansetzen, als Ring aufgeregt bimmelte.

Warum ausgerechnet jetzt?

»Warte, ich bin gleich wieder da.« Er wollte noch eine weitere Frage stellen, entschied sich dann aber, zur Treppe zu eilen, um zum Eingangsbereich hinunterzublicken. Am Absatz angekommen, blieb er stocksteif stehen. Den Mann im feinen Anzug und mit dem krüppeligen Stock kannte er nur zu gut. Nepomuk Burke. Als dieser ihn bei den oberen Regalen bemerkte, verzogen sich seine Lippen zu einem Grinsen. Es sorgte bei Finn für Gänsehaut und brachte sein Herz zum Rasen. All die Unsicherheit und Hilflosigkeit waren mit einem Schlag wieder da.

Langsam tastete er sich nach unten, ohne den unerwünschten Gast aus den Augen zu lassen. Am Fuße der Treppe blieb er stehen. Erst jetzt bemerkte er den Briefumschlag, den Nepomuk in der rechten Hand hielt.

»Anscheinend gibt es heute nur uns zwei.« Nepomuks arrogante und herablassende Art sorgte für einen weiteren kalten Schauer. »Kannst du mir sagen, wann Arthur wieder zurück sein wird?«

Finn schüttelte den Kopf. Er wusste es tatsächlich nicht. Auch wenn er im Augenblick hoffte, dass es nicht mehr allzu lange dauern würde.

Sein Gegenüber ließ den Blick kreisen und sah sich im Laden um.

Nein, bitte geh einfach wieder.

Nepomuk schlich am Tresen vorbei und warf einen flüchtigen Blick dahinter.

Wahrscheinlich sucht er immer noch dieses Buch. Ich muss ihn irgendwie aufhalten. Über Nepomuks Schulter hinweg bemerkte er Ring, dessen grimmiger Blick den Eindringling verfolgte. *Wenigstens bin ich nicht allein hier.*

Nepomuk schritt die flachen Regale im Eingangsbereich ab und machte sich auf den Weg zur gegenüberliegenden Wand. Er schenkte ihr einen verächtlichen Blick und drehte sich zu Finn um.

»Was machst du hier so allein?«

Finns Gedanken kreisten wild umher, verdrängten die zahlreichen Fragen an Karl. Auf solch eine Konfrontation war sein Kopf nicht vorbereitet.

»Aufräumen. Und dafür sorgen, dass niemand Unerwünschtes den Laden betritt.« Sein Hirn hatte nach der erstbesten Antwort gegriffen. Sogleich bereute Finn, was er gesagt hatte.

Nepomuk verharrte. Sein Blick wurde kalt und abweisend. »Ich bin mir sicher, dass du deine Sache gut machen wirst, wenn es so weit ist.«

Der heckt doch irgendwas aus, sonst wäre er schon längst gegangen.

»Vielleicht kannst du mir behilflich sein. Ich suche ein Buch. Ein ... besonderes Buch. Es hat einen blauen Einband aus dickem Leder mit einem großen Emblem auf der Vorderseite.«

Finn riss die Augen auf. *Das muss Zufall sein. Das kann doch unmöglich das Buch sein, von dem ich geträumt habe.*

Seine Reaktion entging Nepomuk nicht. »Vielleicht bist du so gütig, es mir zu zeigen?«

»Wir haben viele blaue Bücher. In welche Kategorie gehört es denn?«

Statt einer direkten Antwort erhielt Finn nur ein abschätziges Lächeln. Nepomuk setzte den Stock nach vorn und trat näher. »Ich denke, du weißt, von welchem Buch ich spreche.«

»Ich bedaure, Mr. Burke. Ich helfe Arthur, wo ich kann, aber bisher habe ich nur wenige Bücher in der Hand gehabt. Ein blaues Buch mit goldenem Emblem habe ich bisher noch nicht gesehen.«

Wenn ihn das nicht vollends überzeugt ...

Nepomuk ließ nicht locker. Er kam so dicht heran, dass Finn einige Stufen nach oben auswich, um wenigstens auf Augenhöhe zu sein.

»Mmh, das ist seltsam ... Ich sagte nämlich nicht, dass das Emblem golden war.«

Finn wich das Blut aus dem Gesicht, ihm wurde schwindelig.

Ring schüttelte den Kopf.

Es war doch nur ein Traum. Wie soll ich ihm das erklären?

Finn konnte Nepomuks Rasierwasser riechen. Automatisch wich er weiter nach oben aus. Als der hölzerne Stock auf das Metall der ersten Stufe traf, wollte Finn nur noch fliehen. Er drehte sich um. So schnell er konnte, rannte er die Stufen hinauf. Erst als er oben ankam, wurde ihm bewusst, dass er in der Falle saß. Sein Verfolger nahm gleich zwei Stufen auf einmal.

Dann fiel Finn etwas ein.

So fest er konnte, schlug er auf den Pfosten. Laut scheppernd klappten die Stufen herum und Nepomuk verlor den Halt. Schreiend schlug er auf den harten Untergrund und rutschte in die Tiefe. Der lange Stock verfing sich im Geländer, ließ ihn rückwärts weiterpurzeln. Er rutschte über den letzten Absatz. Mit dem Steiß vornweg landete er auf den harten Dielen, dicht gefolgt von seinem Gehstock.

Wütend stieß Nepomuk unverständliche Verwünschungen aus.

Ich muss hier verschwinden, und zwar schnell.

»Was ist denn hier los?«, donnerte plötzlich Arthurs Stimme durch das Klingeln der Glocke.

Finn zuckte zusammen. Erleichtert blickte er ins Gesicht seines Freundes.

Beim Einrasten der Trittstufen fuhr Arthur zusammen. Er betrachtete die Gestalt am Fuß der Treppe. »Was hast du hier zu suchen?«, fuhr er Nepomuk barsch an. Mit großen Schritten eilte er durch den Laden.

Unter Stöhnen rappelte sich der ungebetene Gast auf, sortierte den feinen Anzug und strich ungeschickt den Staub aus dem Stoff. »Es ist ungeheuerlich, wie hier mit Kunden umgegangen wird!«, protestierte er.

»Du bist kein Kunde, sondern unerwünscht. Und jetzt verlasse mein Geschäft, augenblicklich!«

Es lag etwas in Nepomuks Blick, das Finns Sicherheit schmälerte. Ein Funkeln, das unerschütterliche Zuversicht ausdrückte.

Gestützt auf seinen Gehstock trat Nepomuk näher an Arthur heran. »Sobald dies alles mir gehört, werde ich der Einzige von uns dreien sein, der hier noch ein- und ausgehen wird.« Schwungvoll drückte er Arthur den Umschlag auf die Brust und schritt mit erhobenem Haupt an ihm vorbei. Die Hand bereits am Türgriff drehte Nepomuk sich noch einmal zu ihnen um. »Man sieht sich, Gentlemen.«

Gleich darauf verkündete Rings Läuten, dass es überstanden war.

Arthur öffnete zögerlich den Umschlag. Sein Blick hüpfte hektisch über die Zeilen, mit jeder weiteren schien er blasser zu werden. Er wandte sich ab und ging in Richtung Ladentheke.

»Ich denke, du gehst jetzt besser nach Hause«, sagte er tonlos.

Doch Finn wollte nicht. Er wollte den Laden und Arthur in diesem Augenblick nicht allein zurückzulassen.

»Ich sollte dir helfen ...«

Arthur hob die Hand und unterbrach ihn. »Das ist nicht der richtige Zeitpunkt.«

»Nein, das werde ich nicht!« Finn stand mittig im Laden, die Hände zu Fäusten geballt. »Ich habe den Laden gerade erfolgreich gegen diesen Widerling verteidigt.«

Arthur sah ihn überrascht an.

»Ich möchte wissen, wofür ich das getan habe. Was ist an diesem Buch so besonders, dass Nepomuk Burke alles dafür tun würde?« Finn konnte sehen, wie es in Arthur arbeitete. Sein Blick wanderte zwischen Brief, dem Laden und ihm hin und her. Durch den Bart zog er tief die Luft ein.

»Ich denke, ich sollte dir etwas über Bücher erzählen, das du bisher noch nicht wusstest.«

15

Arthur schlurfte ins Arbeitszimmer, bat Finn, im Sessel vor seinem Schreibtisch Platz zu nehmen. Das große Bullauge zerschnitt das Licht in helle Streifen und warf seinen Schatten als verzerrte Form in den Raum. Der Brief landete auf der Arbeitsunterlage und verblieb dort unangetastet wie ein verfluchtes Relikt. Finn empfand die Stille als unangenehm. Nur Arthurs schwerer Atem durchschnitt die Ruhe wie ein aufziehender Sturm.

»Was du in den nächsten Minuten hören wirst, ist nur sehr wenigen bestimmt. Solltest du irgendjemanden etwas davon erzählen, wird dies Konsequenzen haben.« Seine Worte waren ungewöhnlich scharf. »Habe ich mich deutlich ausgedrückt?«

Ein unangenehmes Kribbeln verteilte sich in seinem Körper, wanderte vom Bauch bis in die Extremitäten. Etwas Mächtiges hatte vom Raum Besitz ergriffen und hielt ihn nun fest auf den Sessel gepresst. Ihm wurde warm. Selbst das Nicken fiel ihm schwer.

»Was Nepomuk begehrt, ist das Buch der Phantasien«, begann Arthur. »Um die Bedeutung zu verstehen, muss ich dir zunächst einiges erklären. Was du draußen in den Regalen siehst, sind einfache Bücher. Sie beherbergen ordinäres Wissen, Geschichten, Abenteuer, Karten, wissenschaftliche Abhandlungen. Es sind Texte für die Allgemeinheit. Jeder kann sie kaufen und lesen, damit tun, was immer er möchte. Doch es gibt Bücher, die deutlich darüber hinausgehen.« Er machte kurz eine Pause, als er sah, dass Finn gespannt die Luft anhielt. »Wissen bedeutete seit jeher Macht. Es gibt jedoch Wissen, welches Macht entfesselt. Es ist so zerstörerisch, dass keine gewöhnliche Hand solch ein Buch je zu fassen kriegen darf. Die Kraft der Worte vermag bereits einiges zu bewirken. Kombiniert man sie mit Magie, entsteht etwas wahrhaft Außergewöhnliches. Einige dieser Bücher beinhalten ganze Welten. Du könntest durch sie spazieren und würdest keinen Unterschied zu dieser feststellen. Sie sind experimentelle Orte, Todesfallen und Rückzugsorte, aber auch Gefängnisse. Andere sind Folianten, können mit ihren Zeilen Menschen, Gedanken oder Gefühle manipulieren. Was immer du tun möchtest, du wirst ein entsprechendes Buch dafür finden. Und dies sind nur zwei Möglichkeiten. Damit niemand diese Bücher missbraucht, müssen sie versteckt und geschützt werden.«

Finn brauchte einige Sekunden, um Arthurs Schilderungen zu begreifen. »Warum werden diese Bücher nicht einfach vernichtet? Dann würde es diese Gefahr nicht geben.«

»Würdest du ein Kochbuch wegschmeißen, ohne zu wissen, ob du ein bestimmtes Rezept nicht noch einmal gebrauchen kannst? Diese Entscheidung ist nicht leicht, wiegt teils sogar äußerst schwer. Was immer man wegschmeißt, könnte die Lösung für etwas anderes sein. Gewissermaßen steht man sich mit dieser Entscheidung immer selbst im Weg.«

Finn rutschte auf dem Leder hin und her. »Und Nepomuk möchte unbedingt eines dieser Bücher haben. Aber warum? Und wieso glaubt er, du hättest es?«

Arthurs Bart versteckte das verschmitzte Grinsen. »Das Buch der Phantasien kann eine Verbindung zu den geistigen Schöpfungen der Menschen herstellen. Figuren, Gegenstände, was immer man sich ausdenkt. Diese Vorstellungen kommen und gehen mit unseren Gedanken an sie. Die Texte in diesem Buch erlauben, sie einzufangen, mit ihnen zu kommunizieren und sie zu manipulieren. Wir Menschen sehen sie in unseren Träumen oder wenn wir die Augen schließen. Aber es gibt auch Personen, die können sie am Tage sehen, habe ich recht?«

Mit einem Mal wurde Arthurs Blick durchdringend. Die rechte Braue angehoben, sah er Finn erwartungsvoll an. Dessen Blut sackte in die Gliedmaßen. Nervosität überrannte ihn.

»Ich … bin mir nicht sicher … was du meinst«, stotterte er.

Arthurs zweite Augenbraue hob sich, intensivierte den Blick.

Er kann unmöglich wissen, was ich sehe oder höre. Woher …?

»Er weiß es von uns«, kam es plötzlich von hinten und Finn zuckte zusammen. Im Türrahmen standen zwei merkwürdig gekleidete Männer, vielleicht einen Kopf kleiner als er. Der eine rund in jeder Hinsicht, der andere unscheinbar.

Ihre Gesichter, sie … Oh, das ist nicht möglich!

»Uns is deene Bejabung nich entjangen«, nahm Ring die Unterhaltung wieder auf.

Der Kratzer … er ist ein Schnauzer!

Ka-Tsching schob sich mit dem runden Bauch vornweg durch die Tür und damit gleichzeitig Ring beiseite. »Wir sind Buchwächter«, posaunte er im Raum stehend. Der runde Kerl wippte vor und zurück und ließ die Arme dabei im Takt schwingen. »Betritt jemand den Laden mit bösen Absichten, dann spüren wir es. Geht es den Phantasien schlecht, spüren wir es. Versucht sich jemand Zutritt zu den besonderen Büchern zu verschaffen, dann …«

»… wirda uffjeknöpft, in kleene Teile jeschnitten und uff offna Flamme jekocht«, schob Ring dazwischen. Sie starrten ihn an. »Wa'n Spaß. Ick weeß doch, dat keen offnet Feua inne Nähe von Büchan alobt is.« Er zwinkerte, nahm seiner Äußerung damit aber nicht die Absurdität.

»Und wir glauben, nein, wir sind davon überzeugt, dass wir drei eine Fähigkeit gemein haben«, kam Ka-Tsching zum eigentlichen Thema zurück. »Du siehst Dinge, die du dir nicht erklären kannst, richtig?«

Finn blickte hilfesuchend zu Arthur, doch der schien ebenso gespannt auf eine Antwort zu warten.

»Was genau meint ihr?« Er wusste es wirklich nicht.

»Es war weiß und flauschig.« Ka-Tschings Heiterkeit überschlug sich.

Finn riss die Augen auf. »Ihr konntet es auch sehen? Und ich dachte schon ...«

»... dass du verrückt bist? Nein, keinesfalls«, gluckste der runde Kerl. »Zumindest nicht, was das Kaninchen angeht. Allerdings ist deine Begabung sehr selten.«

»So selten, dass es bisher nur einen gab, der dies konnte«, brummte Arthur und neigte sich über den Schreibtisch. »Gibt es noch mehr, das du wahrnimmst?«

Finn haderte mit sich. Es fühlte sich an wie ein Traum. *Wie kann mir jemand glauben, dass das real ist, was ich erlebt habe?*

»Da sind Stimmen. Also ... ich höre sie nicht ständig.«

»Hörst du sie nur im Geschäft oder auch außerhalb?« Arthur ließ nicht locker.

Er dachte an die Situationen, in denen er sie vernommen hatte. »Eigentlich nur, wenn ich direkt bei den Büchern bin. Aber was hat das zu bedeuten?«

Ka-Tsching tanzte freudig durch den Raum. Die üppigen Rundungen hüpften wie Wackelpudding. »Das ist großartig! Was für ein besonderer junger Mann!«

»Wat unsa Geleedrops versucht zu sachen is, datte Phantasien nich nur sehn, sondan och hörn kannst. Jenau wie wir.«

Stille.

Finn musste eine ganze Weile mit ausdruckslosem Gesicht dagesessen haben, denn Ring fing irgendwann einfach an zu lachen.

Arthur legte ihm eine Hand auf den Arm. »Ich weiß, es ist alles ein bisschen viel auf einmal, aber da gibt es noch eine Kleinigkeit. Heute Morgen erhielt ich ein Telegramm, man hat mich um etwas gebeten.« Alle Augenpaare waren auf die bärtige Gestalt gerichtet. »Ring und Ka-Tsching haben mir ihre Vermutung bereits gestern mitgeteilt und ich habe diese Information weitergegeben. Sofern du deine Gabe entwickeln und friedvoll nutzen möchtest, habe ich die Erlaubnis, dich in die Welt der Buchwächter einzuführen. Als eine Art Ausbildung.«

In den Raum drang nur das dumpfe Rattern der Kutschen durch das Mauerwerk.

Finns Blick wanderte zu Ring, hinüber zu Ka-Tsching und schließlich wieder zu Arthur.

Vielleicht bin ich ja doch irgendwie verr... Wie soll ich das meinen ... Eine Ausbildung! ... Ich kann Phantasien hören ... Bestimmt wache ich gleich ... Der Hase war echt? ... Die beiden sind echt? Finns Kopf wollte platzen. All den Unsinn in der Gegend verstreuen, damit er anschließend schauen konnte, was davon zu gebrauchen war. Doch die Eindrücke blieben.

Wie ein Fisch öffnete und schloss er den Mund. Sein Geist konnte sich nicht entscheiden, ob er antworten oder schweigen sollte.

»Ich glaube, es wäre angebracht, dir ein wenig Bedenkzeit einzuräumen«, schlug Arthur vor. Die Anspannung fiel von ihm ab.

»Aba nur, wennde Ja sachst«, rief Ring aus dem Hintergrund. »Autsch!« Ka-Tsching hatte ihm einen Seitenhieb verpasst.

»Wie alt sind diese besonderen Bücher?« Finns Kopf klammerte sich an den letzten Moment, in dem alles noch halbwegs normal gewesen war.

»Das weiß niemand. Einige werden mehrere Hundert Jahre alt sein, andere vielleicht nur ein Jahrzehnt. Einer gepflegten Erscheinung sieht man das Alter nicht unbedingt an.« Arthur zwinkerte und strich sich über die Robe. »Ich kann mich jedoch noch daran erinnern, als mein Vater das erste Mal mit ihnen in Berührung kam. Es war in einem Winter vor vielen Jahren. Der erste Schnee lag draußen und ich half in den Ferien im Laden aus. Ein stämmiger Mann betrat hektisch und grimmig dreinblickend das Geschäft, brachte Kälte und Matsch mit herein. Beides missfiel meinem Vater. Der Fremde war ein unhöflicher Mensch, drängte ihn so lange, bis er unter vier Augen mit ihm sprechen konnte. Ich versuchte zu lauschen, wie es Kinder eben tun. Als der Unbekannte das Geschäft wenig später wieder verließ, war die Freude aus Vaters Gesicht gewichen. Und sie sollte auch nie wieder in vollem Umfang zurückkehren. Einige Zeit später waren diese beiden magischen Gentlemen da und mein Vater vergrößerte den Laden. Erst viel später habe ich erfahren, warum diese Bauarbeiten notwendig waren, ebenso wie die zwei Buchwächter.«

»Man hat euch besondere Bücher anvertraut. Bist du auch eine Art Buchwächter?«, wollte Finn wissen, um Arthurs Rolle in dieser Konstellation zu verstehen.

»Nein. Ich bin und bleibe Buchhändler. Allerdings habe ich eine Prüfung und einen Eid abgelegt, der mich als Bewahrer betitelt. Ich habe mich damit verpflichtet, die Geheimnisse um die besonderen Bücher zu wahren, diese zu schützen und den Buchwächtern jede nur erdenkliche Unterstützung zukommen zu lassen.«

»Du trägst also die Verantwortung, kannst aber gar nicht wirklich mitreden«, stellte Finn fest.

Ring unterdrückte ein Lachen. »Ick mag ihn. Er bringtet so schön uffn Punkt.«

Arthur blickte mit finsterer Miene zu dem dünnen Geschöpf.

»Bei der Verantwortung stimme ich dir vollends zu. Uns wird eine außerordentliche Ehre zuteil. Nicht nur, dass wir das Lesen fördern und damit buchstäblich die Phantasie anregen, wir bewahren auf diese Weise besonderes Wissen, das den unbedachten Geist schlicht in den Wahnsinn treiben würde.«

Sachte nickte Finn. Es fiel ihm schwer, in nur wenigen Minuten alle Facetten zu verstehen. Er wandte sich Ring und Ka-Tsching zu.

»Eines will mir noch nicht so recht in den Kopf. Weshalb könnt ihr Phantasien hören und sehen?«

»Wir können sie sogar spüren«, ergänzte Ka-Tsching stolz. »Es muss uns möglich sein, die Zugänge in ihre Welt, also die Bücher, gänzlich zu überwachen. Eben weil wir ihnen so nahe sind, hören wir sie, wenn sie in Aufregung sind. Spüren sie, wenn Traurigkeit sie erfasst, und sehen sie in seltenen Fällen, wenn sie ihre Energie nicht im Zaum halten.«

»Was sagt euch, dass es kein Geist war oder reine Einbildung?«

»Geister gibt es nicht«, tat Ka-Tsching den Einwand mit einer Handbewegung ab. »Daran glauben nur Menschen. Aber keine Sorge, es gibt auch Glocken, die glauben, sie hätten eine bedeutende Rolle inne.« Er lachte.

Ring hingegen schnappte nach Luft. Die beiden begannen eine Diskussion, während Finn stumm und in Gedanken versunken vor sich hin starrte.

»Es muss viel sein, das dir durch den Kopf geht. Nutze die Nacht, um darüber nachzudenken.«

»Wie soll ich meine Familie dazu um Rat fragen? Ich werde ihr nichts davon sagen können. Und selbst wenn, würden sie mich für verrückt halten.«

Arthur schlug ihm vor, es als gewöhnliche Ausbildung mit guten Aussichten auf eine direkte Festanstellung zu verkaufen. Die Ergänzung, dass Arthur eine Rückmeldung bereits am nächsten Tag bräuchte, ließ Finn das Herz in die Hose rutschen.

Wenn ich doch nur etwas mehr Zeit hätte …

16

Nur spärlich drang das Tageslicht durch den Verkaufsraum bis ins kleine Arbeitszimmer. Funkelnd und warm brach es sich im Glas, wurde von spiegelnden Oberflächen zurückgeworfen, um die verschiedenen Materialien lebendig erstrahlen zu lassen. Tausende farbiger Flecken schwebten durch den Laden. Nur durch die schmale Tür ins angrenzende Arbeitszimmer kam sie nicht. So war der Raum dunkel und trostlos, dabei entstanden hier so viele wundervolle Dinge. Mit viel Geduld und in liebevoller Handarbeit, seit beinahe fünfzig Jahren.

Es war kaum zu übersehen, dass die Zeit ebenso ein und aus gegangen war wie die vielen Kunden, die sich teils seit Generationen an Gillians Arbeiten erfreuten. Für Hochzeiten, Geburten, zur Freude von Kindern und Bekannten. Die Gründe waren genauso verschieden wie die Gegenstände selbst. Eins waren sie jedoch immer gewesen: Unikate. Und so fiel es Gillian jedes Mal schwer, sie gehen zu lassen, wohl wissend, dass man seine Arbeit nur so schätzen konnte. Ein schmerzlicher, aber unverzichtbarer Kreislauf.

Gillian saß auf einem alten Holzstuhl, der sich knarzend über jede Bewegung beschwerte. Dicht über den Schreibtisch gebeugt, blickte er durch ein riesiges Vergrößerungsglas, das ihm das filigrane Innenleben einer alten Spieluhr zeigte. Nicht seine eigene Arbeit, dennoch raffiniert und meisterlich gebaut. Sie war defekt. Die kleine Schwungfeder war gebrochen, hatte vermutlich einen

Sturz nicht überlebt. Zumindest erzählte die feine Beule an der Außenseite diese Geschichte. Die Feder wurde ersetzt, das Uhrwerk aufgezogen und eine helle Melodie trällerte augenblicklich durch den kleinen Raum. Sie vertrieb die Zeit und Gedanken für einen Augenblick. Schließlich verstummte sie wieder. Zufrieden stellte Gillian sie ins Regal zu den anderen erledigten Arbeiten und blickte dann darunter auf jenes mit neuen Aufträgen.

Ein einziger Zettel lag dort. In krakeliger Handschrift war Arthurs neues Türschloss dort vermerkt. Ein komplexer und anspruchsvoller Auftrag, der gleichermaßen die Kasse aufzufüllen wusste. Statt den Zettel herauszunehmen, starrte Gillian mit leerem Blick darauf.

Als Arthur ihm die Details zu den notwendigen Sicherungen erklärt hatte, schwang eine ungewöhnliche Anspannung mit. So sehr er sich auch mit Arthur verbunden fühlte, der Wunsch, einem Freund ein herausragendes Produkt zu fertigen, wollte nicht aufkommen. Die Begeisterung für seine Arbeit war mit einem Mal fort.

Gillian war müde. Ihm wurde mit einem Schlag bewusst, wie viele Jahre er in diesem Raum verbracht und Einzigartiges geschaffen hatte. Seinem eigentlichen Traum war er jedoch nie nachgegangen. Genau wie Arthur war es von jeher sein Wunsch gewesen, Bücher zu verkaufen. Ein eigenes Geschäft zu besitzen, in dem er sich der Leidenschaft zu Geschichten und Phantasien hingeben konnte. Vor allem seine Begeisterung mit Kunden und Kindern teilen konnte. Wäre da nicht die Prüfung zum »Bewahrer« gewesen.

Nur wenige Jahre zuvor hatte der Rat beschlossen, gegen den Anstieg dunkler Magie vorzugehen. Den einzigen Weg sahen sie darin, den Handel mit Büchern zu überwachen. Wer an den besonderen Exemplaren Interesse zeigte, würde früher oder später auffallen, meinten sie. Jeder Buchhändler wurde deshalb einer Prüfung unterzogen, um den reinen Willen als auch die Eignung als Bewahrer der guten Magie zu testen.

Kandidaten, die eine Prüfung nicht schafften, offerierte man eine Anstellung oder ein Geschäft, das dennoch im Dienste der Bücher stehen konnte. So wollte man vermeiden, sich Gegner zu schaffen.

Doch was ist eine Alternative wert, wenn sie die tatsächliche Erfüllung verdrängt?

Der Gedanke kam wie eine Luftblase, dehnte sich aus und zerplatzte.

So viele Jahre. Ich will mich nicht beschweren, aber ... Gillian verdrängte die dunkle Wolke in seinem Kopf. Er wollte die Arbeit, die er geleistet hat, selbst nicht schmälern. Viele der Buchhändler verdankten ihm außergewöhnliche Sicherungen, insbesondere die Familie Robinson.

Ein Lächeln huschte über das schmale, faltige Gesicht.

Der gute James Robinson. Die Gestalt eines verschrobenen, eigenwilligen Mannes drängte an die Oberfläche. Auch wenn dieser ein stattlicher Kerl gewesen war, nahm ihm dessen wirrer und stets aktiver Geist oft diese Erscheinung und ließ ihn wie einen Eigenbrötler erscheinen, dem das geschriebene Wort mehr wert war als die Beziehung zu anderen Menschen.

So konnte er zumindest nie enttäuscht werden, stellte Gillian fest.

Mit zunehmendem Alter verstärkten sich diese Züge und der Kontakt ging mehr und mehr zu Arthur über, den er von klein auf kannte. Erst mit James' Tod wurde er der Lücke gewahr und was dieser ungewöhnliche Kerl für die Bücher alles getan hatte. Dennoch, die entstandene Distanz wurde für Gillian eine Distanz zu Büchern. Zu seiner eigentlichen Liebe. Leidenschaft wandelte sich in die reine Erfüllung von Aufträgen und den Buchladen der Robinsons hatte er bereits seit einiger Zeit nicht mehr betreten.

Die Aufträge der anderen Buchhändler nahmen stetig ab. Eine wichtige Quelle versiegte, die nicht durch neue Laufkundschaft ersetzt wurde. Den Gedanken an einen ruhigen Lebensabend schob er trotzdem – oder gerade deswegen – stets beiseite.

Die Bastelei ist alles, was ich habe. Ohne Frau und Kinder war es einsam. *Wenn ich weiter arbeite, wird man mich wenigstens finden, sollte ich einmal abtreten.* Das war Gillians feste Überzeugung. Faul sein konnte er, wenn er tot war. Solange das alte Herz schlug, galt es weiterhin, die Welt mit dem zu erfreuen, was er zu bieten hatte. *Der Herr wird seine Gründe haben, dass ich weiterhin hier verweile.*

Erheitert über die eigene Feststellung lächelte Gillian in sich hinein und griff zum wartenden Zettel.

Das helle Leuten der Türglocke fand ihren Weg ins Arbeitszimmer. Gillian sah neugierig auf. Dem Tag gehörten nur noch wenige Stunden, ein Besuch um diese Zeit war selten, vielleicht auch ein Versehen. Die Zimmertür war nur Spalt breit geöffnet. Er drückte sich aus dem Stuhl, stimmte in dessen wehleidiges Stöhnen ein. Schlurfend schob er sich in den Verkaufsraum, den Blick stets auf den Griff seiner Finger bedacht. Als er auf halbem Wege aufsah, blieb Gillian abrupt stehen. Er bereute, sich überhaupt erhoben zu haben. So weit es ihm möglich war, wollte er der Kundschaft dennoch mit Respekt begegnen.

»Ich bin mir nicht sicher, ob ich mich über Ihren Besuch freuen soll.«

17

Wie Geister standen die Figuren in den Ruinen eines alten Schlosses beieinander. Schemenhaft, allesamt dunkel gekleidet. Das Licht schlich diffus zwischen ihnen hin und her, als prüfte es, ob sie vollzählig waren. Die Gruppe wurde vom kopflosen Reiter überragt. Sein unruhiges Pferd hatte er fest bei den Zügeln gepackt. Rau und tief durchschnitt die Stimme des Reiters die Stille wie eiskalter Wind.

»Wenn jemand das Heranwachsen der Dunkelheit spürt, dann seid ihr es. Die blassen Phantasien unter uns ziehen in die Vergessenheit. Ihr habt die Veränderung selbst gesehen.«

Einige nickten, andere sahen stumm zu ihm auf.

»Etwas schenkt uns seine Aufmerksamkeit und damit Kraft. Es ist ungewöhnlich, dass das Ungleichgewicht so deutlich ist.«

»Möchtest du daran etwas ändern oder weshalb hast du uns zusammengerufen?«, rief eine vermummte Frau krächzend aus dem Hintergrund. Einzig ihre große Nase lugte aus der schweren Kapuze hervor.

»Prinzipiell ist daran nichts auszusetzen. Es war immer ein Wechselspiel, je nachdem, was die Menschen umtrieb. Doch es sind keine schlechten Zeiten. Das Verschwinden der Farbenfrohen stimmt mich nachdenklich.«

Ein Skelett, zusammengehalten durch die zerfressene Uniform eines Piraten, trat nach vorn. »Aber es ist nicht an uns, daran etwas zu ändern. Willst du, dass wir erneute Paarungen eingehen, um die anderen zu beleben? Pah! Genieße den Augenblick, bevor er wieder dahinzieht.« Die Verachtung schwappte über die Gruppe und fand Zustimmung.

»Es ist eure Pflicht.«

Niemand hatte bemerkt, wie sich die Wolke hinter ihnen manifestierte. Die erste Phantasie war der angesammelten Energie gefolgt und wollte nach dem Rechten sehen. Sie war keineswegs überrascht, dass sich hier die dunklen Figuren aus den Geschichten versammelt hatten. »Ich war mir nicht bewusst, dass es noch ein Sie und ein Wir gibt. Betrifft uns der Wandel nicht alle?«

Langsam glitt die Wolke in die Mitte der Gruppe. Sie vertrieb bei einigen das ungute Gefühl, das sie umgab.

»Aber wenn die anderen nicht mehr sind, stärkt es uns doch. Weshalb sollten wir unsere Energie auf sie konzentrieren?« Der Reiter hatte den Kürbis gehoben, um der Wolke zu antworten.

»Ihr lebt nicht durch die Abwesenheit der anderen, sondern durch das Lesen eurer Geschichten. Das ist der einzige Grund, weshalb ihr hier sichtbar seid. Je weniger Phantasien existieren, desto schwieriger wird es, in die Köpfe der Menschen zu gelangen. Ihr tut euch also keinen Gefallen damit, sie verblassen zu lassen.«

Auf einen Besen gestützt, ergriff eine andere Frau das Wort. Die Haut hing schlaff und faltig in ihrem Gesicht, wackelte bei jeder Bewegung wie bei einem Truthahn. Doch ihre glänzenden Augen waren wachsam wie die eines Kindes.

»Dann lasst uns eine weitere Runde in neuen Paarungen versuchen. Schaden kann es nicht. Lasst uns das Gleichgewicht wieder herstellen.«

»Die Frage ist, ob es den erwünschten Effekt erzielen wird?«

Der Kürbis drehte sich der Wolke zu. »Es gibt etwas, das dich an unserem Erfolg zweifeln lässt, ist es nicht so?«

In der grauen Gestalt rotierten die nebligen Schwaden. Ihr schemenhaftes Gesicht verschwand für einen Augenblick.

»Die Macht der verbotenen Bücher wächst. Ich spüre einen Geist mit enormer Willensstärke, der an ihren Sicherungen rüttelt. Wir müssen sehr wachsam sein.«

Ein Zauberer in dunklem Gewand fragte, wie sie dem entgegentreten sollten. Schließlich seien ihre Kräfte nichts weiter als Fantasterei.

»Diese Bücher erschaffen einen Sog, dem sich niemand entziehen kann. Seid ihr einmal darin gefangen, ist es nahezu unmöglich, sich daraus zu befreien. Ihr werdet ein Teil davon und eure Energie wird zu ihrer. Ihr werdet es spüren und dann solltet ihr euch davon entfernen, so schnell es geht.«

»Dann müssen wir den Rat der Beschützer aktivieren und die Sicherungen verstärken!«, protestierte der Pirat. »Wir können doch nicht untätig zuschauen.«

Die Wolke wollte zu einer Antwort ansetzen, als sich eine Frau durch die Gruppe schob. Schlank und hochgewachsen. Ihre Haare waren schwarz wie die Nacht, die Augen weiß wie Nebel. Eine gespenstige Erscheinung.

»Es wächst etwas heran, das ebenso mächtig ist. Ein frischer Geist mit ungeahnten Fähigkeiten, nicht wahr?« Sämtliche Blicke wanderten zu ihr und anschließend zur Wolke. Erwartungsvoll sah man sie an.

Die erste Phantasie nickte.

18

Laut schlug die Tür zum Laden auf. Ring schleuderte so stark herum, dass er beinahe aus der Verankerung fiel. Sein klingelnder Laut erstarb abrupt. Finn stand nach Luft japsend im Eingang. Er hielt sich vornübergebeugt am Rahmen fest. Als wäre es um Leben und Tod gegangen, war er durch die Stadt gejagt. Selbst der Sturz nach einem Ausweichmanöver hatte ihn nicht bremsen können. Das Loch in seiner Hose blieb unbemerkt.

»Gibt's irgendwo was gratis?«, wollte Ka-Tsching wissen. Arthur musterte den Jungen. Ring kämpfte offenbar gegen den Schwindel an.

»Ick muss ma in wat anderet vawandeln. Diesa Job hier is 'ne Tortur.«

»Wir bräuchten noch einen Besen«, schlug Ka-Tsching vor. »Du schiebst doch ohnehin alles vor dir her.«

Mit Rücksicht auf Ring drückte Finn die Tür sanft ins Schloss. Sein brachialer Auftritt tat ihm leid.

Neugierde übermannte die Kasse, die in Finns Richtung hüpfte. »Naaa? Möchtest du uns vielleicht etwas sagen?«

Arthur schüttelte den Kopf. »Lass ihn doch mal zu Atem kommen. Wie soll er dir sonst seine Entscheidung mitteilen?«

Ka-Tsching rollte mit den Augen. Finn konnte ja auch einfach nicken.

»Ja ...« Im Jubel der magischen Wesen ging der Rest des Satzes unter.

Finn hob die Hand.

Ruhe.

»Ich hatte ein langes Gespräch mit meiner Familie. Mir ist nichts Besseres eingefallen, als von einer Ausbildung zum Buchhändler zu erzählen. Ich musste gute Gründe liefern, weshalb ich einen Beruf wähle, der nicht direkt dem Hof zugutekommt.«

Gespannt sahen ihn die drei ihn an. Finn ließ sich nicht anmerken, in welche Richtung seine Entscheidung gehen würde.

»Unter der Voraussetzung, dass ich diese Ausbildung mit Auszeichnung abschließe, um gutes Geld zu verdienen, gewähren sie mir, mich gänzlich aus dem Familiengeschäft zurückzuziehen.« Pause. »Das heißt, ich mach's.«

Ka-Tsching freute sich so sehr, dass in ihm das Kleingeld klimperte. Rings wildes Läuten schmerzte in den Ohren. Arthur kam um den Tresen herum und reichte Finn die Hand.

»Es freut mich, dass du diesen Schritt gehen möchtest. Aber ich hoffe, du unterschätzt die Herausforderungen nicht.«

Habe ich denn eine Wahl? Mir bietet sich die einmalige Möglichkeit, meiner Familie ein solides Auskommen zu sichern. Ich wäre dumm, wenn ich es nicht annehmen würde. Und was ist schon einfach? Vor allem kann ich lesen!

»Ich hätte da was vorbereitet.« Ka-Tsching saß in runder Gestalt auf dem Tresen. Zappelnd hielt er einen Federhalter sowie einen Stapel Papier hoch. *Vertrag* stand in großen Lettern auf der ersten Seite. Finns Blick wanderte zu Arthur.

»Jetzt weiß ich wenigstens, wo mein Schreibgerät abgeblieben ist. In weiser Voraussicht haben wir uns bereits vom Rat alle Formalia schicken lassen.« Er nahm Ka-Tsching die Unterlagen ab. »Da dir nicht irgendeine Ausbildung zuteilwird, gibt es bestimmte Dinge zu regeln. Neben lebenslangem Stillschweigen gibt es Punkte wie: Vergütung, Ausbildungsstätte, Ausbildungsvormund, Entgelt im Falle des Todes ... Hatte ich Verschwiegenheit schon genannt?«

Mit hochgezogenen Brauen blickte Finn seinen zukünftigen Lehrmeister an. Was immer er sagen wollte, blieb zwischen Gehirn und Mund stecken.

Arthur reichte ihm die Seiten. »Lies es dir in aller Ruhe durch. Wenn du Fragen hast, ich bin gleich hier.«

Zögernd nahm Finn den Vertrag und legte ihn auf den Tresen. »Könnte ich dabei tatsächlich sterben?« Er klang verunsichert.

»Jeder Beruf hat seine Risiken. Als Bauer könntest du auch von einer Wagenladung Möhren erschlagen werden.« Arthurs Beispiel war durchaus möglich, allerdings sehr unwahrscheinlich.

Auf den zweiten Blick war der Vertrag überschaubar. Der Text war sehr groß geschrieben. Finn begann zu lesen.

Von Ungeduld getrieben, trommelte Arthur aufs Holz. Zu langsam für eine Melodie, zu schnell, um nicht zu stören. Finn wandte sich ihm zu und erntete ein Lächeln. Er deutete auf die Hand, Arthur hielt in der Bewegung inne und entschuldigte sich. Am Ende des Vertrages wartete eine schwarze Linie, auf der nur noch Finns Unterschrift fehlte.

»Hat jemand ...« Kaum ausgesprochen, hielt Arthur ihm einen goldenen Federhalter unter die Nase. Feine Gravuren funkelten im schummrigen Licht. Finn nahm ihn und zog vorsichtig an der Kappe.

»Du musst drehen«, flüsterte Ka-Tsching.

Mit zitternden Fingern drehte Finn den Federhalter um hundertachtzig Grad und probierte es auf der anderen Seite.

»Ich meinte die Kappe«, korrigierte die Kasse.

»Oh. Natürlich.«

Das Schreibgerät strömte eine unbeschreibliche Energie aus. Offensichtlich brauchte es nicht einmal Tinte. Die Feder näherte sich dem Blatt und leuchtete auf. Jede noch so kleine Bewegung ließ zuckende Funken davonschweben. Mit überraschender Leichtigkeit glitt die Feder übers Papier und hinterließ in goldschimmernder Spur Finns Namen. Nach und nach verblasste sie zu gewöhnlicher Tinte. Es war vollbracht.

Erfreut sah Finn auf. Zu Arthur, Ka-Tsching und zuletzt hoch zu Ring. Alle machten einen zufriedenen Eindruck.

»Der Eid, verjiss den Eid nich!«, rief Ring plötzlich.

»Du hast recht.« Hastig wühlte Arthur in einer Schublade.

»Könnte es das hier sein?« Ka-Tsching hielt ihm einen Zettel hin.

»Du könntest dir zur Abwechslung einmal die Buchhaltung schnappen. Damit wärst du wirklich eine Hilfe.« Die Kasse ignorierte den Einwurf. Arthur kam zurück und bat Finn, die rechte Hand zu heben.

»Bitte sprich mir nach: Den Beruf der Wächter möchte ich ehren und mich gegen Buchfeinde wehren.« Finn tat wie geheißen und wiederholte die Worte. Anschließend sahen sich alle irritiert an.

»Dat war … unspektakulär«, formulierte Ring. Diese Ansicht teilten alle.

»Bin ich froh, dass die Literatur bewachen und nicht verfassen. Das war ja furchtbar. Ich hoffe, wir haben damit keine Phantasie erschaffen.« Arthur zuckte mit den Schultern und steckte den Zettel ein.

»Schließt du bitte die Tür, Finn, und folgst mir nach hinten?«

Finns Hand zitterte. Der Schlüssel im Schloss spielte eine unruhige Melodie. Ring und Ka-Tsching schenkten ihm aufmunternde Blicke. Was immer jetzt folgte, musste etwas Besonderes sein. Arthur verschwand im hinteren Teil des Ladens außer Sichtweite, Finn hastete zwischen den Wendeltreppen hinterher.

Vorfreude glomm in Arthurs Augen.

Jetzt zeig mir schon, weshalb ihr alle so aufgeregt seid!

Sie standen im kleinen Abschnitt, der vom Verkaufsraum nicht einsehbar war. Die Bücher umzingelten sie, blickten als stumme Zeugen erwartungsvoll hinab. Arthur griff ein unscheinbares Buch vom oberen Rand eines Regals. Die Bücher rutschten nach, als würden sie aufatmen.

Aus dem Augenwinkel bemerkte Finn eine Bewegung. Karl lugte über die Papierwand, während er seinem Verlangen nachging.

»Ah, da ist er ja.« Arthur wedelte mit einem Zettel, der wohl im Buch versteckt gewesen war. »Ich bin kein Magier. Diese Sprachformeln kann sich kein Mensch merken.« Er positionierte sich vor der Wand, auf die man vom Laden aus zulief, streckte die Arme und linste ein letztes Mal auf den Zettel. Es folgte unverständliches Gemurmel. Gespannt blickte Finn zwischen dem Regal und Arthur hin und her.

Das ist wie in den Geschichten! Nur in echt.

Finn vernahm ein Ploppen. Eines der Bücher hatte sich einfach aufgelöst! Gleich darauf folgten weitere auf anderen Regalen. Sie bildeten eine vertikale Lücke. Rechts und links davon zogen sich die Bücher zusammen wie ein Akkordeon und verschwanden. Mit ihnen löste sich auch das Regal auf. Nun blickten sie auf nackten Stein.

Arthurs Augen waren weiterhin geschlossen. Sein Murmeln trieb die Anspannung in die Höhe. Eine feine, glitzernde Linie wanderte zwischen den Ziegeln entlang, hinterließ eine schwarze Spur an der Wand. Nach einem kräftigen Ruck schoben sich die Ziegel knirschend auseinander und ein Durchgang entstand. Mit den restlichen Zentimetern brach auch Arthurs Zauberspruch ab.

»... dolma felirium!«, hechelte er die letzten Worte. Er holte tief Luft. »Geschafft! Manchmal muss ich es zwei Mal machen, weil ich mich versprochen hab.«

Er ging ein paar Schritte nach vorn und griff in die Dunkelheit. Es klickte und plötzlich erhellte eine Glühbirne den Raum. Arthurs große Gestalt versperrte die Sicht und so sah Finn nicht mehr als ein paar farbige Flecke. Gebückt durchschritt Arthur den niedrigen Durchgang.

Der Raum war nur eine Kammer. Finn schob sich dicht neben seinen Lehrer, um besser sehen zu können. Entgegen seiner Erwartung waren die Wände vollkommen schmucklos. Das violette, beinah bläulich schimmernde Buch fiel Finn direkt auf. Es lag mittig in einer Halterung.

Das Buch der Phantasien ist riesig! Nepomuk Burke würde das wohl kaum heben können, stellte er amüsiert fest. Es glich dem Buch aus seinem Traum bis ins letzte Detail. Die Farbe, das goldene Emblem, die Art des Leders. Er bekam Gänsehaut bei dem Gedanken, es könnte sich wie ein großes Maul plötzlich öffnen und ihn verschlingen.

»Ich möchte dir etwas zeigen«, holte der Alte ihn aus den Gedanken. Beim Versuch, Arthurs Ellenbogen auszuweichen, stieß sich Finn an der Halterung eines weiteren Buches.

»Autsch, voll in die Leisten.«

»Entschuldige. Ich gebe zu, man hätte ruhig etwas mehr Fläche spendieren können. Kannst du gut sehen?« Neugieriges Nicken. Arthur hatte sich links einem Buch zugewandt. Ein rotes Monstrum, dick, schwer, mit eisernen Beschlägen und ebenso detailreich verziert. Grobes, vergilbtes Papier war zwischen den Deckeln zu sehen. Es musste sehr alt sein. Oder Karl hatte sich daran zu schaffen gemacht.

Allein für ihre Schönheit müsste man diese Bücher wegsperren.

»Nepomuks Objekt der Begierde hast du sicher schon bemerkt. Dieses Buch hier ist das Buch der Ideen. Ein Weltenfoliant zu allem Pflanzlichen, den Erden und Steinen, wie man sie entstehen lässt und formt. Und es kann noch einiges mehr. Es ist primär dazu gedacht, ganze Welten zu kreieren und ihre physikalischen wie biologischen Bestandteile vorher zu testen. Man kann hier also seinen Ideen freien Lauf lassen.« Er pausierte und strich über den Einband. »Um sicherzugehen, dass diese Bücher selbst in den falschen Händen geschützt sind, ist jedes Buch mehrfach gesichert. Neben dem offensichtlichen Schloss hier in der Mitte besitzen viele Knöpfe in den vier Ecken des Deckels. Die meisten halten sie für einen Stoßschutz und übersehen sie leicht. Man muss sie in einer bestimmten Reihenfolge drücken, um den verborgenen Mechanismus freizugeben. Siehst du die Vertiefung hier unten im Metall?«

Finn beugte sich auf Zehenspitzen vornüber. Am unteren Rand, direkt zwischen den verzierten Ecken befand sich eine unscheinbare Fläche. Leicht nach außen gewölbt. Er nickte.

»Dieses Buch ist insofern besonders, weil es etwas Mineralisches zur Entriegelung verlangt. Erde.«

Finn konnte den Blick nicht abwenden. Es besaß eine Schönheit, die er einem Buch nicht zugetraut hätte.

»Hast du Lust, es zu entdecken?«

Finn sah Arthur verwirrt an.

»Ach, das Beste habe ich dir noch gar nicht erzählt. Es enthält eine experimentelle Welt. Man hat dort wundervolle neue Dinge geschaffen, die es hier nie geben wird.«

Finn stand völlig versteinert da. Arthur schien das als Ja aufzufassen.

Aus der Robe holte er einen flachen Schlüssel, steckte ihn in die Mitte des Buches und hielt inne.

»Was ist?«, wollte Finn wissen. Von der Anspannung schmerzten ihm die Muskeln.

»Die Reihenfolge ist extrem wichtig. Man kann nicht einfach irgendwie anfangen. Ich habe nur eines vergessen: Erde.« Er ließ die Mundwinkel hängen.

Sein Schüler griff beherzt in die Hosentasche. »Wird das gehen?« Auf seinen Fingerspitzen lagen Krümel von der letzten Feldarbeit.

»Hervorragend! Reibe es auf die kleine Platte dort unten.« Arthur drückte anschließend die Ecken des Buches. Oben rechts, unten links, unten rechts und zuletzt oben links. Fehlte nur noch der Schlüssel. Vorsichtig drehte er ihn gegen den Uhrzeigersinn. Ein kurzes Leuchten erfasste das Buch, während sich die Schlösser entriegelten.

Nun war es Arthur, der aufgeregt und vorsichtig den Deckel umlegte. Ein farbiges Viereck erschien. Wo sich sonst Buchstaben zu Wörtern aneinanderreihten, befand sich eine Art Fenster mit Blick auf eine Landschaft. Es war im wahrsten Sinne des Wortes magisch.

»Um in die Welt zu gelangen, musst du einfach nur deine Hand auf das Bild …« Arthur löste sich auf.

Was ist passiert? Finn ging hastig ans Buch. Er starrte auf die Szenerie.

Arthur stand mittig auf einem Fels und schlug sich mit der Hand auf die Stirn.

Das war wohl so nicht geplant. Und nun?

Als hätte sein Lehrer ihn gehört, winkte er ihn zu sich. Verwirrt wich Finn ein Stück zurück. *Kann er mich sehen?*

Arthur wedelte mit den Armen. Es sollte wohl heißen, ihm einfach zu folgen.

Das kann unmöglich sein Ernst sein.

Noch eine Handbewegung. Er sollte sich beeilen.

Zitternd und zögerlich wanderte die Hand über das lebendige Bild. Erst mit dem dritten Anlauf legte er sie aufs Fenster. Dann wurde es plötzlich eiskalt.

19

Kneifend und stechend biss die Kälte in seine nackte Haut. Einem Nagelbrett gleich, das man über ihm ausgebreitet hatte und nun fest zusammendrückte. Genau wie die Kälte kam die Wärme plötzlich. Sie vertrieb das eisige Korsett und tauschte es gegen einen Flaum.

Finn war auf den Sturz aus geringer Höhe nicht vorbereitet und schlug lang hin. Der Sturz vergrößerte das Loch in der Hose und machte es nun auch für ihn unübersehbar. Für einen Augenblick lenkte es vom schmerzenden Knie ab, das sich rot schimmernd darin versteckte.

Arthur eilte zu ihm herüber. »Es tut mir leid, Finn. Ich sollte mehr Vorsicht walten lassen. Es gibt so vieles zu beachten. Man kann sich ernsthaft verletzen.«

Er trat einen Schritt beiseite und gab den Blick auf eine Szenerie frei, die Finns Vorstellungskraft sprengte.

Ihr Landepunkt war ein Felsvorsprung, der sich mutig in luftige Höhe streckte. Zu beiden Seiten ragte dunkler Stein hinauf, an dem sich grüne Büschel festhielten. Ungläubig sah Finn nach vorn. Er hielt den alles überragenden Baum für eine Einbildung. Der Stamm war so groß wie ein Häuserblock, wenn nicht sogar wie ein gesamtes Viertel. Die höchsten Schornsteine der Stadt würden nicht einmal halb hinaufreichen. Ähnlich einem Kerzenhalter reckten sich die Äste in alle Richtungen fort, trugen das saftige Grün wie ein Tablett voll Leckereien. Es erinnerte ihn an einen gestülpten Pudding. Kleinere Varianten des Riesen tummelten sich um ihn herum wie Kinder, jede einzelne so breit wie ein Dutzend Kutschen.

»Beeindruckend, oder?« Arthur legte Finn die Hand auf die Schulter. »Komm, es gibt noch mehr zu sehen.«

Finn wollte sich kaum loseisen. Zwischen großen Felsen versteckte sich ein Pfad, der steil in unbekannte, schlecht ausgeleuchtete Tiefen führte.

»Versuch, dich so nah wie möglich an der Wand zu halten. Der Untergrund ist rutschig. Falls du nicht schwindelfrei bist, vermeide den Blick nach links.« Arthurs süffisanter Unterton war nicht zu überhören. Und weil die menschliche Natur prüft, wovor sie Angst hat, sah Finn natürlich hinab.

»Heilige Scheiße«, entfuhr es ihm. Ruckartig presste er sich an den kühlen Fels. Die gigantischen Bäume hatten die Größenverhältnisse völlig verzerrt. Dass sie sich weit oberhalb der Wolkengrenze befanden, zeigten die zahlreichen grünen Wölbungen, die wie kleine Törtchen auf einer Tischdecke lagen.

»Arthur?« Mit respektvollem Abstand zur Kante blieb der alte Mann stehen und drehte sich um. »Was passiert, wenn man in dieser Welt stirbt?«

»Dann wird dich unser Schöpfer genauso kopfschüttelnd erwarten wie in unserer Welt.«

»Aber er hat all das hier ja gar nicht erschaffen.«

»Das ist richtig, ändert aber leider an den Grundfesten von Leben und Tod nur wenig.« Ein Augenzwinkern. »Keine Angst, es ist nicht mehr weit.«

Nach unten schon, kam es Finn in den Kopf. In der Tat wand sich der schmale Weg nur noch um die nächste Kurve, bevor ein flacher grüner Ausläufer vom steilen Abgrund ablenkte. Es war ein breiter Abschnitt im Fels, die für ein ganzes Feld Platz bot. Die Sonne beschien die gesamte Fläche.

Schweigend folgte Finn seinem Lehrer. Seiner Neugierde offenbarte sich ein Farbenmeer. Brummend kreiste etwas um seinen Kopf. Er wirbelte herum, um die Quelle auszumachen. Plötzlich schwebte ein Insekt direkt auf Augenhöhe, ein hellblaues, flauschiges Ding, das von vier eifrig vibrierenden Flügeln in der Luft gehalten wurde. Ohne jedwede Regung hielt es die Position. Finn bot ihm die Hand als Landefläche an. Es ließ sich nieder. Das Brummen verstummte und es strich mit dem Bauch über seine Haut. Die durchsichtigen Flügel zauberten einen winzigen Regenbogen auf die Finger.

»Das müsste eine Fummel sein«, gesellte sich Arthur zu ihm. »Sie ist gesellig, harmlos und schön anzusehen. Ich habe sie mir ausgedacht.«

Finn betrachtete das Wesen verblüfft.

»Wie schon erwähnt, befinden wir uns im Buch der Ideen. Was immer du dir vorstellst, wird Realität.«

»Weshalb Fummel?«, wollte Finn wissen.

»Deshalb.« Arthur zeigte auf das dezente Reiben des kleinen Insekts. »Ich war wohl nicht ganz bei der Sache.«

»Hat sich das hier alles jemand ausgedacht?«

Arthur schüttelte den Kopf.

»Nein, nicht alles. Die Welt als solche ist zusammen mit dem Buch geschrieben worden. Mit anderen Worten: die grundlegende Flora und Fauna sowie die physikalischen Gegebenheiten. Alles, was von unserer Welt abweicht, entsprang der Vorstellung der bisherigen Besucher.«

Finn sah sich um. Die kleine Ebene wurde von bunten Flecken bedeckt, besaß Blumen, groß wie er selbst und mit flachen, runden, eckigen oder ovalen Köpfen. Einige einfarbig, andere mit Nuancen. Wieder andere pulsierten wie ein Regenbogen.

»Aber weshalb denkt sich jemand so etwas aus? Was hat es für einen Zweck?« Schulterzucken.

»Das müsste man wohl den Autor dieser Welt fragen. Genau das sind die Geheimnisse, die magische Bücher umgeben. Man wird den Autor nie auf einem der Klappendeckel finden.«

»Müsste man nicht stolz darauf sein, wenn man solch ein Wunder geschaffen hat?«

»Seinen Namen nicht zu nennen, mag bescheiden klingen, ist am Ende aber reiner Selbstschutz. Das Buch der Ideen ist im Gegensatz zu anderen nahezu harmlos. Stell dir eines mit dunkler Magie vor, das ganze Stürme der Zerstörung entfesseln könnte. Wüsste man, wer der Verfasser ist, würde man ihn jagen. Im besten Falle. Die Mächtigen in unserer Welt würden sich solch ein Talent nur zu gern zunutze machen und es für ihre finsteren Absichten missbrauchen, bis es seinen Zweck erfüllt hat. Keiner der Autoren würde solch ein Wagnis eingehen.«

Finn hielt die Hand noch immer hoch, obwohl sich die Fummel längst auf und davon gemacht hatte.

»Du sagtest, nicht jedes Buch beinhaltet solch eine Welt. Können denn Dinge aus dieser in unsere gelangen?«

»Selbstverständlich. So wie du hier ein und aus gehen kannst, würden es andere Lebewesen ebenso können. Oder Kreationen, Schöpfungen, was auch immer. Es sind, technisch gesehen, einfache Türen. Ich könnte mir gut vorstellen, dass ein zusätzlicher Zauber darüber wacht.«

Finn packte Arthur bei den Armen und sah auf. »Ich möchte es ausprobieren!«

»Wir werden nachher wieder zurück ... oh, du meinst, etwas erschaffen?« Das kurze, strubbelige Haar hüpfte beim Nicken auf und ab.

»Nur zu. Aber sei gewarnt. Nur eine Unachtsamkeit und deine Schöpfung könnte fatale Folgen haben.«

Finn musste es einfach probieren. Diese Gelegenheit war einmalig.

»Gut. Was immer du entstehen lassen möchtest, braucht deine gesamte Aufmerksamkeit. Je intensiver der Gedanke, desto einfacher ist es. Lass uns mit etwas Kleinem, Einfachem ...«

Mit einem lauten Plopp erschien eine dreistöckige Torte zwischen ihnen. Sie versperrte die Sicht, bis die Schwerkraft gierig daran zog und sie klatschend im Gras landete.

»Wenn das so ist.« In Arthurs Hand erschienen zwei Teller sowie zwei Löffel. Er fuhr durch den sahnigen Haufen und tat jedem ein ordentliches Stück auf. »Es gibt durchaus schlechtere Ideen.«

Beide verzogen die Gesichter.

»Daran hätte ich denken sollen. Nur weil etwas existiert, heißt es nicht, dass es seinen Zweck erfüllt. Wenn den Dingen die Seele fehlt, bleiben sie einfach nur Dinge. Und hier fehlt eindeutig Zucker.«

»Wie hast du dann die Fummel entstehen lassen?«

Arthur würgte den cremigen Klumpen hinunter, japsend folgte die Antwort.

»Sich etwas vorzustellen, ist eine Sache. Ihm Leben einzuhauchen, etwas anderes. Es reicht nicht, sich nur die Hülle oder das Äußere vorzustellen. Du musst versuchen, es ganzheitlich zu denken.« Er leckte die Finger ab. »Versuche dir direkt vorzustellen, wie deine Schöpfung agiert, reagiert und funktioniert. Keine einfache Sache und es bedarf ein wenig Übung.«

Finn sah ihn schmunzelnd an.

»Was ist? Habe ich Torte im Gesicht? Nein? Was dann?« Arthur sah an sich herab und prompt fiel ihm etwas aus dem Gesicht. Eine übergroße, künstliche Nase.

»Ich wollte mich an einer Hülle probieren.«

Arthur nickte stolz.

»Ich bin nicht mehr der Jüngste und der Kuchen macht träge«, sagte er mit einem herausfordernden Grinsen im Gesicht. Im Begriff sich ins Nichts zu setzen, entfaltete sich hinter ihm ein Ohrensessel. Dicht gefolgt von einem Höckerchen, das ihm schwungvoll die Beine hob. Beides zierte ein furchtbares Streifenmuster. Arthur schien jedoch zufrieden.

Finn kam eine Idee. »Wie wäre es damit?« Mit einem Ruck sprang der Sessel hoch. Zwei Achsen mit Rädern wuchsen aus den Seiten. Der Alte wollte gerade etwas sagen, als sich der Sessel samt Hocker in Bewegung setzte. Mit einem überraschten Juchzen schoss er davon.

Kurzerhand ließ Finn sich Flügel wachsen. Wie ein Engel mit riesiger Spannweite in weißem Federkleid. Ohne großartig darüber nachzudenken, wie man eigentlich fliegt, hoben ihn die ersten Flügelschläge vom Boden ab. Gleich darauf folgte Ernüchterung. Schlingernd und wackelnd kämpfte er damit, überhaupt in der Luft zu bleiben. Er sackte wie ein Stein herab, fing sich wieder, glitt ein Stück davon, um daraufhin zappelnd von vorn zu beginnen.

Währenddessen hatte Arthur sich die Lenkung eines Bollerwagens erdacht und steuerte wieder auf seinen Zögling zu. Die riesige, schlingernde Gestalt war nicht zu übersehen. Augenblicklich brachte er sein Gefährt zum Stehen. In unmittelbarer Nähe ließ er einen riesigen Kescher erscheinen. Wie einen Schmetterling fing er Finn.

Der zappelte noch immer. Die Flügel gaben ihm keinen Spielraum und so schoss er samt Netz dem Boden entgegen. Nur wenige Meter über dem Untergrund breitete sich raschelnd ein Strohberg aus, in den er mit einem dumpfen Schlag plumpste.

Auf allen vieren drückte Finn sich heraus, sackte immer wieder weg, während ihm vereinzelte Halme in die Haut stachen. Arthurs kräftige Hand packte ihn am Arm und zog ihn mit Schwung ins Freie.

»Ich muss gestehen, für den ersten Versuch eine außerordentlich gute Leistung.«

Finn schlug den Staub aus der Kleidung, zupfte einige Halme aus seinen Haaren und reckte stolz die Brust. *Ich könnte ewig hierbleiben! Hier sollte mir Gordon mal über den Weg laufen.* Ihm fiel das Chaos auf, das sie angerichtet hatten. Durch die Blumen zog sich eine breite Schneise und ringsherum hatte der Sessel den Kuchen als helle Spur verteilt. Dazwischen lag wie selbstverständlich ein übergroßer Kescher auf einem Strohberg. *Und das alles in nur wenigen Minuten.*

Vor ihnen tat sich der Boden auf. Der Alte erschuf einen riesigen Besen. Behutsam kehrte er alles ins Loch. Blieben nur noch Finns Flügel. Er konzentrierte sich darauf, sie rückstandslos von Finns Haut zu trennen, und prompt fielen sie zu Boden. Mit etwas Schwung beförderte er sie in den dunklen Schlund. Arthur wedelte mit den Händen, bis aus den Tiefen des Loches Erde heraufkam. Anschließend legte sich der Rasen wie eine Decke darüber.

Man könnte meinen, es wäre nie etwas gewesen, dachte Finn. »Haben die Handbewegungen etwas zu bedeuten?«

»Nein, aber es fühlt sich irgendwie ziemlich interessant an.« Er lachte.

»Und dies ist nur eines von vielen Büchern? Ich mag mir gar nicht ausmalen, was mit den anderen alles möglich ist.«

Die gute Laune seines Lehrers verschwand.

»Es war relativ einfach, diese Dinge entstehen zu lassen, nicht wahr? Ebenso gut hättest du auch Dämonen, Geister, Monster und andere Erscheinungen heraufbeschwören können. Dein Kopf ist voller guter Energie, eine dunkle Seele könnte sie durch das Portal schicken und in unserer Welt für Tod und Chaos sorgen. Und kaum jemand wäre in der Lage, dem entgegenzutreten.«

Finn sah ihn ausdruckslos an. Diese Idee war ihm gar nicht gekommen. *Hätte ich so etwas gemacht, wenn Gordon hier wäre? Es war so leicht und ich war noch nicht einmal geübt. Was würde jemand hier anstellen, der häufigen Zugang hätte?* Vielleicht war es besser, darauf keine Antwort zu wissen.

»Das heißt, es gibt Bücher, die weitaus Schlimmeres schaffen können.«

»Nun verstehst du, weshalb diese Bücher verborgen werden müssen und warum sie so außerordentlich gut gesichert sind.«

Der Wind begann, um ihn herum zu tanzen, spielte mit der Kleidung und kroch durch das Loch am Knie den Oberschenkel hinauf. Finn sah sich um. Alles hier wirkte so echt. Als wäre es nur ein kurzer Ausflug vor die Tore von Turweston.

»Wie kann man all dies erschaffen?«, wandte sich Finn an Arthur. »Du hattest erwähnt, es seien magische Bücher. Muss man Magier sein, um selbst eines zu schreiben?«

»Nein. Und genau das macht es so gefährlich. Allein die Utensilien sind magisch. Das Papier, die Feder, die Tinte. Ich habe nichts davon je gesehen, aber ich bin fest davon überzeugt, dass es Quellen gibt, von denen du dies bekommst. Aber ich rate dir, es nicht zu versuchen.«

»Unterscheiden sich die Wesen aus diesen Büchern von den normalen Büchern in deinem Laden?«

»Du meinst, ob sie etwas mit den Phantasien gemein haben? Nein. Diese hier sind lebendig, aus Fleisch und Blut. Sie tun einfach das, was man ihnen bei der Schöpfung aufgetragen hat. Phantasien leben nur, solange man an sie denkt. Sie sind wie Geister. Man kann sie zwar sehen, aber nicht greifen. Zumindest glaube ich das. Ich kenne sie selbst nur aus den Träumen. Zudem sind sie das Ergebnis einer kollektiven Tätigkeit, dem Lesen und Geschichten erzählen.«

Finn musste die Eindrücke und neuen Erfahrungen erst einmal sortieren. *Zu schade, dass ich meiner Familie nichts davon erzählen kann.*

Arthur schlug vor, den Rückweg anzutreten und wiederzukommen, wenn es die Zeit erlaubte. Sie ließen die Ebene hinter sich und begaben sich zum schmalen Aufstieg. Finn bekam weiche Knie bei dem Gedanken, wieder dort hochzumüssen.

»Warte!«, rief er laut, als Arthur den ersten Schritt auf die Stufe setzte. Ein heller Ton sirrte durch die Luft, als schweres Metall auf nackten Stein stieß. Ein massives Geländer schlängelte sich nun die Kante hinauf, stützte sich mit ausufernden Armen auf den Fels. Arthur sah ihn voller Anerkennung an.

»Auf die Idee hätte ich auch kommen können. Zudem tut es meinem Kreuz gut, sich festhalten zu können.« Finn vermied es nach wie vor, den Abhang hinunterzusehen, und so heftete er den Blick einfach auf Arthurs leuchtende Robe. Bis der ausladende Fels ihm Abwechslung bot. Er trat aus Arthurs Schatten und riss die Augen auf.

»Wo ist der Zugang hin?«

Statt einer Antwort griff Arthur in die linke Außentasche und brachte ein kleines Buch zum Vorschein.

Aber das ist doch ...

»Die Ähnlichkeit ist nicht zu übersehen, was? Sobald man eines der magischen Bücher betritt, erhält man eine kleinere Ausgabe, um den Zugang von der anderen Seite zu öffnen. Es wäre zu gefährlich, ihn während des gesamten Aufenthaltes einfach unbewacht offen zu lassen. Hier kann man schnell die Zeit vergessen und nicht jede Welt besitzt einen Tag- und Nachtzyklus.«

»Weshalb habe ich keines erhalten?«

Arthur dachte einen Augenblick nach. »Wir sind so kurz nacheinander hier eingetroffen, dass dies wahrscheinlich nicht notwendig ist.«

»Aber was, wenn wir uns verlieren?«

»Das sollten wir nach Möglichkeit vermeiden.«

Finns überraschtes Gesicht entlockte Arthur einen kurzen Lacher.

»Vielleicht ist es besser, wenn du mir einfach zeigst, wie man wieder zurückgelangt.«

»Nun gut. Nicht jedes Buch ist gleich. Ähnlich der verschiedenen Sicherungsmechanismen sind auch die Rückführbücher, so ihr Name, unterschiedlich. Bei diesem hier braucht man nur auf den großen Knopf auf dem Deckel drücken. Bei anderen befindet sich zum Beispiel ein Spruch auf der ersten Seite.« Mit dem Daumen drückte er aufs Emblem. Es erklang ein kurzes Klicken und ... nichts geschah. Überrascht wippte Arthur vor und zurück, überspielte den Moment der Hilflosigkeit.

»Stellen wir uns vor, das Buch würde beschädigt, gäbe es dann noch einen Weg zurück?«

Arthur druckste herum. »Das hängt wohl vom Grad der Beschädigung ab. Bei Feuer, Wasser oder zerrissenen Seiten wäre man hier gefangen. Ein Eselsohr in einer Seite wäre zwar unangenehm, aber kaum hinderlich.«

Sein Schüler deutete ein Nicken an. »Und woran liegt es bei uns?«

Zunächst drehte Arthur das kleine Buch in alle Richtungen, um Beschädigungen auf der Außenseite aus-zuschließen. Es sah intakt aus. Er schlug die Seiten auf und ließ sie über die Kante seines Daumens gleiten.

»Ah, da ist der Übeltäter. Muss passiert sein, als es mir eben bei der wilden Fahrt aus der Tasche geglitten ist. Zum Glück nur ein Knick und kein Riss ...« Der Knick in der Seite war gut zu sehen. Arthur strich ihn vorsichtig glatt. Er wollte gerade zu einem weiteren Versuch ansetzen, als Finn noch eine Frage stellte.

»Was passiert, wenn jemand das große Buch von außen beschädigt? Man sieht ja nicht, dass sich gerade einer darin befindet.«

»Es hätte denselben Effekt. Sie sind nicht nur Duplikate. Was immer mit einem Buch in einer der beiden Welten geschieht, erfolgt auch in der anderen. Sie sind verbunden. Sollen wir?«

Ein ganz schönes Risiko, sich in ihnen zu bewegen, fand Finn.

Arthur wartete seine Antwort nicht ab und drückte auf den Knopf. Vor der felsigen Wand flimmerte die Luft. Ein pulsierendes Oval erschien, in dem die kleine Kammer auf der anderen Seite zu sehen war. Arthur schritt darauf zu, drehte sich aber noch einmal um.

»Warte, bis ich dir ein Zeichen gebe. Strecke deine Arme nach vorne aus, es ist gut möglich, dass der Schwung dich an die gegenüberliegende Wand befördert.«

Mit der flachen Hand berührte Arthur den Durchgang und verschwand. Kurz darauf stolperte er durch die Kammer und gab Finn das vereinbarte Zeichen. Der stechenden Kälte folgte die dunstige Atmosphäre des Ladens. Wie vorhergesagt, versetzte ihm die Energie des Durchgangs einen ordentlichen Schubs. Seine ausgestreckten Arme bewahrten ihn zwar davor, gegen die Wand zu prallen, dass ihn vorher jedoch der gegenübergelegene Ständer mit dem Buch traf, konnten sie nicht verhindern. Schlagartig trieb es ihm die Luft aus dem Oberkörper. Die Arme um die schmerzenden Rippen gewickelt, strauchelte er aus der Kammer.

»Vielleicht sollte ich das entsprechende Buch einfach in Richtung des Eingangs platzieren. Das erspart vielleicht ein paar blaue Flecke.«

Ob Arthurs Feststellung sarkastisch gemeint war oder eine tatsächliche Entscheidung auf Finns Ankunft darstellte, konnte er nicht raushören. Arthur holte den kleinen Zettel hervor und sprach eine kurze Zeile. Gleich darauf verschwand das Loch in der Wand, als wäre dort nie etwas gewesen.

Im Laden war es nach wie vor ruhig. Staub tanzte durch die Lichtfäden der Fenster und Finn genoss die dumpfe Stille zwischen den Büchern. *Was sich wohl hinter all den anderen Wänden noch verbergen mag?* Dann fiel ihm etwas ein.

»Meinst du, das neue Schloss wird Mr. Burke aufhalten?«

Arthur stand zwischen den Wendeltreppen und blickte zurück. »Ich weiß es nicht. Dieser Mann ist mit allen Wassern gewaschen. So wie ich es sehe, werden wir mit den regulären Sicherungen bei ihm nicht viel ausrichten können.«

20

Finn lief durch die Straßen wie eine Marionette. Sein Geist steuerte ihn zielstrebig um Passanten herum, ließ ihn Straßen überqueren, Kutschen Vorfahrt gewähren, während seine Gedanken die Realität ausblendeten. Was er heute erlebt hatte, übertraf alles bisher Dagewesene. Würde die Kälte des Sprunges nicht noch immer vereinzelt in der Haut zwicken, er hätte es für einen Traum gehalten.

Wie ist es möglich, dass man mit Papier, Tinte und Gedanken solch beeindruckende Welten schaffen kann? Dass Wörter Geschichten formen, Bilder entstehen lassen – gut, aber ganze Welten? Physische Welten. In denen man sogar sterben kann!

Er machte einen Schritt beiseite, um einer Dame mit ausladendem Schirm Platz zu machen. Der Sonnenuntergang schickte orangefarbenes Licht durch die Straßen, zog Finns Schatten unnatürlich in die Länge.

Wer stellt diese Bücher eigentlich her? Sie zu schreiben, ist eine Sache, das bedeutet aber nicht, dass man sie auch binden kann. Wer liefert das Leder? Welcher Schmied fertigt die aufwendigen Verzierungen und welcher Schlosser vermag solch winzige Schließsysteme zu bauen? Es müssen doch unzählige Menschen daran mitwirken. Unmöglich, dass eines dieser Bücher geheim bleibt. Und doch sind sie es.

Er glaubte Arthurs Ausführungen. Es schien einfach unwahrscheinlich, dass in so vielen Jahren nie ein Buch für Aufsehen gesorgt hatte. *Gut, ich bin jung. Nur weil mir niemand etwas darüber erzählt hat, heißt es nicht, dass es nicht passiert ist. Was weiß ich also schon?*

Finn stand an einer Kreuzung und starrte durch die zahlreichen Kutschen, die an ihm vorüberzogen. Selbst die teuren, die jedermanns Blick auf sich zogen, fuhren unbeachtet an ihm vorbei. Eine Kutsche hielt direkt vor ihm. Er blieb so lange stehen, bis die Dame mit ihrem Kind die Kabine verlassen hatte und das Gefährt wieder angefahren war.

Wie viele es wohl von ihnen gibt? Vielleicht sogar eine ganze Bibliothek? Arthur sagte, sie seien gut versteckt. Eine Bibliothek wäre bestimmt zu auffällig. Wenn jedoch bereits ein kleiner Buchladen wie der von Arthur so raffiniert gesichert ist, dann wäre dies in einem größeren Gebäude wohl noch viel einfacher.

Der Wunsch, noch mehr dieser Bücher zu entdecken, wurde mit jedem Meter, den er zwischen sich und den Laden brachte, größer. Er musste sich eingestehen, dass damit genau die Neugierde geweckt wurde, die er nicht haben sollte. An den Exemplaren, deren dunkle Anziehung bereits jetzt ihre Wirkung tat.

In der Phantasie ist es ganz einfach: Ich stelle mich vor Gordon, kneife die Augen zusammen und biete ihm Paroli. In Wirklichkeit habe ich schneller eine sitzen, als ich Aua sagen kann. Mit den verbotenen Büchern wird es wohl kaum anders sein. Man glaubt, sie zu beherrschen, und am Ende ist man nur ein Fähnchen im Wind, das der Kraft hilflos ausgesetzt ist.

Die letzten Häuserreihen lichteten sich, gaben den Platz stattlichen Bäumen und einem einfachen Weg frei. Kühler Abendwind umgab Finn. Hier draußen fuhren keine feinen Kutschen mehr, nur die groben Holzwagen der Bauern polterten über den löchrigen Weg und schaukelten die Ladungen wie ein Windspiel hin und her.

Ob Arthur mir wohl auch die anderen beiden Bücher zeigt? Wie sie sich wohl im Detail unterscheiden?

Eine Böe packte Finns Mütze und hob sie vom Kopf. Sie fiel ins Gras. Zum ersten Mal, seit er Arthurs Laden verlassen hatte, nahm er seine Umgebung wieder vollständig wahr. Zwischen den großen Eichen führte rechts ein Abzweig über eine hölzerne Brücke zu einem Gehöft. Der Hof seiner Eltern. Irritiert drehte er sich um und blickte die Straße hinab. Es war ihm unheimlich, den Heimweg so abwesend gegangen zu sein. Doch die Gedanken, die ihn beschäftigten, waren noch immer präsent.

Finn begab sich auf die letzten Meter. Er freute sich auf die Gespräche beim abendlichen Essen, wollte berichten, was er erlebt hatte, bis ihm einfiel, dass es ihm untersagt war. Die Enttäuschung sollte nicht gewinnen. Ihm würde schon etwas einfallen. Schließlich konnte er sich ebenso Geschichten einfallen lassen.

Im Haus der Wards war Ruhe eingekehrt. Die Arbeit auf dem Hof und den Feldern zerrte ohne Vieh noch stärker an den Kräften und so schliefen alle ein, kaum dass das Licht erlosch. Bis auf Finn. Statt sich den Träumen hinzugeben, verfolgte er einige Schatten, die auf der gegenüberliegenden Wand Katz und Maus spielten.

Er hatte es nicht übers Herz gebracht, von seinem Tag zu erzählen, auch nicht von den Dingen, die er hätte erzählen dürfen. Es hinterließ das Gefühl, seine Familie im Stich zu lassen. Hinter ihm lag ein amüsanter Tag, während der Rest sich die Hände blutig arbeitete. Einmal mehr wurde ihm bewusst, in welch schlechtem Verhältnis Lohn und Arbeit manchmal zueinander standen.

Geduldig drückte die Dunkelheit ihm die Augen zu. Die Schatten auf der Wand verschmolzen mit dem Holz, wurden zu dunklem Brei. Lichtfetzen tanzten um ihn herum. Huschten immer wieder durchs Blickfeld, als suchten sie seine Aufmerksamkeit. Finn richtete sich auf. Feiner Nebel bildete Wölkchen, von denen ein mystisches Leuchten ausging.

Was ist das?

Er sah an sich herab und erschrak. Dort, wo sich das Bett hätte befinden sollen, breitete sich Finsternis aus. *Wo bin ich? Wieso falle ich nicht? Bin ich wach?* Die Leichtigkeit des Schlafes fehlte. Seine Glieder waren schwer, genau wie seine Lider. Nur der Kopf war aktiv.

Vorsichtig trat er mit dem rechten Fuß auf. Es gab einen Widerstand. *Ist der Boden einfach nur schwarz?* Das Leuchten gewann an Intensität und Finn spürte einen Blick hinter sich. Zögerlich drehte er sich um. Eine große Wolke waberte dort. Wärme vertrieb alle Gedanken, machte sich in seinem Kopf breit und nahm ihm die Furcht. Dann spürte er die Verbindung.

»Hallo Finn.« Breit und ausladend formte der Mund der ersten Phantasie ein Lächeln. Mit einem Mal sah sie aus wie ein Frosch.

»Wo bin ich hier? Träume ich gerade?«

»Dein Körper befindet sich nach wie vor im Bett. Es sind deine Gedanken, die dich hierhergetragen haben. Stelle dir gerne einen Ort vor, an dem du sein möchtest.«

Finn dachte an den dichten Wald aus Rotkäppchen. Die Geschichte hatte er erst kürzlich gelesen. Helle Sonnenstrahlen huschten verstohlen über saftig grünen Boden und vertrieben die Finsternis. Kurzes, strohiges Gras kitzelte an den Füßen. Er war überrascht, wie einfach es war, seine Vorstellungen erscheinen zu lassen.

»Was mache ich hier?«

»Sag du es mir. Was fühlst du?«

Finn horchte in sich hinein. Wärme pochte in seinem Kopf, die Glieder hingen schwer herab. Und plötzlich war da noch etwas. Eine undefinierbare Kraft. Nein, keine Kraft. Eher eine Sehnsucht. Als würde er jemanden oder etwas vermissen. Sie breitete sich in ihm aus, kribbelte in seinen Armen und bündelte sich in den Fingerspitzen. Irgendwas passierte mit ihm. Finn drehte die Hände herum und betrachtete seine Fingerkuppen.

Leuchten sie? Feine blaue Fäden wehten davon, verästelten sich zu einem Netz, das sich zwischen den Tannen verlor.

Was ... ist das? Mit einem Schlag kamen die Stimmen. Hunderte. Sie schwollen zu einem tosenden Meer aus Rednern an, von denen kein einziger zu verstehen war. Finn hielt sich die Ohren zu, doch sie blieben. Voller Anspannung ballte er die Hände, hob nur den kleinen Finger. Die Stimmen schrumpften auf ein erträgliches Maß zusammen, erinnerten an ein lautes Gespräch in einem Raum. Er versuchte, den einzelnen Unterhaltungen zu lauschen.

Es waren unterschiedliche Gespräche. Drei Schweine kämpften gegen einen Wolf, der aus Leibeskräften pustete. Eine Gruppe Männer, die um ein Bett herumstanden und jemanden beobachteten. Mit jeder weiteren Gruppe gelang es ihm, die Unterschiede zu identifizieren und sie auseinanderzuhalten.

»Ich bin in den Geschichten!«, rief Finn laut. Seine Augen waren weit aufgerissen auf die Wolke gerichtet.

»Nicht ganz. Es sind die Phantasien, an die die Menschen gerade denken.«

»Du meinst, wenn jemand das Buch liest oder die Geschichte gerade erzählt wird?« Sie bejahte. Plötzlich wurde es ruhig in seinem Kopf. Es folgte aufgeregtes Flüstern und zurückhaltendes Tuscheln. »Wer ist das … macht er hier? … Wie kann er … nicht möglich!« Um die Wolke herum tauchten Figuren auf. Einige nur schwach umrissen, andere gut sichtbar. Allesamt jedoch wie Finn in menschlicher Gestalt.

Es sah aus, als würde eine Heerschar Geister auf ihn zukommen. Dann erkannte er, wer sie waren. Sein Blick blieb an den feinen Linien hängen, die zu ihm führten.

Unmöglich! Finn war mit ihnen verbunden. Das blaue Band wehte leicht dahin, ließ aber an der Tatsache keinen Zweifel aufkommen. Und als würde das letzte Puzzlestück an seinen Platz rutschen, erklärte sich das unbestimmte Gefühl, das sich seit seiner Ankunft in ihm breitmachte. Es war gar nicht seines, es war das der Phantasien. Er konnte fühlen, was sie fühlten, spüren, was sie sorgte. Genau wie Ring und Ka-Tsching es beschrieben hatten.

Das ist unglaublich!

Aus dem Schatten einer Baumgruppe traten dunkle Gestalten. Sie zogen die Aufmerksamkeit der Wolke auf sich, deren Freude augen- blicklich erlosch. Mit dem Erscheinen der Fremden fiel Finn direkt auf, dass er zu ihnen keine Verbindung hatte. Der erste der Unbekannten sah ihn an und Dunkelheit schwappte über Finn. Die Stimmen ver- stummten, die Wolke löste sich auf. Dann folgte tiefer Schlaf.

21

Natürlich hatte Gordon ihn nicht vergessen. Auf dem Weg in die erste Pause traf ihn der Hieb so heftig in die Kniekehle, dass Finn vor Schmerz zu Boden ging. Sein in Packpapier gewickeltes Butterbrot landete auf dem Steinboden des Flurs.

»Wie ein Affe. Immer auf allen vieren.« Gordon trat auf sein Frühstück. Ohne ihn eines weiteren Blickes zu würdigen, hüpfte er die Treppe zum Schulhof hinunter.

Lieber wie ein Affe gehen, als ewig wie einer zu denken, wollte Finn hinterherrufen, doch in Ermangelung von Verteidigungsmöglichkeiten besann er sich eines Besseren. Der Gürtel wäre eine Option. Bei all den zusätzlichen Augen würde dessen Einsatz vermutlich unangenehme Fragen nach sich ziehen. Finns Magen knurrte ein Trauerlied, als die Reste im Müll landeten. Für gewöhnlich nahm er diese Ungerechtigkeit hin. Dieses Mal konnte er es nicht.

Im Schatten des Eingangs drückte Finn sich in die Ecke und starrte auf die Raufbolde. Niemand traute sich, sich in der Nähe der Gruppe aufzuhalten. Schäbiges Gelächter ging von den dreien aus. Finns grimmiger Blick haftete unablässig an Gordons Rücken.

Ihm einmal vor versammelter Mannschaft die Unterhose bis zu den Ohren ziehen. Oh Mann, ich bin erbärmlich. Ich kann ihm nicht einmal etwas richtig Schlimmes wünschen. Er schlug die Hände überm Kopf zusammen und ließ die Ellenbogen auf die Knie sinken. Dann drückte sich ein weiterer Wunsch ins Bewusstsein.

Angst einjagen müsste man diesem Widerling. Er soll sich vor sich selbst fürchten, seinen Schatten für einen ewigen Verfolger halten. Finn malte sich eine ganze Reihe an Tyranneien aus, die selbst ihn überraschten. Er dachte an einen Kobold, der ihn unsichtbar umschlich, Dinge fallen ließ, Türen zuschlug oder Gordon beherzt in die Seite kniff.

Ein Schmerzensschrei hallte plötzlich über den Hof. Die Gespräche verstummten. Alle blickten in die gleiche Richtung. Es war Gordon, der sich eine Stelle oberhalb der rechten Hüfte rieb.

Das ... nein. Das muss ein Zufall sein. Oder doch nicht? Ein weiteres Mal formten die Gedanken den Kobold, wie er Gordons Bein hinaufkrabbelte, einen Finger in seine Kniekehle drückte, sich am Hosenbund hinaufzog, um beherzt in den Speckring über dem Gürtel zu kneifen.

Gordon knickte ein, packte die Hose und schrie erneut auf. Jay und Marvin wichen zurück. Das Verhalten ihres sonst so draufgängerischen Anführers jagte selbst ihnen Angst ein.

Finn schlug die Hände vor den Mund. *Wie habe ich das angestellt?* Sein Herz raste, die Hände wurden kalt. Er drückte sich aus dem Schatten, um zurück in den Klassenraum zu gehen, spürte dabei Gordons stechenden Blick in seinem Rücken. Hoffentlich kam sein Widersacher nicht auf die Idee, dass er es gewesen sein könnte, der ihm diesen Schmerz – auf welche Weise auch immer – zugefügt hatte. Aber dazu war Gordon zu dämlich. Oder?

Hastig eilte Finn als Erster aus dem Klassenraum. Über die Seitentür stahl er sich zum Weg hinter dem Zaun. Gordons Blick hatte ihm den ganzen restlichen Tag über im Nacken gehangen. Er legte keinen Wert auf eine weitere Begegnung. Auch wenn er den Gürtel zu gern ausprobiert hätte. Sein Bein schmerzte noch immer. Das reichte.

Sobald der Trubel der Stadt ihn verschluckte, verlangsamte er das Tempo. Der Weg zu Arthurs Buchladen kam ihm beinahe wie ein Heimweg vor. Sobald er aus der Gasse hinter dem Markt trat, nahm er jedes Mal die Beine in die Hand und rannte die letzten Meter. Schwungvoll stieß er die Tür auf und wäre beinahe mit einem älteren Herrn zusammengeprallt. Nach einer knappen Entschuldigung ging Finn langsam ins Arbeitszimmer und legte die Tasche ab.

Zurück im Verkaufsraum sah er sich nach Dingen um, die getan werden mussten. Im hinteren Teil des Ladens entdeckte er eine Dame. Arthur befand sich noch in einer Unterhaltung, also ging Finn auf die Kundin zu. Sie war nur wenige Jahre älter als er und es wunderte ihn, dass sie ihren ausladenden Schirm nicht einmal hier im Laden zuklappte. Ganz auf das dunkelglänzende Haar fixiert, stieß er mit der Schulter gegen die Wendeltreppe. Ein heller Gong huschte durch den Laden. Jetzt hatte er ihre Aufmerksamkeit.

In der Hand hielt sie zwei Bücher, von denen ihm eins ins Auge stach.

»Pinocchio, eine sehr gute Wahl. Ich ... mag besonders die Zeichnungen. Sie machen die Geschichte irgendwie ... lebendiger.«

»Es ist für meinen Neffen«, hauchte sie und lächelte. »Ich persönlich bevorzuge etwas mehr Spannung, ruhig auch etwas blutiger.«

Finn versank in ihren Augen. Zwei unablässig funkelnde, dunkle Perlen. Er schüttelte den Kopf, um seine Gedanken zu sortieren.

»Stimmt etwas nicht?«, fragte sie.

»Oh ... äh. Doch, nein. Alles in Ordnung.« Er verfluchte sich für sein Gestammel. Dann fielen ihm die neu eingetroffenen Krimis ein. Einige von ihnen klangen recht finster. Er eilte zum Regal und zog sie hervor. Sie folgte ihm interessiert. Ohne Unterlass gab Finn wieder, was er beim Querlesen aufgeschnappt hatte. Er versuchte, seinen Charme spielen zu lassen, um ihr einen der Lesehappen schmackhaft zu machen. Es schien zu funktionieren. Ein ehrliches und herzliches Lachen unterbrach seinen Redefluss. Sie nahm ihm eines aus der Hand.

Als sich beide nach vorn begaben, wartete Arthur bereits hinterm Tresen. Das breite Grinsen versteckt im dichten Bart.

»Hat mein Kollege Sie gut beraten, *Miss* Rollins?« Arthur betonte das Wort *Miss* so stark, dass Finn wusste, worauf er anspielte.

»Es war beeindruckend, jemanden mit so wenig Luft so flink reden zu hören.«

Finn wurde rot. *Ich alte Laberbacke. Ein toller erster Eindruck.*

»Aber ja, es war eine interessante wie zielführende Beratung«, sang sie mehr, als dass sie sprach.

Arthur nahm die Ware entgegen und schlug sie in dickes Papier. Mit der Schnur fertigte er einen Griff, der sich um alle Seiten des kleinen Bündels schlang. Geld und Bücher tauschten den Besitzer und mit einem vornehmen Knicks verabschiedete sich Miss Rollins.

»Gentlemen.«

Kaum fiel die Tür klackend ins Schloss, klingelte Ring die Melodie des Hochzeitsmarsches. Ka-Tsching prustete los.

»Sehr witzig. Ich war nur höflich und habe zum Einkommen dieses Geschäftes beigetragen. Kein Grund, gleich irgendwelche Vermutungen anzustellen«, verteidigte sich Finn. Dann fiel ihm plötzlich ein, weshalb er so hereingestürmt war. »Oh, ich muss euch unbedingt etwas erzählen! Ihr hattet doch vermutet, dass ich Phantasien sehen und hören kann. Letzte Nacht hatte ich einen Traum. Und irgendwie war er das auch wieder nicht.« Finn wedelte mit den Händen. »Egal. Ich war bei ihnen!«, rief er stolz.

Fragende Blicke.

»Bei wem?«, hakte Arthur nach.

»Na, da, wo sie leben. Keine Ahnung, wie ich dort hingekommen bin. Es ist kein wirklicher Ort, deshalb hielt ich es für einen Traum. Bis mich diese Wolke angesprochen hat.«

Ring und Ka-Tschings Augen wurden groß. Ihre Blicke huschten zwischen den Anwesenden hin und her.

»Du hastse jesehn?«, fragte er ungläubig. Finn nickte zögerlich. »Dat is nich möchlich. Nich ma wir hammse jesehen. Is dir kla, wer sich dir offenbart hat?«

Kopfschütteln. Ka-Tsching übernahm.

»Sie ist die allererste Phantasie. Das Ergebnis der ersten schöpferischen Gedanken.«

Die Stille vermischte sich mit der dicken Luft des Ladens. Finn trat von einem Fuß auf den anderen.

Ring wollte es noch immer nicht glauben. »Bis uffn Rat hatse keen Mensch je gesehen! Du musst wat Besonderet an dir habn, dat se sich dir jezeicht hat.«

Finns Blick blieb leer. »Interessant ...« Mehr fiel ihm nicht ein. Zumal er kaum etwas davon greifen konnte. Er empfand die Bewunderung als unangenehm.

»Wie muss ich mir das vorstellen? Wie nimmst du Phantasien wahr?« Arthur stützte sich auf den Tresen. Er schien ernsthaft interessiert.

Die Erinnerung an den Traum löste die Starre und so erzählte Finn von den blauen Fäden, den Gefühlen und wie es dort aussah. Nur die Ankunft der dunklen Gestalten verschwieg er. »Habe ich die Möglichkeit, Phantasien zu sehen, wenn du mit ihnen in Kontakt stehst?«

Finn war überfragt. Selbst Ring und Ka-Tsching wussten es nicht.

»Ich bin einfach nur neugierig«, brummte Arthur.

»Versuchen können wir es ja.« Finn tänzelte einem inneren Drang folgend zwischen die Wendeltreppen. Im Schneidersitz ließ er sich auf die knarzenden Dielen nieder. Mit geschlossenen Augen lauschte er in die Tiefe des Geschäfts und verließ sich darauf, dass die Phantasien ihre Anwesenheit preisgaben. Zunächst hörte er nur Karl, der irgendwo in den Regalen schmatzte. Er blendete ihn aus.

Wie könnte ich die Anwesenheit von Phantasien zeigen? Vielleicht sehen und hören? Welche würden sich ... ja! Die Sirenen, aus dem Buch der Mythen wären toll. Das Buch war eines von Arthurs Empfehlungen, auch wenn es keine reinen Geschichten enthielt.

Salzige Luft stieg Finn in die Nase. Kühle Meeresluft wechselte sich mit dem warmen Schein der Sonne ab. Er saß in einem winzigen Boot, Wellen schaukelten es hin und her. Sie klatschten sachte ans Holz, als wollten sie nachsehen, ob es besetzt war. Eine felsige Küste ragte hinter ihm auf, trug das Schreien zahlreicher

Möwen an sein Ohr. Finn dachte an die Sirenen. Rief sich ihre weiblichen Silhouetten ins Gedächtnis, gebunden an eine riesige Flosse. Ein heller Rücken tauchte aus dem Wasser, durchschnitt die Oberfläche. Zwei weitere folgten, ihre Flossen zeigten sich funkelnd. Ins Rauschen des Meeres mischte sich eine Melodie. Ein lieblicher Singsang. Finn rutschte im Boot hin und her, beobachtete die zahlreicher werdenden Rücken.

Die Melodie schwoll an. Immer mehr Stimmen gesellten sich dazu, machten daraus einen Chorus, der ihn einlullte. Er versuchte wegzuhören, um den Klängen nicht zu verfallen. Doch es gelang ihm nicht. Die Lider wurden schwer, klappten immer wieder zu. Es zog ihn nach vorn ... Ein Stoß auf die Stirn holte ihn in die Wirklichkeit zurück.

Er war mit dem Kopf auf die Dielen geschlagen. Pochend verteilte sich dumpfer Schmerz. Finn drückte sich hoch und blinzelte in die Umgebung. Die Ruhe im Laden war ungewöhnlich. Er rieb sich die Augen. Ring und Ka-Tsching gaben keinen Laut von sich. Es war nicht einmal auszumachen, ob sie ihn ansahen. Bei Arthur hingegen bestand kein Zweifel. Schlaff lag dessen Oberkörper auf dem Tresen, durch den dichten Bart drückte sich wiederkehrendes Grollen.

Finns Knie waren weich und so sackte er weg. Staksend ging er hinüber. Unter herzhaftem Gähnen kam Ka-Tsching zu sich, sah ihn schlaftrunken an. »Was ist passiert?«

»Ich glaube, ich habe uns alle in den Schlaf singen lassen.«

»Wenn Ring das macht, habe ich zwei Tage lang Kopfschmerzen.« Er gluckste.

Bei der Nennung ihres Namens schlug auch die Glocke die Augen auf. Sie schauten zu Arthur. Ohne jede Regung verharrte der in der schiefen Position. Finn berührte ihn sachte an der Schulter. Außer einem Grunzen tat sich jedoch nichts.

»Habt ihr sie gesehen?«, fragte Finn. Irgendetwas hatte er bewirkt, das stand außer Frage.

»Nun ja, da wa 'ne Melodie. Jesehen hab ick nich wirklich wat. Kaum hatteste dich jesetzt, wurdn wa alle schläfrich. Arthur noch eha als wir beede«, erklärte Ring.

Finn kaute auf der Unterlippe. *Was, wenn Arthur nicht wieder aufwacht?* Er schüttelte ihn kräftig, doch der Buchhändler zeigte keine Reaktion.

»Jungs, das gefällt mir gar nicht.« Seine Stimme zitterte.

»Ich befürchte, du beherrschst die Phantasien zu gut«, stellte Ka-Tsching fest.

»Was soll ich jetzt machen? Wir müssen ihn doch aufwecken!« Ein leiser Anflug von Panik schlich sich in seine Stimme.

»Vielleicht jeht et uffm gleichen Weech, wieja einjeschlafen is?«

Ohne ein Wort eilte Finn zwischen die Treppen und nahm wieder Platz. Zunächst musste er die Gedanken einfangen, die ihm die schlimmsten Szenarien ausmalten. Aus dem Hintergrund drängte das Rauschen und alsbald tauchte die Steilküste wieder auf. Stärker denn je überlagerte der Sirenengesang alle anderen Eindrücke. Er presste sich die Handflächen auf die Ohren. Ein flimmernder Schwarm Fische umgab das Boot. Finn schickte sie hinaus aufs Meer, hoffte, er würde das Interesse der Sirenen wecken. Sein Blick folgte den grünen Rücken, bis sie außer Sichtweite waren. Der Gesang ebbte ab. Es funktionierte.

Er kniff sich in den Arm und kam zu sich.

Auf dem Tresen geriet Arthurs Grunzen ins Stottern. Schwerfällig drückte sich der alte Mann empor. Er schmatzte ein paar Mal, bevor er die Restmüdigkeit aus dem Gesicht strich. Dann blickte er irritiert zu den beiden Wächtern. »Was ist?«

Finn eilte wortlos hinüber und umarmte Arthur. Dem schien die vermeintliche Danksagung für sein Nickerchen unangebracht. Dann brachte Ka-Tsching es auf den Punkt.

»Deen Schüla hat offensichtlich weit größere Bejabung, als sich irjendjemand von uns hätte vorstelln könn'.«

22

An der Tafel für zwölf Personen saß nur eine Gestalt. Im Schein der Kronleuchter sorgte nur das Schaben von Besteck über edles Porzellan für ein wenig Stimmung. Die hellen Klänge verloren sich im Raum. Die schwere Vertäfelung der Wände erdrückte die restliche Atmosphäre. Selbst die Dunkelheit vor dem Fenster wirkte dagegen wie eine Einladung.

Nepomuk saß am Kopfende der Tafel, in einem riesigen Stuhl, der ihn wie eine Puppe erscheinen ließ. Die Einsamkeit machte ihm nichts aus. In den meisten Fällen war sie ihm der angenehmere Gast. Nicht geschwätzig oder aufdringlich, stets pünktlich und vor allem immer da, wenn er sie brauchte. Unweit des Tisches knisterte ein Feuer. Es verströmte den feinen Duft von Holz und rußiger Wärme. Nicht dass die Temperatur es verlangt hätte, doch Nepomuk genoss das Lichtspiel, das nur große Flammen zeichnen konnten. Er liebte dieses Halbdunkel.

Krachend flog die Tür des Saals auf. Eine Gestalt, in einen weißen Kittel gekleidet, brachte kalte Luft herein. Im Eilschritt hechtete ein Diener hinterher, nicht imstande, dem Eindringling an den Fersen zu bleiben. Nepomuk verschluckte sich beinah. Wütend warf er die Serviette auf den Tisch und sprang auf. In einem Regen aus Spucke und Fleischstückchen schrie er den Eindringling an.

»Wie können Sie es wagen, hierherzukommen? Nichts und niemand darf irgendeine Verbindung zwischen uns herstellen können. Sie gefährden das gesamte Unterfangen!«

Die Gestalt kam unbeirrt näher.

»Weshalb schicken Sie keinen Boten, Professor Lewitt? Nichts kann so wichtig sein, dass Sie dieses Risiko eingehen!«

Der Professor erreichte das Ende der Tafel und stützte sich auf einen der Stühle. Zwischen den heftigen Atemzügen presste er seine Informationen heraus.

»Das sehe ich anders, Mr. Burke ... Was ich Ihnen zu erzählen habe ... möchten Sie gewiss direkt erfahren.« In dem kleinen Mann pulsierte die Wut.

»Wir waren in allen Punkten erfolgreich. Wir haben die Funktionsweise des Buches gänzlich entschlüsselt und umfangreiche Tests machen können. Jeder einzelne davon war erfolgreich. Es ist uns gelungen, Dermit, einen der neuen Helfer, gänzlich nach unseren Vorstellungen handeln zu lassen. Volle zwei Tage lang!«

Das angriffslustige Glimmen wich mit jedem Satz, den der Professor sprach, einem freudigen Leuchten. Das war die Nachricht, auf die Nepomuk so lange gewartet hatte.

»Sind Sie absolut sicher, dass nichts mehr schiefgehen kann?«

Eifriges Kopfnicken. »Hundertprozentig. Wir sind alles unzählige Male durchgegangen.«

»Wie sieht es mit den Vorberei–«

»Bereits alles in die Wege geleitet. Morgen Abend können Sie ins Buch reisen.«

»Die Zeremonie?«

»Kann wie gewünscht stattfinden. Die letzten Vorkehrungen werden gerade getroffen. Bis morgen wird alles vorbereitet sein.«

Nepomuk ließ sich zurück in seinen Stuhl sinken. Er grinste

zufrieden. Seine Zähne leuchteten, als würde das Raubtier nur noch auf den letzten tödlichen Biss warten, während sein Opfer sich vor ihm windet. *Und niemand ahnt, dass ich morgen die Welt verändern werde.*

23

Im Arbeitszimmer des kleinen Geschäfts in der Brighton Road brannte noch Licht. Der letzte Kunde hatte Gillians Laden bereits vor Stunden verlassen. Gleich darauf war er der Einladung gefolgt, die ihm sein Überraschungsbesuch am Vortag ausgesprochen hatte. Die Hoffnung auf einen lukrativen Auftrag war der blanken Wut gewichen.

Gillian saß regungslos auf seinem Stuhl, die Hände zu Fäusten geballt und unters Kinn geklemmt. Im Wust der Gedanken löste sich das Zeitgefühl auf. Ihm war die größte Unverfrorenheit seines ganzen Lebens widerfahren.

»Was bildet sich dieses Scheusal eigentlich ein?«, schrie er plötzlich in den Raum. Er sprang auf, packte das Erstbeste, das ihm in die Finger kam, und schleuderte es gegen die Ziegelwand. Der Stifthalter zerbarst und verteilte die Bleistifte wie ein Feuerwerk. Es folgten Gefäße, Gläser, selbst die letzte Auftragsarbeit, eine Spieluhr, fand ihr Ende an der Wand. Mit beiden Händen griff Gillian ins Regal oberhalb des Tisches, riss die fertigen Aufträge herunter und ergötzte sich daran, wie sie in Einzelteilen über den Boden sprangen. Einige hüpften unter Schränke, andere blieben im Lichtkegel liegen. Es verschaffte ihm keine Genugtuung.

»Fast fünfzig Jahre mühe ich mich ab! Ich bin der Diener der Buchwächter, ein Sklave der Buchherren. Nie habe ich dem Ziel im Wege gestanden, habe so viel Lebenszeit geopfert. Und so dankt man mir meine Aufopferung?«

Auf dem Schreibtisch stand nichts mehr, das man durch die Luft befördern konnte, also schlug Gillian mit den Fäusten fest aufs Holz.

Wie ist es möglich, dass man mich meines Stolzes beraubt? In einem Wimpernschlag. Sieh dich an, alter Mann. Das ist dein Lebenswerk und niemand vermag es zu sehen. Was ist dies dann alles überhaupt noch wert?

Abrupt drehte er sich zum großen Schrank. Das Alter hatte ihn wieder fest im Griff, kraftlos schlurfte er hinüber. Er riss die Holztüren auf. Zu schnell. Papier, Stifte, sogar ein paar Schrauben fielen ihm entgegen und mischten sich unter die anderen herumliegenden Teile.

Eine tiefe Sehnsucht ergriff Besitz von Gillian. Er suchte nach Aufzeichnungen, die er viel zu lange außer Acht gelassen hatte. Nie wollte er der Sicherheitsexperte werden, zu dem er sich über die Jahre hatte entwickeln müssen. Seine eigentliche Leidenschaft waren Bücher, gewiss auch das Tüfteln. Nicht umsonst war der Laden voll mit schönen und außergewöhnlichen Dingen. Nur waren diese mit der Zeit zu bloßer Dekoration geworden.

Zerdrückt von einem Stapel Bücher lag die Rolle hinten an der Rückwand des Schrankes. Er zog daran. Papier riss und entlockte ihm einen undeutlichen Fluch. Dann bekam er sie frei. Mit zittrigen Fingern entfaltete er das Papier auf dem Tisch. Ein Gebilde aus Linien zeigte sich, eine Apparatur, groß und schwer. Er würde sich etwas einfallen lassen müssen, um sie bedienen zu können. Die Nacht war noch jung, bis zum Morgen könnte er sie fertigstellen.

»Ihr habt den guten Gillian Cleverdon unterschätzt. Allesamt. Das wird euch mit Sicherheit kein zweites Mal passieren. Dafür sorge ich.«

Als die Laternen in der Brighton Road entzündet wurden, kam neues Leben in den Laden mit den wundersamen Dingen.

24

An diesem Samstag freute sich Finn darauf, den ganzen Tag im Buchladen zu arbeiten. Bereits kurz vor Sonnenaufgang war er mit seinen Brüdern aufgestanden. Ohne die Tiere konnten die wenigen Hände nicht genug für den Verkauf auf dem Markt ernten. Zudem gab es keine Transportmöglichkeit. Da war seine gesicherte Arbeit das einzige Einkommen.

Beim Öffnen der Ladentür schwappte neben dem Dunst der Nacht etwas Negatives hinaus. Er verharrte, schaute zunächst durch die Scheibe der halb geöffneten Tür. Doch das schmutzige Glas verbarg alles hinter einem grauen Schleier. Vorsichtig drückte er sie auf, bemerkte das Fehlen von Rings hellem Klang. In der Halterung war sein magischer Freund nicht zu sehen. Auch auf dem Tresen, wo Ka-Tsching sonst stand, befand sich nur ein heller Fleck.

Die beiden würden am helllichten Tag nie ihren Platz verlassen. Dann vernahm er Stimmen, die unregelmäßig aus den Tiefen des Ladens nach vorn drangen.

Finn ging durch die Lichtfäden im Laden, folgte den tanzenden Staubkörnern und fand alle drei um die Ecke, in dem kleinen verborgenen Abschnitt. Sie standen dicht beieinander und diskutierten aufgeregt. Ring und Ka-Tsching trugen ihre menschliche Gestalt.

Arthur nahm eine Bewegung wahr und bemerkte den Neuankömmling, der unsicher vor einem der vollen Regale stand. Die Diskussion verstummte abrupt.

»Ist etwas passiert?«, wollte Finn wissen.

Ka-Tsching trat einen Schritt beiseite, damit Finn es sehen konnte. Der Zugang zur geheimen Kammer stand offen, klaffte wie eine Wunde in der Wand.

»Eens der Bücha is vaschwundn«, sagte Ring. Sein Ärger ließ sich nicht verbergen.

Auch in Arthurs Blick fehlte die gewohnte Freundlichkeit, stattdessen glomm unbändige Wut darin. Finn ahnte, welches der Bücher fehlte. »War es Nepomuk?«

»Wir wissen es nicht. Es gibt sonst niemanden, der sich so sicher war, dass ich dieses Buch besitze.«

»Aber was ist mit all den Sicherungen?«, erinnerte sich Finn an die technischen Spielereien.

Ring und Ka-Tsching sahen verlegen zu Boden. »Wir … wir …«

»Es gibt keine Spuren. Kein gewaltsames Eindringen. Der Dieb hat es irgendwie geschafft, die beiden außer Gefecht zu setzen«, fasste Arthur zusammen.

Finn riss die Augen auf. »Aber dann muss sich jemand sehr gut im Laden ausgekannt haben. Vor allem muss er von euch gewusst haben.«

Arthur nickte. »Und das bereitet mir am meisten Sorge. Nepomuk wird vielleicht ein, zwei Sicherungen gesehen haben. Doch niemand weiß, wie die geheime Kammer zu öffnen ist. Finn, ich möchte, dass du zu Gillian gehst und ihn herholst. Er ist der Einzige, der beurteilen kann, wie dies hier möglich war.«

Finn eilte augenblicklich zur Tür hinaus.

Ein paar einsame Wolken versteckten die Sonne für kurze Momente. Der Weg durch die Straßen kam dem Waten durch Morast gleich. In Trauben verstopften die Passanten die Bürgersteige. Finn eilte deshalb über das breite Pflaster der Straßen. Es war gefährlich, denn die Kutschenführer konnten den umherspringenden Jungen leicht übersehen. Doch es war die schnellste Möglichkeit, zum Geschäft des Tüftlers zu gelangen.

Finn stürmte in Gillians Laden, als sei es Arthurs Geschäft. Stumm empfingen ihn die zahlreichen Apparaturen. Sie funkelten ihn an, als begrüßten sie einen alten Freund. Seit seinem letzten Besuch hatte sich nichts verändert. Selbst die stickige Luft hing noch immer schwer. Kein Kunde war zu sehen, doch er hörte das Schlurfen harter Sohlen. Die Bürotür stand einen Spalt breit offen.

Mit vorsichtigem Klopfen kündigte Finn sich an, um dem Alten keinen Schreck einzujagen. Niemand antwortete. Er schob die Türe auf. Es schien, als sei die Werkstatt einfach explodiert. Gillian stand mittendrin und hielt eine Kiste in den Händen. Wie die Gerippe toter Tiere ragten verschiedene Gegenstände daraus empor.

»Was ist passiert? Hat man hier auch eingebrochen?«

Gillian hatte die Anwesenheit des Jungen trotz Ankündigung nicht wahrgenommen. Sein Zucken ließ die Kiste klimpern. Peinlich berührt trampelte er auf der Stelle, versuchte, die Kiste und das Chaos irgendwie zu verstecken.

»Nein, kein Einbruch. Ich ... es wurde Zeit für einen Tapetenwechsel.« Seine Freude war offensichtlich gespielt.

»Fängt man damit nicht an den Wänden an?«

Gillian blinzelte ein paar Mal verwirrt, dann schien er zu

verstehen, was Finn gerade gesagt hatte. »Weshalb *auch* eingebrochen? Stimmt etwas in Arthurs Laden nicht?«

In wenigen Worte fasste Finn die Situation zusammen, erzählte vom verschwundenen Buch der Phantasien und bat ihn, auf der Stelle mitzukommen. Ohne zu zögern, stellte er die Kiste ab. Flinker als erwartet, drückte Gillian sich an ihm vorbei und hastete zur Ladentür.

»Worauf wartest du? Wir sollten keine Zeit verlieren.«

Der Morast war noch zäher geworden. Finn konnte seinen Begleiter nicht davon überzeugen, ihm über die Straßen zu folgen. Also drückten sie sich, von zahlreichen Entschuldigungen begleitet, an den Passanten vorbei. Ihre Bewegungen glichen einem Walzer. Ein Schritt zur Seite, Drehung, ein Knicks, zwei Schritte nach vorn. So dauerte es nicht lange, bis dem alten Mann die Puste ausging und er zum Verschnaufen an einer Laterne lehnte. In der Zwischenzeit passierten ihn die Überholten mit freundlichem Lächeln. Finn schüttelte den Kopf.

Das hätten wir uns sparen können. Zum Glück sind wir bald da.

Wenig später wollte Finn die Tür aufdrücken, rannte jedoch lautstark gegen das Glas. Sie war verschlossen. Das kleine Schild hinter der Scheibe bestätigte dies. Mit dem Kopf zwischen den Händen starrte er ins Innere. Die anderen waren da, er konnte ihre Schemen im hinteren Teil erkennen.

»Ich habe einen Schlüssel.« Gillian schob ihn beiseite und schloss wieder zu, kaum dass sie drinnen waren. Finn wollte zu den anderen drei gehen, als er bemerkte, dass sein Begleiter ihm nicht folgte. Der alte Mann prüfte die Tür, blickte zur Halterung der Glocke hinauf und anschließend zur Ladentheke, auf der Ka-Tsching sonst stand. Er murmelte vor sich hin.

»Am Eingang kann ich nichts Merkwürdiges erkennen«, rief Gillian laut nach hinten, als hätten alle nur auf sein Urteil gewartet. Erst jetzt wurde ihre Anwesenheit bemerkt. »Wie sieht es mit den sonstigen Sicherungen aus?«, rief er mürrisch hinterher.

Arthur kam nach vorn. Er wirkte wie ein anderer Mensch. Herabhängende Schultern, matte, ausdruckslose Augen, selbst die Robe wollte nicht mehr funkeln.

Man hat ihm nicht nur ein Buch gestohlen, sondern einen Teil der Ehre und des Stolzes genommen. Wenn man sich so lange einer Sache verschrieben hat, sie mit jeder Faser seines Körpers lebt und dafür einsteht, dann ist es, als würde man einem die ganze Familie auf einen Schlag nehmen, dachte Finn. *So wie der Diebstahl unseres Viehs.*

»Bisher konnte ich keine Manipulationen feststellen. Vielleicht schaust du selbst noch einmal nach. Es ist mir ein Rätsel, wie jemand das Buch entwenden konnte, ohne auch nur die kleinste Spur zu hinterlassen.«

»Was ist mit ihnen?« Gillian deutete mit dem Kopf auf die beiden magischen Wachen.

Sie hielten sich im Hintergrund, versuchten, mit Charme zu überspielen, völlig versagt zu haben. Selbst jetzt konnten sie nicht zur Lösung beitragen, weil die Erinnerung an die Nacht einfach verschwunden war. Hatte Finn Abneigung in Gillians Geste gesehen?

»Irgendwie außer Gefecht gesetzt«, sagte Arthur. Mehr gab es dazu nicht zu sagen.

»Es tut mir leid, dass ich mit dem neuen Schloss nicht rechtzeitig fertig geworden bin.«

»Was geschehen ist, ist geschehen. Jetzt müssen wir Schadensbegrenzung betreiben. Und zwar schnell. Wir werden uns mit dem Rat in Verbindung setzen. Sie müssen Bescheid wissen. Gib uns ein Zeichen, wenn du etwas entdeckt hast.«

Finn stand teilnahmslos daneben, fühlte sich überflüssig.

»Geh Gillian bitte zur Hand. Und danke«, bat Arthur ihn. Man hatte ihn doch bemerkt. Die anderen drei verschwanden im Arbeitszimmer und schlossen die Tür.

In Gillians Blick lag etwas, das zwischen Trauer und Unsicherheit schwang. Er musterte Finn, mied jedoch den Augenkontakt.

»Hilf mir mal.« Links vor der Wendeltreppe nahm Gillian ein paar Bücher aus dem Regal und drückte sie dem Jungen in die Hand. In der Rückwand des Regals kam eine Luke zum Vorschein, kaum größer als ein Taschenbuch. Gillian holte einen dicken Schlüsselbund aus seiner Jacke. Der passende Schlüssel war klein, schwarz und besaß einen auffälligen Bart, wie Finn noch keinen gesehen hatte. Was er kannte, war das große, klobige Ding zum Zusperren der Scheune. Schwer, unhandlich und mit zwei einfachen Zähnen. Dieser hier war fein gearbeitet und besaß ein Ende, das in vier Richtungen zeigte.

Finn konnte einen Blick in den Kasten werfen. Mittig befand sich ein weiteres, deutlich größeres Schlüsselloch, um das paarweise kleine Schalter und Lämpchen angeordnet waren. Jedes einzelne von ihnen leuchtete. So etwas hatte Finn noch nie gesehen. Wenn er die Apparatur richtig verstand, dann stand jede Lampe für eine Sicherung. Und das waren mehr, als er gedacht hätte. Der Anzeige nach war jede nur mögliche Sicherung angeschaltet.

Hier sieht alles nur so alt aus, aber in Wirklichkeit nutzt Arthur modernste Technik, um seinen Laden zu schützen. Ziemlich clever. Nur, dass es dieses Mal leider nicht ausgereicht hat.

Gillian stand stumm vor dem Kasten und ging die Schlüssel am Bund einzeln durch. Er fand den passenden und drehte ihn herum. Alles erlosch. Gleich darauf schaltete er die Sicherungen wieder an. Flackernd leuchteten die Lämpchen in willkürlicher Reihenfolge auf. Der erste Schalter wurde umgelegt.

Finn erinnerte sich an den schmalen Regalboden, der Arthur zu Fall gebracht hatte. Er fuhr längs heraus.

Von wegen Spielerei. Gillian hatte hier Nützlichkeit mit Sicherung kombiniert.

Beim zweiten Schalter klappten die Stufen der Wendeltreppe ein und formten die Rutschbahn. Dritter Schalter. Finn spürte feine Vibrationen im Boden. Drei der Dielen sackten klackend zwischen den Treppen nach unten, um gleich wieder in die ursprüngliche Position zu springen. *Trittfallen! Was die wohl auslösen?*

Genau dies zeigte ihm der vierte Schalter. Vor dem Zugang zum geheimen Raum schob sich der Boden auf. Ein dunkler Schlund war zu sehen, über den sich seitlich ein Gitter schob. *Eine Falle direkt vor dem Raum.*

Gillian schüttelte den Kopf. Er stöhnte. Ausdruckslos prüfte er die restlichen drei Schalter, deren Wirkung Finn verborgen blieb.

Ohne ein Wort ging der Alte zum Arbeitszimmer und drückte die Tür auf, ohne anzuklopfen. »Nichts. Alles funktioniert wie erwartet. Euer Dieb muss ein Geist gewesen sein.« Es kam keine Antwort. »Kann ich mir die Kammer ansehen?«

Arthur erschien in der Tür und ging voraus. Etliche Minuten der Inspektion folgten. Doch auch sie brachte keine neuen Erkenntnisse.

Finn schob sich hinter die beiden. »Habt ihr Karl schon befragt?« Die beiden sahen ihn verdutzt an.

»Woher kennst du Karl?«, kam es wie aus einem Mund.

»Wir sind uns hier begegnet. Ein drolliges Kerlchen mit einem ordentlichen Appetit.«

Arthur schob Finn beiseite. »Karl?« Er versuchte, den Bücherwurm in den Regalreihen auszumachen. Direkt gegenüber der Kammer regte sich etwas.

»Ja?« Schüchtern lugte der dicke Kopf über die Buchrücken. »Daf Buch ift ja feg!«

»War nach Ladenschluss noch jemand hier im Laden?«, fragte Arthur. Der Wurm überlegte. Seine Bewegungen waren so langsam, dass Finn meinte, er würde einnicken.

»Da war ein Fatten. Ef war aber dunkel, man konnte nichtf erkennen.« Über die dicke Lippe glitten kleine Tröpfchen, die auf dem Buch in seiner Hand landeten.

»Warst du gestern auch schon dort, wo du jetzt sitzt?«, fragte Finn. Karl nickte und brachte damit das weiche Gewebe zum Tanzen. »Und trotzdem konntest du nicht sehen, wie derjenige dort hineingelangt ist?« Kopfschütteln.

»Wie konnte er die Kammer öffnen?« Gillians Frage klang wie ein Vorwurf.

»Fie war einfach offen.«

Arthur schüttelte den Kopf. »Was meinst du damit, ›sie war einfach offen‹? Hat denn niemand den Inititalzauber gesprochen?«

»Nein, ich bin durch daf Lift wach geworden. Danach war allef fieder dunkel.«

Arthur fuhr sich mit den Händen durchs graue Haar und

strubbelte es wild durcheinander. Welches Szenario sie auch immer durchgingen, kein einziges ließ es zu, dass jemand es bis in die Kammer schaffte. Der Eindringling musste vom Laden, seiner Struktur und den Sicherungen Kenntnis gehabt haben. Von Ring und Ka-Tsching ganz zu schweigen. Sonst war dieses Unterfangen nicht möglich.

»Ist eventuell jemand in deinen Laden eingebrochen und hat Pläne, Zeichnungen oder andere Aufzeichnungen entwendet?«, fragte Arthur barsch.

Gillian schien zu kochen. Mit zusammengekniffenen Augen warf er Finn einen kurzen Blick zu, bevor er antwortete. Der Junge schwieg. Auf keinen Fall wollte er zwischen die Fronten geraten.

»Nein. Solche Dinge bewahre ich nicht im Geschäft auf. Sie sind gut versteckt und gesichert.«

»Das war dieses Buch auch und dennoch hat man es gefunden und mitgenommen.«

»Du suchst im falschen Lager. Wie kann es sein, dass der Junge von all dem weiß? Ihr kennt euch nur wenige Wochen und schon sieht er eines der bestgehüteten Geheimnisse?« Seine Anschuldigung begleitete abfälliges Schnalzen.

»Dein verletzter Stolz in allen Ehren, Gillian. Finn ist mein Schüler, beglaubigt vom Rat selbst und talentierter als wir alle zusammen. Er besitzt nicht einmal einen Schlüssel für den Laden, geschweige denn, dass er mit den Sicherungen vertraut ist. Du tust ihm unrecht.«

Jetzt war er doch zwischen die Fronten geraten und fühlte sich dabei mehr als unwohl. Die beiden sahen sich eindringlich an. Keiner hatte weitere Argumente oder wollte für den verletzten Stolz zurückweichen.

»Wir gehen doch davon aus, dass Nepomuk das Buch hat, richtig?« Finn durchbrach die angespannte Stille. »Wie können wir herausfinden, ob er das Buch wirklich besitzt?«

»Wir müssten in sein Haus eindringen«, meinte Gillian.

»Gut, und wo ist das?«

»Immer ruhig, mein junger Freund«, bremste Arthur seinen Schüler. »Das ist nicht irgendein Haus. Es ist ein Palast. Selbst wenn wir wüssten, in welchem Raum es sich befindet, wären da noch die zahlreichen Wachen. Und es würde mich nicht überraschen, wenn die Sicherungen dort um einiges besser wären als hier. Dieses Unterfangen riskant zu nennen, trifft es nicht einmal im Ansatz.«

»Was bleibt uns denn noch? Niemand außer ihm hätte die Mittel dazu, oder? Wir müssen es versuchen.«

»Das ist blanker Irrsinn«, entfuhr es Gillian forsch.

»Welche Wahl habt ihr denn?«

Arthur seufzte. »Ich schätze, keine.«

»Und wie sollen wir das anstellen?«, fragte Gillian. »Arthur und ich sind alt, außerdem würde Nepomuk dich ohne Weiteres erkennen, Arthur. Das ist Selbstmord.«

»Ring und Ka-Tsching ist es unmöglich, unter Menschen zu gehen. Sie würden sofort auffallen«, gab Arthur zu bedenken.

»Was ist mit mir?« Der Kloß in Finns Hals schnürte ihm fast die Kehle zu, doch er konnte Arthur nicht im Stich lassen. Nicht nach dem, was er für ihn und seine Familie getan hatte.

»Das kann ich nicht von dir verlangen.«

»Das ist die einzige Möglichkeit, die uns bleibt.« Finn streckte die Brust raus und versuchte, so viel Entschlossenheit wie möglich in seine Stimme zu legen. Er war jedoch nicht sicher, ob ihm das gelang.

Sie diskutierten noch eine Weile, kamen allerdings immer wieder auf das gleiche Ergebnis. Es blieb nur der Jüngste im Bunde. Und der hatte von seinem eigenen Vorschlag die Hosen gestrichen voll. Doch aufzugeben, war keine Option.

25

Nach ihrer Entscheidung, Nepomuk aufzusuchen, war Gillian alsbald aufgebrochen. Er wirkte unruhig, enttäuscht und niedergeschlagen. Arthur meinte, man solle ihm etwas Ruhe gönnen. Anstatt sich der eigenen Enttäuschung hinzugeben, lag Finn mehr daran, einen Plan für ihr Vorhaben zu entwickeln.

Arthur erinnerte sich an einen Zeitungsartikel, in dem es um Nepomuks neues Anwesen ging. Er durchsuchte einen Stapel auf seinem Schreibtisch und breitete das Papier schließlich raschelnd auf dem Tisch aus. Das Bild eines riesigen Gebäudes schrie Finn förmlich an. Ihm fielen bei der Pracht beinahe die Augen aus dem Kopf.

»Und dort lebt er ganz allein?«, fragte er ungläubig.

»Er und etwa zwanzig Angestellte, wenn ich richtig gelesen habe.«

Finn pfiff anerkennend.

»Irjendwo muss man dit riesije Ejo ja unterbringen, wa«, posaunte Ring. »Innem kleen Körpa jefangn zu sein, is wahrscheinlee schon Schmach jenuch.«

»Das bedeutet, wir müssen nicht nur an den Wachen vorbei, sondern auch noch an seinem Ego? Da dürften die Wachen ja ein Klacks werden«, meinte Finn scherzend. Ihm kam eine Idee. »Zwanzig Angestellte? Dann wird es doch sicherlich einen Dienstboteneingang geben, oder?«

Arthur sprang auf, sein Gesicht schien vor Aufregung zu glühen. »Wir tun so, als hätten wir eine Buchlieferung. Ich könnte mir vorstellen, dass dieser Zugang für alle möglichen Dienstboten gilt. Damit wärst du flink im Gebäude.«

»Ja, und mit deena Kleidung würdeste koom uffallen«, tönte Ring. Als die anderen ihn stumm ansahen, setzte er einen betretenen Ausdruck auf. »Entschuldje, so hat ick dit nich jemeent.«

Finn sah ihn mit leerem Ausdruck an und fing herzhaft an zu lachen. »Dein Gesicht! Ich weiß, wie ich aussehe, deshalb gefällt mir der Plan so gut.«

Ring wurde zwar rot, fing sich jedoch schnell wieder. »Und wann sollet losjehen?«

Ihre Blicke hefteten sich auf Arthur.

»Ich würde sagen, in etwa dreißig Minuten. Sobald wir dein vermeintliches Paket gebastelt und ich dir den Weg erklärt habe.«

Mit dieser Eile hatte Finn nicht gerechnet. Er nickte zwar, rutschte anschließend aber nervös auf dem Sessel hin und her.

Sein Unterbewusstsein rief sich die Wegbeschreibung ins Gedächtnis, während Finn gedankenverloren durch die Straßen wandelte. *Was habe ich mir nur dabei gedacht? Ich bin jetzt auf dem Weg, um ins Haus des mächtigsten und wohl auch gefährlichsten Mannes dieser Stadt einzubrechen. Haus? Was rede ich? Anwesen! Ein Irrgarten aus Fluren und Räumen.* Er schüttelte den Kopf. *Ich kann nicht einmal vernünftig lügen. Wahrscheinlich wittern die mich schon drei Meilen gegen den Wind.*

Finn betrat einen Bereich der Stadt, der ihm völlig fremd war. Mit den Vierteln, die er kannte, war dieser Stadtteil nicht zu vergleichen. Die Selbstzweifel über das anstehende Unterfangen wichen der Faszination für den offen zur Schau gestellten Reichtum. Alles hier war so viel größer. Auf den Gehwegen konnte man zu fünft nebeneinander flanieren, die Straßen waren so verschwenderisch breit, dass selbst die großen Kutschen wie Spielzeuge wirkten. Riesige Eichen ragten zu beiden Seiten vom Gehweg in den Himmel, machten aus der Straße eine noble Allee. Das Sonnenlicht durchbrach die Baumkronen, zauberte Schattentheaterstücke an die Fassaden der Gebäude. Ihre Fenster wirkten wie staunende Augen, als gäbe es nichts Schöneres anzuschauen.

Finn blieb stehen, um alles erfassen zu können.

»Vorsicht, junger Mann!« Eine freundliche Stimme bat ihn, den Weg freizugeben. Sie gehörte einem schlaksigen Kerl, der Lebensmittel auslieferte. Finn stand vor einem breiten Tor, das einen Vorgarten abtrennte, auf dem ohne Weiteres zwei Reihenhäuser Platz gehabt hätten. Von dort führte eine Treppe zum Haus, die für ein Museum oder gar die Oper geplant gewesen sein musste.

Von lieblichem Gelächter aus dem Staunen gerissen, wich er im letzten Moment einem Schirm aus. Selbst dieser war als Sonnenschutz für die feine Dame ausladender als so manch eine Überdachung auf dem Markt. *Welch verrückte Welt.*

Finn blickte in die Gesichter der Passanten, die ihm allesamt die Geschichte eines sorgenfreien Lebens erzählten. Zwar fehlte ihnen die Sympathie, doch dies glichen sie mit überquellendem Stolz über den eigenen Status aus.

Lautes Knallen schreckte ihn auf. Ein Kutscher trieb seine Pferde mit der Peitsche zur Eile an. Finns Auftrag drängte sich ihm wieder ins Gedächtnis. *Jetzt sollten es nur noch zwei Blocks sein.* Er wollte keine weitere Zeit verschwenden. Sein Vater sagte immer, man wisse nie wofür man sie gewinne, wenn man nicht herumbummele.

Um nicht großartig aufzufallen, unterdrückte er den Drang zu rennen. Zwischen den Bäumen konnte er ein graues Band ausmachen. Er glaubte zunächst, ein Schloss zu sehen, das sich in seinem tristen Steingewand gegen die grüne Umgebung abhob. Dann erkannte er das Gebäude vom Zeitungsausschnitt. Es sprengte seine Vorstellungen. Arthur hatte ihm bereits gesagt, dass Nepomuks Anwesen groß war. Aber groß war das Tor, das den Weg auf einen bogenförmigen Kiesweg frei gab. Groß waren die Fenster, die eine noch größere Grundfläche hatten, als manch ein Haus in seiner Gegend. Groß war die Haustür, für die gewiss ein ganzer Wald verarbeitet worden war. Sämtliche Maßstäbe, die Finn kannte, wurden mit diesem Gebäude über den Haufen geworfen.

Ohne es zu merken, war er stehen geblieben. Er starrte auf die andere Straßenseite. Dies war nun also sein Ziel.

»Junger Mann, bitte geben Sie den Weg für die Passanten frei«, raunte ihn eine grobe Stimme von der Seite an. Ein Polizist. Der musternde Blick gefiel Finn gar nicht. *Du meinst wohl eher, ich soll mich aus diesem Viertel verdrücken. Ich erkenne es, wenn ich nicht erwünscht bin.*

»Entschuldigen Sie, Sir.« Finn hob die Mütze zum Gruß und suchte im regen Verkehr nach einer Lücke. Die Kutschen fuhren langsam, um ihrem erstklassigen Inhalt nicht zu schaden. Allerdings erhöhte ihre Anzahl den Schwierigkeitsgrad. Erst nach einigen Versuchen schaffte er es hinüber.

Finn wischte sich den Schweiß von der Stirn, schob die Mütze zurecht und sah sich um. *Vielleicht sollte ich die Wachen erst einmal testen. Wäre gut möglich, dass das schwächste Glied der Kette direkt vor meiner Nase liegt.* Während er den breiten Weg entlangging, spürte Finn die riesige Mauer neben sich. Als sei sie ein zu Stein gewordener Gordon, der ihn stetig abdrängte, um ihm zu zeigen, wie unerwünscht er hier war. Ihre Oberfläche war glatt. Sollten die beide Eingänge zum Problem werden, gab es keine Möglichkeit, daran hinaufzuklettern.

Vor dem Haupteingang lehnte ein Kerl gelangweilt am Durchgang. Er war riesig und so unförmig wie ein Mehlsack. Finn tastete sich heran, um die Reaktion abzuwarten. Mit einem Messer pulte der Dicke Dreck unter seinen Fingernägeln hervor, wischte ihn dann an der Hose ab. Die Wache war so auf ihre Körperhygiene konzentriert, dass sie Finn nicht bemerkte. Solange nutzte dieser die Möglichkeit, einen Blick aufs Grundstück zu werfen, um Verstecke, Wege und mögliche Fluchtrouten auszukundschaften.

»Verzieh dich, Junge, der Dienstboteneingang ist hinten.«

Finn wich ein Stück zurück und tat so, als würde er Respekt vor diesem Einzeller haben. »Ist das Mr. Burkes Haus?«, fragte er unschuldig.

»Kennst du eines, das noch größer ist?« Kopfschütteln. »Dann wird's das wohl sein.«

»Wo, sagten Sie, befindet sich der andere Eingang?«

Genervt drückte der Widerling sich von der Mauer weg. Er hob den linken Arm und deutete mit dem Messer einmal quer übers Grundstück. »Siehst du das Loch da drüben in der Mauer? Dort musst du hin.«

Im Vergleich zum Rest des Anwesens war der Dienstboteneingang tatsächlich genau das: ein Loch. Ein schmaler Durchgang, gerade breit genug für eine Kutsche. Finn bedankte sich und wollte geradewegs über das Grundstück abkürzen, als der Mehlsack ihn unsanft an der Schulter packte.

»Schön hiergeblieben, Freundchen. Niemand betritt diesen Rasen. Du wirst außen herum gehen wie alle anderen auch.«

Finn rieb sich die Schulter. Trotz der Puddingarme konnte der Kerl ordentlich zupacken. Er beließ es bei einem unschuldig wirkenden Grinsen.

Auf dem Bürgersteig waren nur wenige Passanten unterwegs, als geböte es der Respekt, die andere Straßenseite zu nutzen. Tatsächlich drängten sich dort deutlich mehr Menschen. *Vielleicht kann man von dort auch einfach viel besser sehen?*

Finn bog um die Ecke. Ein Kutschenstand folgte als Einbuchtung der Straße. Hier warteten die Kutscher, während ihre Fahrgäste in einer angrenzenden Einkaufsstraße ihr Vermögen in die Geschäfte brachten. Gleich hinter dem Stand befand sich links das unscheinbare Loch. Mit Schwung trat er hindurch, blickte auf und erstarrte.

Wie angekündigt, lag der Dienstboteneingang in einiger Entfernung. Allerdings bildete sich dort eine lange Schlange. Zwei grobschlächtige Kerle überprüften jeden, der hineinwollte. Zudem schienen alle einen Zettel zu besitzen, den sie den Wachen reichten.

Wahrscheinlich eine Art Auftragserlaubnis oder Lieferschein. Das wird so nichts, stellte Finn fest. Er wollte auf dem Absatz kehrtmachen, als eine Gruppe Vögel seine Aufmerksamkeit erhaschte. Lautstark hallte ihr Geplapper unterm Blätterdach, das wie ein zweiter Himmel die Fläche um das Gebäude mit Schatten pflasterte. Dicke Eichen, deren Äste ausladend in alle Richtungen griffen.

Er drehte sich um die eigene Achse, verfolgte die Verästelung. *Bingo!* Wie eine Brücke schwang sich der hölzerne Pfad von der Mauer bis hoch in den ersten Stock zu einem Vorsprung, der sich unweit eines Balkons befand. *Ich habe zwar Höhenangst, bin eine sportliche Nulpe, aber wenn das der einzige Weg hinein ist, dann ... Oh Gott, das schaffe ich nie! Schon gar nicht am helllichten Tag. Und an die Mauer mag ich gar nicht erst denken.*

Resigniert trat er zurück auf den Gehweg, drückte das falsche Päckchen gegen die Hüfte und starrte auf die Kutschen, dann zur Mauer. Kutsche. Mauer. *Na, wenn das kein Zufall ist.* Jetzt packte ihn der Ehrgeiz. Hastig sah er sich um. Das Leben pulsierte auf der anderen Straßenseite, die Kutscher waren weiter vorn zu einem Plausch zusammengekommen. Ideal, um das Unmögliche zu wagen. Gemächlich schlenderte Finn in Richtung Standplätze. Aus dem Augenwinkel inspizierte er die letzte Kutsche. Sie war leer. Er machte kehrt, schmiss das Paket auf den Sitzplatz des Kutschers und kletterte über das große Vorderrad hinauf. Die Speichen des edlen Gefährts waren frisch gewienert und glatt. Finn rutschte ab, schlug mit den Beinen gegen die Speichen und stieß einen Fluch aus.

War ja klar. Wenn man einmal unauffällig sein muss. Mit zerknautschtem Gesicht rieb er sich die Schmerzen aus dem Schienbein.

Beim zweiten Versuch war er vorsichtiger, schob die Füße so in die Speichen, dass er nicht wegrutschen konnte. Oben angekommen, schätzte er die Entfernung. Die Mauer war knapp zwei Meter weg, ragte aber noch einen halben Meter hinauf. Es war knifflig, aber machbar. Auch wenn das Paket hinderlich war, wollte er es nicht zurücklassen. Er steckte es unter die Jacke. Finn trat für etwas Anlauf zurück und ...

»Was haben Sie denn vor, junger Mann?« Die brummige Stimme gehörte einem Polizisten, der plötzlich neben der Kutsche stand, skeptisch dreinblickend und die Arme in die Hüften gestemmt. Mit seinem runden Bauch sah er aus wie eine Boje. Das rote, pausbackige Gesicht zierte ein Schnauzer, der, genau wie ein Auge, nervös zuckte.

»Ich suche meinen Vater, Sir.«

»Mit einem Sprung in Richtung Mauer?«

Finn quetschte ein künstliches Lachen hervor. Auf der Bühne jubelte man auch den schlechten Schauspielern zu.

»Wo denken Sie hin, Police Constable. Ein Satz nach oben sollte es werden. Der besseren Sicht wegen.«

Der ungebetene Gast musterte ihn, ließ ihn spüren, dass dieses Puzzlestück nicht ins Bild passte. »Darf ich Sie bitten, das Gefährt zu verlassen. Es wird gewiss eine andere Möglichkeit geben, Ihren Vater zu finden.«

Über die Mauer hinweg bemerkte Finn eine Bewegung. Der Mehlsack eilte auf die Treppe des Hauses zu. Nepomuk kam ins Sichtfeld. Der Wachposten nahm ihm einen großen Koffer ab.

Das Buch! Darin könnte das Buch sein!

Vor dem großen Tor hielt indes eine Kutsche.

»Ich habe ihn gefunden!«, rief Finn vergnügt. »Wären Sie so freundlich?« Er warf das Päckchen zu dem Polizisten hinunter und sprang auf den Gehweg. Noch bevor sein Gegenüber reagieren konnte, nahm er es ihm wieder aus der Hand und rannte davon.

»Und lassen Sie sich hier nicht mehr erwischen!«, rief ihm der Polizist hinterher. Er strich sich die Uniform glatt und stolzierte siegessicher in die andere Richtung.

Finn hechtete um die Ecke, wäre beinahe mit einem Herrn zusammengestoßen. Stolpernd fing er sich ab. Er war zu auffällig und mahnte sich zur Ruhe. Noch einen Polizisten konnte er nicht gebrauchen.

Nepomuk bestieg gerade die Kutsche. Der Koffer wurde ihm in die Kabine gereicht, ein weiterer kräftiger Kerl nahm vorn neben dem Kutscher Platz.

Was mache ich jetzt? Ich kann schlecht einfach hintendrauf springen, wenn der Mehlsack danebensteht. Hastig versuchten seine Gedanken, ihm Lösungen anzubieten, doch keine wollte sich umsetzen lassen. Die Kutsche setzte sich langsam in Bewegung.

26

Die Panik brach aus wie ein fiebriger Schub. Kälte und Hitze durchfluteten ihn gleichzeitig, Schweiß sammelte sich unter seiner Mütze, während der kühle Wind ihm Gänsehaut verschaffte. Selbst wenn Finn gewollt hätte, bot ihm die Kutsche keine Möglichkeit, sich daran festzuhalten. Sie war ein riesiger Klotz, ohne die üblichen Ecken und Kanten.

»Heja!« Es war der Ausruf eines Bauern, der ihn herumfahren ließ. Zwei altersschwache Pferde zogen einen voll beladenen Wagen. Er war so dreckig und unauffällig, dass niemand der Passanten ihn auch nur eines Blickes würdigte. *Perfekt!*

Finn rannte auf die Straße, um sich an die Ladeklappe zu hängen. Ein Unterfangen, das sich weit schwieriger gestaltete als gedacht. Das Holz war alt und grob, von Splittern durchzogen und bog sich unter seiner Last. Zu allem Übel versperrten ihm mehrere Kisten die Sicht.

Finn hangelte sich nach links. Er musste sehen, wohin sie fuhren. Über dem hinteren Rad verlief ein Schutz gegen auffliegenden Dreck. Mit dem Fuß stützte er sich darauf ab, sein Blick ging am Wagen vorbei. Was er sah, gefiel ihm gar nicht. Nepomuks Kutsche war mit den vier Pferden deutlich schneller. Glücklicherweise erlaubte der Verkehr kein allzu rasches Vorankommen.

Ich muss mir etwas einfallen lassen, sonst ist Nepomuk weg. Und damit meine einzige Chance, herauszufinden, ob er das Buch bei sich hat. Sein fahrbarer Untersatz bot ihm keine Optionen. Schließlich konnte er aus einem Kürbis keine Rennkutsche zaubern wie Cinderellas gute Fee. Ein schnaufender Schatten zog an ihm vorüber.

Finn erblickte einen gelb leuchtenden Wagen. *Eine Postkutsche! Prima, die hat es immer eilig.*

Der dürre Kutscher trieb die vier Pferde an und so schob sich das leuchtende Ungetüm langsam an ihnen vorbei. Hektisch suchte Finn nach einer Möglichkeit, aufs andere Gefährt zu gelangen. Einfach absteigen und hinübergehen, war unmöglich, also blieb nur ein Sprung. Doch so einfach war es nicht. Die riesigen Holzräder drehten sich unablässig, sprangen bei jeder Unebenheit auf und ab. Ein schwer zu kalkulierendes Risiko. Insbesondere, wenn die Kutsche noch nicht einmal in Reichweite war. Bei einem Sturz würde er sich sämtliche Knochen brechen und im schlimmsten Fall von einer nachfolgenden Kutsche überrollt werden. *Ist es das tatsächlich wert?*

Durch den klapprigen Wagen ging ein heftiger Ruck. Der Bauer musste einem unachtsamen Pärchen ausweichen. Finn schlug mit dem Kopf gegen die Klappe und öffnete erschrocken die rechte Hand. Der Schlenker riss ihn herum. Sein Päckchen fiel zwischen die Speichen der Postkutsche. Es wurde einfach zerfetzt. An einem Arm baumelte er knapp über dem Kopfsteinpflaster. Verzweifelt versuchte er, eine der Latten zu greifen. Er streifte das Holz und stechender Schmerz durchzog einen Finger. Finn versuchte es erneut und bekam die Klappe zu packen. Mit Mühe zog er sich heran und blickte wieder in Fahrtrichtung. Nun sah er den Holzsplitter, der tief im Fleisch steckte.

Der Zeitpunkt könnte nicht besser sein, verfluchte er sich selbst und zog ihn raus. Die Postkutsche hatte inzwischen so weit aufgeschlossen, dass sie beinahe schon an ihm vorüber war. Hinter dem großen Hinterrad befand sich eine Box, an der Ösen für sperrige Gepäckstücke angebracht waren. Sie war leer. Finn kletterte noch ein Stück näher an die Kante und taxierte eine der Ösen.

Hoffentlich hält das Ding mein Gewicht ... Ein letzter Blick nach vorn. Eine vom Wind getragene Zeitungsseite zog einsam ihre Bahnen und drückte sich raschelnd zwischen den Kutschen hindurch, dicht an seinem Kopf vorbei. Nicht auszumalen, wäre er direkt gesprungen. Der Abstand zu Nepomuk hatte sich ein wenig verringert. Finn dachte nicht weiter darüber nach, blickte auf den Griff, drückte sich mit beiden Beinen vom Radschutz ab und sprang.

Er verfehlte das große Rad nur um Haaresbreite. Mit der Brust prallte er hart gegen den Griff. Nur mit Mühe fand er Halt, bevor er über die glatte Oberfläche in Richtung Straße rutschte. Seine Füße berührten für einen Moment das Kopfsteinpflaster, Schmerz schoss ihm die Beine hinauf. Unter Stöhnen mobilisierte er seine Kräfte und zog sich auf die Box. Viel Zeit zum Durchatmen blieb ihm nicht. Während die Postkutsche den Wagen des Bauern hinter sich ließ, schaute Finn, ob sich das riskante Manöver gelohnt hatte. Und tatsächlich. Zahlreiche Lieferanten standen am Straßenrand, um die angrenzenden Läden mit Ware zu versorgen. So bildete sich ein Engpass, den der dichte Verkehr umfließen musste.

Finn bemerkte, dass die Postkutsche leer war. Vielleicht war sie sogar auf dem Weg zurück zum Hauptgebäude.

Einmal mehr veränderte sich die Umgebung. Die Häuser wurden kleiner, die Straßen schmaler, die Schirme der Damen unauffälliger. Die Gegend kam ihm bekannt vor.

Wir fahren nach Shawbroke. Genau in die Richtung, in der sich Arthurs Laden befand. *Wo will Nepomuk hin? Er wird Arthur das Buch kaum zurückgeben, sollte er es tatsächlich gestohlen haben.*

Zwischen den Bäumen erspähte Finn etwas, das ihn kreidebleich werden ließ. Das Schild der Post schimmerte zwischen den grünen Wipfeln hindurch und markierte das Ziel seiner Mitfahrgelegenheit. *Verdammt!*

Der Verkehr bot keine Alternativen. Entweder parkten die Kutschen am Straßenrand oder sie waren für einen Sprung unerreichbar. Finn zog sich am Aufbau der Kutsche empor, um besser sehen zu können – auch wenn er dabei Gefahr lief, vom Kutscher entdeckt zu werden. Ihre Fahrt verlangsamte sich, als die Zufahrt in Sicht kam. Sie war breit und bot zwei Fahrzeugen gleichzeitig Platz.

Ist das eine weitere Kutsche? Zwischen einer Mauer und dem angrenzenden Grün war die Einfahrt nur schlecht einzusehen. Während Nepomuk an Vorsprung gewann, bogen sie ab. Tatsächlich kam ihnen eine andere Kutsche entgegen. Der andere Kutscher kippte den Richtungsanzeiger nach rechts und schaute in den Verkehr.

Sie fährt in die richtige Richtung! Ihm blieb nur wenig Zeit. Sobald das Heck aufschloss, hielt er den Arm raus, packte einen Griff und schwang sich hinüber. Unglücklicherweise war die Box hinter der Kabine voll. Finn prallte ab, verlor den Halt und krallte sich gerade noch rechtzeitig an einem der Seile fest, die die Fracht sicherten. Das raue Material schnitt ihm ins Fleisch. Es war so straff gespannt, dass er nur wenige Finger dazwischen bekam.

Ruckartig beschleunigt die Kutsche, schleuderte Finn herum. Er unterdrückte einen Schmerzensschrei. Mühsam bekam er den

Griff zu packen, zog sich so weit empor, dass er sich an die Box klammern konnte.

Sie gewannen weiter an Tempo. Immer wieder warfen die Bodenwellen ihn gegen die Fracht. Er musste alle Kraft aufbringen, um den festen Griff nicht zu verlieren. Soweit es ihm möglich war, drückte er sich nach oben, erhaschte Momentaufnahmen von Nepomuks Kutsche.

Dessen Fahrtrichtung verwunderte ihn. Gestartet waren sie in Green Hill, dem feinsten Viertel in Turweston, durchquerten Shawbroke und fuhren nun geradewegs auf die rauchenden Schlote von Bilton zu.

Was will Nepomuk im Arbeiter- und Industrieviertel? Das ist doch sonst genau die Gegend, die jemand wie er am wenigsten besuchen will. Dann bemerkte er, wie genial dieser Zusammenhang war. Dort würde man ihn am wenigsten vermuten.

Selbst wenn man sich in Turweston verlief, wusste man spätestens beim Betreten von Bilton, wo man sich befand. Die Luft wog schwer, schmeckte nach Ruß und statt Sonnenschirmen trugen die Menschen Säcke und Kisten oder zogen Handkarren hinter sich her.

Die Carlyle Road war eine der ältesten und vor allem ersten Straßen der Stadt. Sie startete in Gilberts Gate, einem Randviertel im Nordwesten, durchlief das vornehme Green Hill, bevor sie Shawbroke schnitt und im Zickzack durch Bilton führte. Gerade in Bilton sah man ihr das Alter an. Wenn es regnete, wurden in einigen der Löcher die Kinder gebadet. Wo es zu Beginn noch Pflastersteine gab, erstreckte sich hier nur noch trockener Boden. Der dunkle Staub der Straße zeichnete die Häuser, puderte ihr Antlitz mit Trostlosigkeit. Finn brauchte nicht einmal über das Dach zu spähen, um Nepomuks Kutsche auszumachen. Der staubige Kegel, den sie hinter sich herzog, folgte ihr wie ein Richtungspfeil.

Langsam schliefen Finn die Finger ein. Sein Kreuz schmerzte unter dem anhaltenden Rütteln. Beherzt streckte er sich, blickte dabei über die Kante des Daches und erschrak. Er hatte ganz vergessen, dass die Carlyle Road in Bilton einen großen Bogen schlug und sich vorher teilte. Der Kutscher hielt sein Gefährt mittig auf der Straße. Er wollte in die falsche Richtung – und sie waren viel zu schnell, als dass Finn abspringen konnte.

Nepomuk blickte ungeduldig aus dem Fenster. Ohne es wirklich wahrzunehmen, zog er permanent die Lippen kraus wie ein Fisch mit Bart und Hut. Der Koffer hatte seinen Weg erst heute Morgen zu ihm gefunden, nach einer schlaflosen Nacht, in der er nur an das Gelingen des Einbruchs gedacht hatte. Selten war die Freude über einen Boten so groß – selbst wenn dieser ihn beim Essen störte. Bis dahin hatte er ohnehin keinen Appetit, der Tee, die Croissants und edlen Marmeladen schmeckten wie fade Pappe. Anschließend konnte er sein Frühstück endlich genießen. Der Koffer weilte neben ihm auf einem Stuhl, als sei er ein hoher Gast. Er war die angenehmste Gesellschaft seit Langem.

Nun lag er wie ein Schatz auf seinem Schoß, die Hände hatte Nepomuk darüber zusammengefaltet. Nicht ein Mal hatte er hineingesehen, aus Angst, er würde eine große Macht stören. Die Szenerie vor dem Fenster bekam er gar nicht mit. Seine Gedanken sprangen zwischen den nächsten Schritten und dem Blick in den Koffer hin und her. Noch waren sie unterwegs, er konnte ohnehin nichts tun. Also sah Nepomuk hinab, strich mit den Handflächen über das warme Leder. *Ich kann die Macht förmlich spüren.*

Es war lange her, dass er von diesen Büchern erfahren hatte. Der Kreis der Buchwächter leistete außerordentlich gute Arbeit. Sie taten so, als existierten sie selbst nicht. Ein Umstand, den er das erste Mal nicht mit Geld lösen konnte. Beinahe ein Jahr war er wöchentlich in Arthurs Laden aufgetaucht, hatte versucht, ihn entsprechend zu formen und zu brechen. Ihre Beziehung war darunter eingegangen wie eine Pflanze ohne Wasser. Es störte Nepomuk nicht. Freundschaften waren lästig. Sie kosteten Zeit und wenn man etwas Bestimmtes wollte, musste man die gleiche Überzeugungsarbeit leisten wie bei einem Fremden. Da waren ein wenig Geld und Druck durchaus probate Mittel.

Mit den Daumen strich er über die Verschlüsse des Koffers. Aus reinem Gold gearbeitet, besaßen sie die Form zweier Geier. Äußerst passend, wie er fand. Ansonsten kam die teure Hülle ungewöhnlich schlicht daher. Sie sollte verbergen, welchen Schatz sie im Inneren trug.

Klackend öffneten sich die Schnäbel der Geier. Das Leder gab schmatzend einen dunklen Spalt frei. Er konnte nichts erkennen. *Ist es gar nicht drin?* Er riss den Deckel auf. Der dunkelrote Samt der Innenverkleidung verschluckte das Licht, sobald es eindrang. Unter dem Blick seines mürrisch dreinblickenden Bewachers drehte sich Nepomuk ins Licht. Sein Herz pochte schnell, als er die ersten Seiten erblickte. Vergilbt von den Jahrhunderten, grob und dick. Er schob den Koffer noch ein Stück weiter auf. Die massiven und verzierten Beschläge an den Kanten hielten das dicke Leder fest umklammert. Wie ein Herz prangte das Emblem mittig auf dem Deckel. Dieses Buch war ein Kunstwerk. Und auch ohne die magischen Kräfte, die es besaß, war es bereits etwas Besonderes.

Kein Wunder, dass sie diese Bücher verstecken. Wenn sie nur halb so mächtig wie schön sind, muss ihre Kraft atemberaubend sein. Was muss es da draußen noch für Schätze geben?

Ein Ruck ging durch die Kutsche, riss ihm den Kofferdeckel aus der Hand und ließ ihn zuschnappen. Nepomuk legte beide Hände wieder auf das Leder und starrte nach draußen. Er konnte kaum erwarten, dass die Zeremonie begann.

Finn blieb nichts weiter übrig, als die Kutsche zu verlassen, auch ohne eine weitere Reisemöglichkeit. Vorsichtig hangelte er sich an dem groben Seil hinab. Die Straße unter ihm erschien ihm, als wäre sie mit den Klingen einer Käsereibe gespickt. Das würde wehtun ...

Er holte tief Luft und ließ sich so weit hinunter, dass er sich mit ausgestreckten Armen gerade noch festhalten konnte und seine Beine in der Luft hingen. Die Box der Kutsche drückte sich gegen seinen Brustkorb. Er hatte kaum Spielraum, sich zu bewegen, und doch fing er an, in der Luft zu rennen. Wie kleine Nadelstiche schossen ihm die Kiesel an die Beine. Ein gutes Zeichen, dass es zum Boden nicht mehr weit war. Dann ließ er los.

Mit ungeheurer Wucht zog die Schwerkraft an ihm. Finn schaffte es nicht, sich aufzurichten, stürmte voran, als wollte er wie ein wütender Stier mit gesenktem Kopf alles aus dem Weg räumen. Die Kutsche bog ab und gab den Blick nach vorn frei. Doch Finn sah nur Dreck. Er konzentrierte sich auf die Koordination der Beine, damit er nicht wie geriebener Käse auf der Straße endete.

Nach etlichen Metern verlor er endlich seinen Schwung und blickte auf. Ihm blieb nicht einmal Zeit zu fluchen. Ungebremst rannte er in einen Stapel leerer Obstkisten. Eine riesige Staubwolke tat sich auf, aus der es Splitter und hölzerne Geschosse regnete. Kreischend sprangen die Passanten beiseite. Der Wind trug einen Teil des Dunstes davon und brachte Finn als jammerndes Bündel zum Vorschein, das der Länge nach im Chaos lag. Ein älterer Herr mühte sich durch die Trümmer. Vorsichtig berührte er ihn, fragte nach seinem Befinden. Statt einer Antwort hustete Finn Dreck. Er wirbelte mit einer Hand in der Luft, suchte Halt. Der Mann packte sie und zog ihn auf die Füße, doch Finns Beine gaben sogleich wieder nach.

»Vielleicht solltest du dich eine Weile hinsetzen und wieder zu Kräften kommen«, schlug der Mann vor. *Die Kutsche!* Der Gedanke schrillte wie eine Sirene in seinem Kopf. Mit einem Mal stand er senkrecht, die Augen aufgerissen. Erschrocken zuckte der Alte zusammen. Finn fuhr herum, spähte auf die Straße. Nepomuks Kutsche entzog sich gerade seinem Blick, als sie der Biegung folgte.

Ich brauche eine Abkürzung. Durch die Gassen.

Der Bogen der Carlyle Road war lang. Wenn er einen Weg durch die Häuserschluchten fand, hatte er eine Chance, auf der anderen Seite des Blocks wieder auf Nepomuk zu treffen. Wie es dann weiterging, würde er sehen. Rechts von ihm war eine Lücke im Mauerwerk, nicht viel breiter als zwei Fässer. Er musste es versuchen.

Finn riss sich aus dem Halt des Alten und tat zwei Schritte.

Schmerz zog ihm durch das linke Bein. Stöhnend ging er noch am Bordstein nieder. Er massierte den Knöchel und bemerkte das Blut an seinen Fingern.

Verdammter Mist. Es war nicht so schlimm, dass er nicht würde laufen können, aber es durfte sich nicht entzünden. Er musste es verbinden. Doch alles, was er besaß, trug er am Leib.

»Hier, nimm das, Junge.« Der Alte reichte ihm ein Stofftaschentuch. Es war nicht neu, aber unbenutzt. Finn hauchte ihm ein Danke entgegen. Er band es sich rasch um den Knöchel, bis der Druck genau auf der schmerzenden Stelle lag. *Hoffentlich hilft das.* So weit es ging, ignorierte er den Schmerz und stakste unter den ungläubigen und verwirrten Blicken der Passanten davon.

Der Spalt zwischen den Gebäuden war ein stinkendes Moloch, voll mit Unrat, Gerümpel und Exkrementen. Nicht einmal die Sonne traute sich hier hinein. Wenigstens ersparte sie Finn so die widerlichen Details. Auf dem rutschigen Boden verlor er ein paar Mal den Halt, drückte vor Schreck die Hände gegen die Wand, nur um diese Entscheidung augenblicklich zu bereuen. Er wollte gar nicht wissen, was da feucht und klebrig an ihm haften blieb. Trotz der Gefahr, den Gestank weiter mit sich herumzutragen, wischte er die Handflächen an der Hose sauber. Mit Mühe stieg er über einen defekten Tisch. *Wie der wohl hierher gelangt ist?* Wenige Meter hinter ihm ging klatschend etwas nieder. Ein Eimer verschwand über ihm in einer Öffnung, die wohl ein Fenster war. Das war Erklärung genug.

Hastig schob er sich den restlichen Gang entlang, auf einen schmalen, quer verlaufenden Weg hinaus. Frischer Wind berührte ihn und wehte den eigenen Geruch davon. Rechts ging ein weiterer Weg nach links ab. Ohne nachzudenken, rannte er los. Er wich vereinzelten Tonnen und Kisten aus, folgte einem weiteren Knick und prallte gegen eine aufragende Holzwand.

Ohne zu zögern, sprang er daran hoch. Doch die Kraft verließ ihn und er rutschte wieder hinunter. Beim nächsten Versuch schwang er ein Bein über die Kante, hakte sich fest. Seine Muskeln zitterten und er musste pausieren. *Bitte lass das hier nicht umsonst sein.* Die Kraft reichte, um einen Blick über die Kante zu werfen. Ein breiter Weg lag dahinter. Zwar war noch immer keine Straße in Sicht, aber breite Wege bedeuteten meist besseren Zugang zu den Adern dieser Stadt.

Dumpf landete er auf einer Holzkiste. Zwischen den Wänden klang es wie eine Explosion. Finn rollte sich herunter, fing sich ab und eilte weiter. Über ihm erstreckte sich ein Netz aus Leinen, wie Fähnchen hing Wäsche an ihnen. Die Hauseingänge wurden zahlreicher und Finn war sicher, bald wieder auf die Carlyle Road zu treffen.

Es schepperte hinter ihm in der Gasse und er wirbelte erschrocken herum. Eine Katze war aus einem der Fenster direkt auf eine Tonne gesprungen, deren Deckel rasselnd zu Boden gegangen war. Den Blick wieder nach vorn gerichtet, bemerkte er die sich öffnende Tür zu spät.

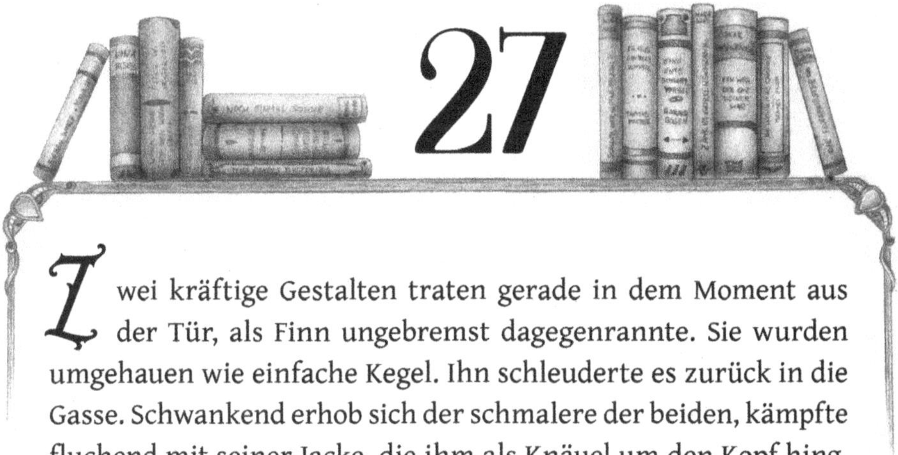

27

Zwei kräftige Gestalten traten gerade in dem Moment aus der Tür, als Finn ungebremst dagegenrannte. Sie wurden umgehauen wie einfache Kegel. Ihn schleuderte es zurück in die Gasse. Schwankend erhob sich der schmalere der beiden, kämpfte fluchend mit seiner Jacke, die ihm als Knäuel um den Kopf hing. Er stapfte auf Finn zu, packte ihn bei den Schultern und riss ihn mit einem Ruck in den Stand.

»Dir Rotzlümmel müsste man das Fell über die Ohren ziehen. Wie wäre es, wenn du …«

Finn hatte keine Zeit für dummes Geschwätz. Jedoch fehlte ihm die Kraft, sich zu wehren. Seine Arme hingen schlaksig am Körper, berührten etwas Kühles am Gürtel. Die Rettung. Die Schlagplatte erwischte den Schritt seines Gegenübers mit voller Wucht. Augenblicklich verschwand der feste Griff. Finn drückte gleich den zweiten Knopf, um wieder einsatzbereit zu sein. Der zweite Kerl hievte sich nach oben.

Ich muss abhauen. Er sprintete los.

Im Aufrichten griff der Dicke zur Seite und erwischte ihn am Knöchel. Finn schlug der Länge nach hin. In Wellen pulsierte der Schmerz durch seinen Körper.

»Oh nein. So schnell wirst du nicht ungeschoren davonkommen«, brummte der Dicke und zog ihn mühelos zu sich heran. Alles Zappeln nutzte nichts. An den Schultern drückte er ihn mit Wucht gegen die Hauswand. Der Aufprall presste Finn die Luft aus der Lunge. Beim Einatmen schmeckte er eine Mischung aus Bier, Schweiß, Staub und wochenlang getragener Kleidung.

Die zahlreichen Beschimpfungen prallten an ihm ab. Sie verschwanden in einem dumpfen Nebel, in dem er nichts außer seinem zitternden Körper spürte. Selbst Gordon war gegen diesen Hünen bloß ein Winzling. Finn konnte nicht einmal sagen, was da aus ihm rausbrach, ob es sich um Wut oder Angst oder eine Mischung aus beidem handelte, doch es entlud sich in einem ohrenbetäubenden Schrei.

Dem Dicken verschlug es die Sprache und er wurde noch wütender. Wie ein Tier warf er ihn brüllend zu Boden. Aus einem Stapel Unrat zog der Kerl eine Latte. Ließ sie klatschend in der anderen Hand landen.

Finns Angst betäubte ihm die Glieder. *Ich will kein Opfer mehr sein! Wieso könnt ihr mich nicht einfach mal in Ruhe lassen?* Sein Blick wurde trüb, verbarg den Angreifer hinter milchigem Dunst. Warum konnte er sich nicht wehren und nur einmal so muskulös sein, dass allein seine Erscheinung ihm Respekt verschaffte.

Aus einer Gasse bebte ein Brüllen, grollend und aggressiv. Schwere Schritte brachten die Erde zum Zittern. Etwas bahnte sich seinen Weg hierher. Der Dicke ließ augenblicklich von ihm ab. Finn kroch in sichere Entfernung. Eine ledrige Pfote, groß wie eine Kutsche, umklammerte die gegenüberliegende Hausecke. Im Gegensatz zu seinen Angreifern überraschte der Gorilla Finn nicht. Es war die Erscheinung, an die er gedacht hatte.

Donnernd schlug er die Fäuste auf den Boden, hinterließ im Kieselregen kleine Krater. Der Gorilla baute sich hinter Finn auf, überragte ihn beinahe um das Zehnfache. Ohne Furcht sah Finn an ihm hinauf. Das Wesen folgte seinem Wippen. Finn hob den rechten Arm, der Gorilla tat es ihm gleich. Das Tier war eine lebendig gewordene Phantasie! Und er wusste, sich diesen Umstand zunutze zu machen.

Langsam drehte er sich dem Dicken entgegen, der seinem Freund entgegenstolperte. Sie drängten sich zusammen wie ängstliche Kinder.

Finn riss die Arme hoch und brüllte in die Richtung der Feiglinge. Seine Hand schlug über ihre Köpfe hinweg. Knirschend krachte die Faust des Gorillas ins Gemäuer. Staub und Stein rieselte auf die Angreifer nieder. Der schmalere kauerte sich zusammen, vergrub das Gesicht in den Händen. Zwischen seinen Beinen breitete sich ein feuchtes Rinnsal aus. Der Dicke packte ihn und zog ihn wie einen störrischen Esel aus der Gasse.

Finn sah ihnen nach. Das Schnaufen des Gorillas blies ihm warme Luft in den Nacken. Sein Herz schlug noch immer heftig in der Brust. In seinen Ohren rauschte es. Das schönste Zeichen am Leben zu sein.

Langsam verblasste die trübe Sicht und die Umgebung bekam ihre Details zurück. Dann wandte er sich seiner Phantasie zu. Sie war unwirklich. Der Gorilla stand da wie aus Fleisch und Blut, schien genauso echt wie er selbst. Und doch war das Tier nur ein Produkt seiner Gedanken. Er sah an dem braunen Riesen hinauf, blickte in freundliche Augen.

»Ich habe keine Ahnung, was ich hier mache, aber es ist schön, dich kennenzulernen.« Seine Worte hallten dröhnend zwischen den Wänden wider. Finn spürte sie im Brustkorb.

Wie ist das möglich?, wollte er fragen.

»Ich glaube, du solltest dich beeilen«, brummte der haarige Gigant.

Die Kutsche! Finn rannte einfach los, bremste jedoch gleich wieder ab. Die Gestalt war bereits verschwunden. Nur die Löcher im Boden blieben als Spur zurück.

Keuchend und mit bebender Brust hielt Finn sich an einem Laternenpfahl fest, spähte durch den dichten Trubel nach links. Er hatte ganz vergessen, dass Bilton eines der geschäftigsten Viertel war. Hier befanden sich nicht nur die Fertigungshallen der Reichen, es war auch das Handelsviertel für diejenigen, die gerade etwas mehr besaßen als die Kleider am Leib. Und von ihnen gab es viele.

Etliche Wagen bewegten sich auf der Straße, aber keine Kutsche. Finn wandte sich zur anderen Seite und erspähte die blaue Kutsche, die herausstach wie ein Löwenzahn auf grüner Wiese, bevor sie abbog und die Carlyle Road verließ.

Augenblicklich drückte er sich von der Laterne weg. Eine Hand auf die Mütze gepresst, bahnte er sich seinen Weg durch die Passanten. Ein kurzer Blick über die Schulter und er eilte auf die Straße, sprang zwischen zwei Kutschen hindurch, gleich darauf über den Karren eines Händlers. Finn hastete über den losen Untergrund und schoss nach links.

Die Gehwege waren voll und so bevorzugte Finn einmal mehr die Schotterstraße. Noch befand sich Nepomuk in Sichtweite, denn die Straße führte über eine lange Strecke geradeaus. Jetzt erkannte Finn, wo er war und wohin ihn die neue Route führte: geradewegs zu den Docks. Sie lagen an einem Seitenarm des Killaloe Rivers, der die Stadt nördlich passierte. Biltons Zentrum lag auf einem Hügel und so führte die Straße hinab und nahm ihm langsam die Sicht. Er musste dranbleiben.

Im Pulk der Passanten bemerkte er eine Familie, die sich mit ihrem Jüngsten abmühte und den Gehweg verstopfte. Ein Mädchen redete beruhigend auf ihn ein, doch der kleine Kerl wollte ihr nicht zuhören. Die Umgebung erstickte in plärrendem Geschrei. Sie schaute in einem Anflug von Resignation auf, ihre Blicke trafen sich. Der Moment reichte für ein flüchtiges Lächeln. Finn drehte den Kopf, dann riss ihn ein Stoß von den Beinen.

Irgendetwas hatte ihn an der Schulter gepackt, hob ihn hoch und schleifte ihn mit sich. Aus dem Augenwinkel erkannte Finn die Silhouette eines Pferdes. Hilflos griff er zum Nacken. Er baumelte wie ein Fisch am Haken. Hin und herschwingend erkannte er, was neben ihm fuhr: ein Karren, voll beladen mit Holz und gezogen von vier großen Pferden. Ein Balken musste verrutscht sein und hatte ihn am Kragen erwischt. Was für ein Glück, dass er ihm nicht den Schädel eingeschlagen hatte.

Etwas traf Finn an der Hüfte und sorgte für eine Welle des Schmerzes. Im Nachschwingen sah er den Umriss eines Mülleimers. Er hatte nicht bemerkt, wie nah der Wagen am Bordstein fuhr. Und er baumelte hier wie eine Laterne.

Ein Mann mit einer Kiste auf der Schulter ging am Rand der Straße. Finn zog den Bauch ein, versuchte, die Balustrade des Wagens zu greifen, verfehlte sie jedoch. Der Schwung reichte, um den Unbekannten nur zu touchieren. Es riss ihm die Fracht von der Schulter.

Der Fahrer trieb unbeirrt die Pferde an, schlingerte in der Spur. Finn konnte nicht auf sich aufmerksam machen. Er hielt geradewegs auf eine Laterne zu. Wieder streckte er sich zum Wagen.

Er musste die Finger zwischen die Latten bekommen. Seine Nägel kratzten übers Holz, verfehlten die rettende Lücke. Ein Ruck und er schwang an den Wagen. Er fand Halt. Pfeifend zog die Laterne an ihm vorüber.

Ich muss hier runter, das Ding wird mich umbringen! Die nächste Laterne kam in Sicht. Der Fahrer drängte wieder zum Bordstein.

Nein, zurück! So gut es ging, zog Finn sich an den Wagen. Scheppernd prallte der Balken gegen den Mast, drückte sich nun durch sein Hemd. Es zog ihn nach hinten. Ein Reißen ging durch den Kragen.

Finn konnte bereits die Docks und die großen Lagerhäuser erkennen. Und das Ende der Straße unmittelbar davor, zu dem es noch abschüssiger wurde. Er durfte nicht warten, bis das Hemd unkontrolliert von allein riss. Sonst kam er noch unter die Räder und würde einen grausamen Tod sterben.

Die nächste Laterne versteckte sich hinter zahlreichen Kisten.

Der Kutscher zog die Zügel zu sich. Mehrere Passanten überquerten die Straße.

Jetzt oder nie.

Zusammengerollt wippte Finn auf und ab, damit das Stück Stoff nachgab. *Das darf doch nicht wahr sein!* Panik überzog ihn mit Gänsehaut.

»Jetzt reiß scho–« Er stürzte auf den Bordstein, verfehlte das riesige Hinterrad des Wagens nur knapp. Mit voller Wucht prallte er in die Kisten, die den Aufprall gegen die Laterne dämpften. Japsend atmete er faulig, ranzigen Dunst. Hustend versuchte er, sich aus dem Haufen hochzustemmen, rutschte jedoch auf dem losen Untergrund immer wieder weg. Statt helfender Hände erhielt er angewiderte Blicke. Als wäre er ein Sonderling.

Bemüht euch nicht. Ich packe das auch allein!

Nach etlichen Versuchen schaffte er es heraus.

Die Kutsche! Er schnellte herum und wurde bleich. Sie war nicht mehr auszumachen. Finn rannte einfach los. Auf die Straße traute er sich nicht mehr und so drängte er sich mit hastig gemurmelten Entschuldigungen durch den Pulk von Passanten.

Am Ende der Straße angekommen, stützte Finn sich außer Atem an einen Zaun. Seine Lunge brannte.

Der Weg gabelte sich. Er musste sich für eine Seite entscheiden. Links reihten sich einfache, zweigeschossige Wohngebäude aneinander, die einer Vielzahl an kleineren Lagerhäusern gegenüberstanden. Einige Gassen durchschnitten die monotonen Fassaden. Sie waren eng und nur schwer einzusehen. Auf der anderen Seite bot sich ihm ein ähnliches Bild. Einige wenige Geschäfte drängten sich dicht an dicht, über denen Wohnungen lagen. Aber auch hier führte eine Straße links tiefer in die Docks.

Nepomuk liebt es groß und pompös. Und er hat Geld. Er wird kaum ein mickriges Lagerhaus besitzen. Ich muss es bei den großen versuchen. Finn wechselte die Straßenseite. Zwischen den hohen Gebäuden drückte der Wind den Geruch von Fisch, Algen und moderndem Holz durch die Gassen. Ein Zeichen, dass die Docks nicht weit entfernt sein konnten. Unschlüssig, wo er nun weitersuchen sollte, blieb Finn stehen, zog die Mütze herunter und kratzte sich den Kopf. Die Gegend war riesig, es würde Stunden dauern, jeden Straßenzug abzugehen. Sofern Nepomuks Kutsche überhaupt im Freien stand.

Auf gut Glück eilte er weiter geradeaus, schnurstracks auf eine sonnendurchflutete Querstraße.

Finn wollte gerade hinaustreten, als am Gebäude auf der

anderen Seite ein kräftiger Mann vorbeilief. Er sah permanent über die Schulter.

Das ist doch der Kerl, der zu Nepomuk auf die Kutsche gestiegen ist.

Finn drückt sich in den Schatten des Gebäudes und zog sich die Mütze tiefer in die Stirn. Er tat gelangweilt und spielte an den Fingernägeln. Aus dem Augenwinkel verfolgte er den Weg und entdeckte das blau schimmernde Gefährt gut versteckt unter einem breiten Vordach. Genauso gut versteckt war auch die Wache vor dem Zugang, keine zehn Schritte davon entfernt.

28

Langsam gingen Finn die Ideen aus. Dem Läuten der Turmuhr nach stand er bereits seit über einer Stunde in der Gasse. In den verschiedensten Variationen des Nichttuns versuchte er, keine Aufmerksamkeit zu erregen. Wenigstens konnte er seinem geschundenen Körper so eine kurze Pause gönnen. Seine Füße brannten, die Knie pochten und seinen Oberkörper durchzog dumpfer Schmerz. Wenigstens trug der Wind den eigenen Geruch davon. Eines musste er Nepomuk lassen: an ihn heranzukommen, war verdammt schwer. Es sei denn, er tauchte unvermittelt in Arthurs Laden auf.

Soweit er sehen konnte, wechselten sich die Posten regelmäßig ab. Der Eingang befand sich so weit abseits der Straße, dass Finn nicht einfach in die Nähe gelangen würde. Die Fenster des Lagerhauses lagen so hoch, selbst über das Dach einer Kutsche konnte er nicht hineingelangen. Es schien, als wäre dieses Gebäude eine uneinnehmbare Festung.

In regelmäßigen Abständen lief eine Wache ums Gebäude, patrouillierte wie ein Uhrwerk. Vier Mal hatte Finn sie gesehen. Zwischen den Passanten fiel der Kerl kaum auf. Er trug einen abgetragenen Anzug, nur die guten Schuhe verrieten ihn. Nepomuk überließ nichts dem Zufall.

Ein Gedanke ließ Finn sich aufrichten. *Weshalb schleicht der Kerl permanent ums Gebäude, wenn es nur einen Eingang gibt? Bestimmt gibt es noch weitere Zugänge!* Sein Herz raste, er musste sie nur noch finden.

Finn trat in die Sonne, die plötzliche Helligkeit raubte ihm die Sicht. Mit der Hand verlängerte er den Schirm seiner Mütze, um im einheitlichen Gelb der Umgebung den Gehweg auszumachen. Gemächlich polterte ein Wagen an ihm vorüber. Pfeifend schlenderte Finn auf die andere Seite. Ein schneller Schritt und er verschwand in der schmalen Gasse neben dem Lagerhaus.

Der dunkle Schlauch wollte gar nicht aufhören. In der Ferne verschmolzen Backstein, Himmel und Weg zu einer unkenntlichen Masse. Er betrachtete die Fassade. Einzig ein graues Fensterband verlief in der Höhe.

Finn stutzte. Die Gasse war ungewöhnlich sauber. Keine Kisten, keine Tonnen, nicht einmal Unrat gab es hier. Genau wie die Wachen, auffällig unauffällig. Zwischen den Wänden hallte der Klang seiner Schritte nach. Sein Blick huschte unablässig übers Mauerwerk.

Ich muss mich beeilen. Dieser Hüne darf mich nicht sehen.

Plötzlich glaubte Finn, einen Fleck auszumachen. Ein schmaler Streifen direkt an der Kante von Gasse und Mauer. Ein Fenster? Er beschleunigte seinen Schritt und hielt auf den Fleck zu.

Mit einem Mal blieb ihm die Luft weg. Sein Blick wurde trüb, die Glieder schwer. Sämtliche Kraft entschwand ihm. Er torkelte an der Wand entlang. Haltsuchend schabte seine Hand über den rauen Stein. Er sank zu Boden. Die Müdigkeit war übermächtig. Dann wurde es schwarz und still.

Finn riss die Augen auf. Graue Fetzen. Wie zäher Morgennebel schwebten sie umher, waren einfach überall.

»Entschuldige«, drang es von irgendwoher zu ihm. Erschrocken drehte Finn sich herum und stemmte sich auf die Beine. Eine besondere Ruhe überkam ihn. Eine Ruhe, die er schon einmal gespürt hatte. Nun erkannte er auch das Paar Augen sowie den breiten Mund, die sich im Nebel abzeichneten. Er stand vor der ersten Phantasie. Sie schwebte auf ihn zu.

»Ich habe dich hierhergebracht«, las sie seinen Blick. »Ich nutze meine Macht für gewöhnlich nicht, aber es ist wichtig.« Finn entging ihr prüfender Blick nicht. »Deine Begabung ist stark. Allerdings warst du unvorsichtig.«

Finn stand ganz und gar nicht der Sinn nach einem Tadel.

»Unsere Kraft liegt im Verborgenen, wir existieren für die Menschen nur im Geist. Sehen sie uns in wahrhaftiger Gestalt, sind wir verletzlich, genau wie du. Deine Gabe ermöglicht es dir sämtliche Eigenschaften der Phantasien zunutze zu machen. Mit dem Unterschied, dass du nie gelernt hast, sie zu beherrschen. Damit begibst du nicht nur dich, sondern auch die Phantasien in Gefahr. Unachtsamkeit kann für uns alle verheerende Auswirkungen haben.«

Finn verstand. Auch wenn sich bei ihm kein schlechtes Gewissen dafür einstellen wollte, den Gorilla herbeigerufen zu haben. Er konnte das angenehme Gefühl der Selbstsicherheit nicht ausblenden. Es füllte eine lang da gewesene Lücke zwischen Zweifel und Angst. Aber die Phantasie hatte recht. Er hätte die beiden Angreifer mit Leichtigkeit töten können, ohne es zu beabsichtigen.

Er nickte.

»Dies ist jedoch nicht der eigentliche Grund, weshalb du hier bist.« Er sah sie irritiert an. »Mit deinen neu gewonnenen Fäh…«

Stimmen drückten sich durch den Dunst und schnitten das Gespräch ab. Rau und kehlig klangen sie wie ein Grunzen. Zwei graue Gestalten traten Hand in Hand aus dem Nebel. Abrupt blieben sie stehen.

Finn stellte sich schützend vor die Phantasie. Diese beugte sich zur Seite, um einen Blick auf die Neuankömmlinge zu werfen. Deren Anblick war furchteinflößend: mit Narben übersäte Haut, zerfranste Ohren, große, gierig funkelnde Augen und faulig-ranzige Zähne wie bei einem verwesenden Raubtier. Den einen zierte eine weiße Hand quer über das Gesicht, den anderen eine Narbe so groß und tief, als wäre sein Schädel nach einem spaltenden Hieb einfach wieder zusammengewachsen. Unter ihrer spärlichen Kleidung steckten muskelbepackte und unförmige Körper.

Finns Blick blieb an den klauenartigen Händen hängen, die sich nach wie vor festhielten. Abrupt ließen sie von einander ab. Ohne weitere Worte drehten sie sich um und verschwanden genauso schnell, wie sie aufgetaucht waren.

»Was waren das für Wesen? Albträume?«

Die erste Phantasie schmunzelte. »Nein, die beiden sind Orks.«

Finn ließ das Wort nachhallen. *Zu welcher Geschichte die wohl gehören? Oder waren sie einfache Gedanken?* »Aber ... die waren ... beide sind doch männlich gewesen.«

Die Phantasie lächelte breit. »Wir sind das, was die Menschen uns sein lassen wollen. Mehr nicht. Stört dich etwas daran?«

Warum keine singenden Muffins? Finn setzte zu einer Antwort an, sah dabei aus wie ein Fisch, der nach Luft schnappte. Dann beließ er es doch bei einem Kopfschütteln.

Ihre Freundlichkeit wich einem sorgenvollen Ausdruck und erinnerte ihn daran, dass sie etwas hatte sagen wollen, bevor die beiden seltsamen Gestalten aufgetaucht waren.

»Kannst du sie spüren? Den Teil der menschlichen Gedankenwelt, der keine Freude hinterlässt?«

An seinen Fingerspitzen wurden die blauen Fäden sichtbar. Finn schloss die Augen und fühlte in die Tiefe des feinen Netzes hinein. Neben der deutlichen Euphorie und Freude war da noch etwas anderes. Trauer, Unsicherheit. Und als wäre er in einen aufplatzenden Kokon getreten, spürte er plötzlich den Hass, pulsierend und lebendig wie kochendes Wasser. Er riss die Augen auf.

»Wem gehört diese Kraft?«

»Ich weiß es nicht. Selbst ich kann sie nicht ausmachen. Doch sie wächst mit jedem Tag, schneller, als die anderen Phantasien es je taten.«

Eiskalt lief es Finn den Rücken runter. *Sicherlich habe ich Gordon auch die Pest an den Hals gewünscht, aber so etwas habe ich in all den Jahren nicht verspürt. Diese Abneigung scheint tief zu sitzen. Und sie ist so aktiv. So … lebendig!*

»Ich denke, ich weiß, wer dazu in der Lage ist. Es passt alles zusammen.« Aufgelöst schritt Finn hin und her. Die Wirkung der Wolke verlor sich, seine Emotionen drängten an die Oberfläche.

»Was meinst du?«

»Letzte Nacht wurde das Buch der Phantasien gestohlen. Nepomuk Burke hat es. Ich war gerade dabei, einen Weg in sein Lagerhaus –«

»Ich kann dir nicht folgen. Dieses Buch dürfte gar nicht mehr existieren. Man hatte mir schon vor einer Ewigkeit versichert, es zerstört zu haben.«

Finn biss sich auf die Zunge. Hatte er gerade ein gut gehütetes Geheimnis ausgeplaudert?

Die dunklen Augen der Wolke verzogen sich zu wütenden Schlitzen. »Das ist nicht dein Problem«, beruhigte sie ihn.

»Doch, das ist es allerdings. Ich sollte dazu ausgebildet werden, es zu beschützen.« Traurigkeit überkam ihn. *Vielleicht ist die Ausbildung zum Buchwächter doch keine so gute Idee.*

»Wenn das so ist, warst du als Beschützer weise gewählt. Dennoch hätte es nie so weit kommen dürfen. Dieses Buch ...«

»Ich weiß. Nepomuk hat damit die Macht, den Willen seiner Feinde zu kontrollieren.«

Im sorgenvollen Blick der Wolke lag allerdings noch mehr. »Nicht nur. Er bekommt ebenso Zugriff auf mich. Nehme ich Schaden, betrifft dies jeden einzelnen Menschen. Geht der Gedanke an euch verloren, war die Menschheit einmal.«

Stille.

So hatte Finn es noch nicht betrachtet. Und Nepomuk ganz gewiss auch nicht.

»Ich weiß, wo das Buch ist«, besann er sich der letzten Minuten vor seiner Ankunft. »Nepomuk schart so viele Leute um sich, dass er mit Sicherheit etwas plant. Und so eilig, wie er es hatte, wird es bis zur Umsetzung nicht mehr lange dauern.«

Stumm betrachtete die Wolke ihn, sie schien zu überlegen. »Dieser Konflikt kann nur in eurer Welt ausgefochten werden. Deinen Worten nach bist du jedoch allein, richtig?«

Finn nickte, fühlte sich plötzlich hilflos. *Arthur denkt, ich sei bei Nepomuks Anwesen. Selbst wenn ich wollte, könnte ich ihn nicht benachrichtigen. Wir würden zu viel Zeit verlieren.*

»Wie sicher fühlst du dich im Umgang mit den Phantasien?«

Finn hob die Augenbrauen. »Ich soll einen Hundert-Meter-Sprint hinlegen, wo ich gerade Laufen gelernt habe. Das dürfte ordentlich blaue Flecke geben. Und ich werde wohl nicht der Schnellste sein.«

Der Vergleich schien der ersten Phantasie zu gefallen. »Versuche, dich zum Buch durchzuschlagen, ich werde dir Verstärkung schicken. Aber bitte ...« Sie sah ihn eindringlich an. »Bitte nutze deine Gabe nur, wenn es absolut notwendig ist. Du bist ein kluger Junge, versuche zunächst, andere Wege zu finden. Wenn Nepomuk davon erfährt ...« Die Wolke ließ die Konsequenzen unausgesprochen.

Etwas traf Finn an der Hüfte und riss ihn von den Beinen. Er rutschte über den Boden und blieb überrascht dreinblickend wenige Meter entfernt liegen. »Was ...?«

Ein zweites Mal wurde er getroffen, schlitterte abermals über den Boden. Die Wolke versuchte, noch etwas zu sagen, doch ihre Worte verschwammen in einem Brei aus Tönen. Dann überfiel ihn wieder die schwarze Stille.

In der Ferne hörte Finn eine Stimme. Schroff und fordernd. »He!«

Er zwang sich, die Augen aufzuschlagen. Ein Tritt landete unsanft in seiner Leiste. Er stöhnte auf.

»Wird's bald? Sieh zu, dass du auf die Beine kommst. Das ist kein Platz für ein Nickerchen.«

Erst jetzt begriff er. Die erste Phantasie hatte ihn einschlafen lassen, um ihn zu sich zu holen. Nun lag er rücklings an der Hauswand.

»Wenn du nicht gleich auf die Beine kommst, sorge ich dafür, dass du sie gar nicht mehr gebrauchen kannst!« Mit kräftigem Griff packte der Kerl ihn am Kragen und zog ihn spielerisch hoch. Er wartete nicht, bis Finn einen sicheren Stand hatte, sondern ließ ihn gleich wieder los. Halb in der Hocke taumelte Finn zur Seite und stürzte auf den groben Untergrund. Kiesel schnitten ihm in die Handfläche.

Was für ein primitiver ... Nur mit Mühe unterdrückte Finn die aufkeimende Wut. Die funkelnden Augen seines Gegenübers waren Grund genug, sich nicht darauf einzulassen und stattdessen der unmissverständlichen Forderung nachzukommen.

»Ist ja gut! Wenn Sie wenigstens die Güte besitzen, mich aufstehen zu lassen«, herrschte er den Unbekannten an.

Die Wache packte ihn am Arm. Mit riesigen Schritten marschierte er in Richtung Straße, zog Finn einfach mit sich. Für einen Augenblick flackerte in ihm der Wunsch auf, den Gorilla als Unterstützung herbeizurufen. Allerdings hallten die warnenden Worte der Wolke in seinem Gedächtnis wider. Bereits jetzt drehten sich einige Passanten um, sahen zu, wie Finn unsanft aus der Gasse befördert wurde.

»Dieser Weg ist für dich tabu.« Die Wache sah ihn so lange an, bis Finn sich aufraffte und langsam die Straße hinunterwankte. Er rieb sich den schmerzenden Arm.

Ich möchte gar nicht wissen, was passiert wäre, wenn ich es bis zum Eingang geschafft hätte. Nach einigen Metern drehte er sich noch einmal um. Die Wache verschwand auf der anderen Seite des Lagerhauses. Augenblicklich blieb Finn stehen und wartete. Als der Kerl nicht wieder auftauchte, sah Finn seine Chance gekommen.

29

Hastig rannte Finn zurück in die Gasse. Aus dem Fleck wurde tatsächlich ein Fenster. Schlitternd kam er vor seinem Ziel zum Stehen. Augenblicklich kniete er nieder. Das Fenster war schmal und reichte ihm nur bis zu den Knien. So konnte er gar nichts ausrichten, nicht einmal hindurchsehen. Er legte sich flach auf den Boden, wischte grob den Dreck von der Scheibe und drückte den Kopf dagegen. Schemenhaft zeichneten sich einige Regale ab.

Zumindest ist es keine Folterkammer. Der Gedanke war absurd, spendete ihm dennoch Trost. Mit den Handflächen klopfte er gegen den Rahmen, hoffte, das Fenster würde einfach aufspringen. *Natürlich tut es das nicht. Das wäre ja auch zu einfach.* Er drückte sich dagegen, doch im Liegen fehlte ihm die Kraft. Finn blickte noch einmal hindurch und entdeckte den Griff. Fest verriegelt hielt er den Zugang verschlossen.

Mist. Finn überlegte. Den Großteil der Möglichkeiten verwarf er gleich wieder. Die Wolke hatte gesagt, nur in Notfällen. Grinsend gab er sich selbst die Erlaubnis. Er schloss die Augen und dachte an einen Zwerg. Dieser hatte sowohl die richtige Größe als auch die notwendige Stärke, um das Fenster aufzubekommen. Finn öffnete die Augen, spähte durchs Glas und hoffte, dass sein Plan funktionierte. Auf dem Regal auf der anderen Seite des Fensters stand eine Gestalt, die Arme vor der Brust verschränkt, ein Fuß in schneller Folge auf und ab tippend. Entgegen seiner Erwartung blickte der kleine Kerl finster drein. Falten durchzogen das pausbackige, von langen Haaren umwucherte Gesicht. Es verlieh ihm das Antlitz einer überreifen Kartoffel. Die Kleidung unterschied sich kaum von seiner eigenen: einfach und praktisch, nur einige Nummern kleiner.

Hastig deutete Finn auf den Riegel. Eine Verbindung über die Phantasie hieß offensichtlich noch nicht, dass es mit der Kommunikation klappte. Genervt ging der Wicht darauf zu und zog daran. Es tat sich nichts. Finn deutete ihm an, stärker daran zu ziehen. Als Antwort folgte nur ein ausgestreckter Mittelfinger.

Spinnt der? Mach das verdammte Fenster auf! Warum muss ich so einen Querulanten herbeiphantasieren? Als hätte der Zwerg seine Gedanken vernommen, versuchte er es ein zweites Mal. Prompt ging ein Ruck durchs Fenster und es schwang auf. Bevor Finn sich hineinschwang, wanderte sein Blick noch einmal die Gasse entlang. Die Wache bog gerade ein. Sie blieb stehen und drehte sich um. Jemand hatte sie gerufen. Ein weiterer Kerl tauchte auf und verwickelte sie in ein Gespräch.

»Nächstes Mal machste deinen Scheiß alleine!«, raunte der Zwerg ihn an, kaum dass das Fenster weit genug offen war. »Du faule Primadonna kannst deinen Grips ruhig nutzen. Und untersteh dich, mich noch einmal in deine Welt zu holen. Bei dem ganzen Licht bekomm ich Pickel.«

»Was?« Finn starrte ihn ungläubig an. Sein Gegenüber drehte sich um, ging zur Kante des Regals und sprang hinunter. Dann war er verschwunden.

Finn schüttelte die Verwirrung ab und drückte sich auf dem Bauch liegend durch die schmale Öffnung. Er schob sich mit den Beinen zuerst hindurch, um sicher landen zu können. Auf Hüfthöhe verhakte sich der Hosenbund.

Der Blick ging sofort wieder die Gasse hinunter. In diesem Moment beendeten die Wachen das Gespräch. Noch sah sie zu Boden und nestelte an ihren Fingern herum. Hektisch half Finn mit den Händen nach, schob und drückte, doch etwas hielt ihn fest an Ort und Stelle. Er griff nach hinten, um die Ursache zu finden. Der Verschluss der Fensterverriegelung hatte sich verhakt. Es half alles nichts. Finn riss an der Hose, bis der Druck nachließ und er sich endlich hineinschieben konnte.

Das Regal knarzte unter seinem Gewicht. Er klammerte sich an die obere Kante. Sein Arm reichte gerade noch ans Fenster heran, um es zu verriegeln. Gleich darauf duckte er sich unter die Kante des Regalbodens und blickte nach draußen.

Mit pochendem Herzen wartete er, dass die Wache einfach vorüberging. Schritte drangen herein und Finn hielt die Luft an. Das Pochen in seinen Ohren überlagerte alles und er starrte aufs Fenster. Beine kamen ins Sichtfeld. Die Wache hockte sich hin und betrachtete die Spuren im Schotter.

Verdammt.

Schläge donnerten gegen das Fenster und er zuckte zusammen. Finn rutschte noch tiefer, hing nun mit ausgestreckten Armen am Regal. Sein Herz wollte ihm aus der Brust springen. Doch solange es dabei kein Geräusch machte, war ihm dies nur recht. Vorsichtig schob er sich nach oben, die Wache war verschwunden.

»Gott sei Dank«, murmelte er und die Anspannung gab die Muskeln frei. Auch aus dem Regal wich die Spannung. Knackend brach es in der Mitte und übergab ihn der Schwerkraft. Hart schlug er mit der Brust gegen das Holz. Reflexartig zog er die Arme an und ließ los. Wie ein Stein ging er zu Boden und landete in den hölzernen Resten.

Womit habe ich das eigentlich verdient?

Als könnte er dem pulsierenden Schmerz auf diese Weise entfliehen, rollte Finn sich zusammen. Leise stöhnend starrte er an die dunkle Decke. *Da hätte ich mich auch von Gordon vermöbeln lassen können.* Irgendwie amüsierte ihn der Gedanke. Er gluckste und schlug sich gleich die Hand vor den Mund. *Sei doch still, du Idiot!*

Zurück auf den Beinen sah er sich im schummrigen Licht um. Die Regale waren allesamt leer, alt und verstaubt. In diesem Raum war schon eine ganze Weile niemand mehr gewesen. Eine alte Tür war der einzige Ausgang. Finn ging hinüber und horchte.

Totenstille.

Er betätigte den Knauf. Sie war nicht abgeschlossen. Er zog sie einen Spalt breit auf und linste hinaus. Zu beiden Seiten verlor sich ein Gang in der Dunkelheit. Das karge Licht aus dem Lagerraum beschien ein Schild auf der gegenüberliegenden Wand. Es wies einen Aufgang zur Linken aus.

Um mehr erkennen zu können, ließ Finn die Tür offen und schlich in die Dunkelheit. Doch mit jedem Schritt umgarnte ihn die Schwärze, bis er die eigene Hand vor Augen nicht mehr sah.

Das wird so nichts. Ich brauche Licht. Finn hielt die rechte Hand nach vorn und dachte an einen Gegenstand aus einer Geschichte, die er kürzlich bei Arthur gelesen hatte. Ein kleiner, goldener Kerzenhalter tauchte auf, in dem eine Kerze mit großen Augen und breitem Mund steckte. Zu beiden Seiten ragten weitere Halter als Arme heraus.

»Ooh, e-es i-ist mir eine gr-große Freude, Finn«, stotterte der Halter und ließ dabei die kleinen Flammen aufleuchten. »I-Ich bin ü-übrigens Lumiè–«

»Ich weiß, wer du bist«, flüsterte Finn und das helle Wachs

färbte sich zartrosa. »Du musst mir den Weg leuchten. Allerdings müssen wir ganz leise sein. Niemand darf erfahren, dass du hier bist.« Der Leuchter nickte verständnisvoll.

Aus dem schwarzen Schlund war ein erkennbarer Weg geworden. Der Gang war zugestellt und ohne Zweifel wäre er alsbald gegen eine der Holzkisten gestoßen. Vorsichtig schob Finn sich an den Hindernissen vorbei, bis der Gang im Schein der Kerze nach rechts abbog und hinter einer mannshohen Holzkiste verschwand. Finn drückte sich mit dem Rücken dagegen und wagte einen Blick um die Ecke.

Eine kräftige Hand packte ihn, riss ihn mit ungeheurer Wucht herum. Der Kerzenhalter fiel zu Boden, die Schwärze nahm alles in Beschlag. Mühelos hob man ihn hoch und schüttelte ihn durch, als wäre er ein Mehlsack. Seine Mütze rutschte ihm ins Gesicht.

»Hab ich doch richtig gehört, dass hier jemand rumschleicht. Was hast du hier zu suchen?«

Die beiden Hände an seinem Kragen ließen ihm kaum Luft zum Atmen. Finn stieß ein Krächzen aus. Der Griff lockerte sich.

»Meine Katze ist durch ein offenes Fenster da hinten geschlüpft. Ich bin nur hinter ihr her, um sie wiederzuholen. Ehrlich, Mister!«

In der Dunkelheit konnte er keine Reaktion erkennen. Dafür roch er seinen Angreifer umso intensiver. *Die alte Kleidung ist also nicht nur Tarnung*, ging es Finn durch den Kopf.

»Diesen Quatsch kannst du deiner Großmutter erzählen!«, schnaubte der Unbekannte.

»Ich habe keine Großmutter mehr«, entgegnete Finn in traurigem Tonfall und brachte damit sein Gegenüber aus dem Konzept.

»Mir egal. Soll der Chef entscheiden, was mit dir passiert.« Er ließ Finn unsanft zu Boden fallen und schleifte ihn eine Treppe hinauf. Schwaches Licht fiel auf die Stufen. Nicht genug, um einzelne Details zu erkennen, aber ausreichend, um sich nicht langzulegen. Die kräftige Hand zog ihn in einem solchen Tempo mit sich, dass Finn außer dem Boden nichts sehen konnte. Sie bogen ein paar mal ab, bis man ihn in einem Raum unsanft zu Boden warf. Die beiden großen Türen fielen ihm direkt auf. Eine musste nach draußen führen, eine weitere ins Lager.

Den Eingang hätte ich dann schon einmal überwunden. Trotz seiner Anspannung gab Finn die Hoffnung nicht auf. Erst jetzt entdeckte er den zweiten Mann und erkannte das Gesicht wieder. Dessen überhebliches Grinsen erstarb, als auch er ihn erkannte. Es war der Kerl, der ihn bereits aus der Gasse befördert hatte. Der Wechsel der Wachen musste gerade erst stattgefunden haben. Finn löste den Blick und sah zu dem anderen Mann hinüber, der an einen unscheinbaren Kasten neben der Tür trat. Darin befanden sich zwei Gegenstände, die aussahen wie Glöckchen. Einen hielt er sich ans Ohr, in den anderen sprach er hinein.

»Wir haben jemanden in den Kellerräumen aufgegriffen. Einen Jungen.«

Pause.

Zuerst war nichts zu hören, dann vernahm Finn hektisches Reden. Der Kerl wandte sich ihm zu. »Dünn, schlaksig, nicht allzu groß. Kurzes, blondes Haar. Einfach gekleidet, mit Mütze auf dem Kopf.«

Wieder Pause.

Weshalb fragt er danach, wie ich aussehe? Es sei denn ... Die Erkenntnis traf ihn wie ein Schlag. *Nepomuk erwartet mich. Das ist nicht gut.* Finn fühlte sich wie eine Maus in der Falle, der man die ganze Zeit den Käse vor die Nase gehalten hatte und ihn ihr nun hämisch entriss.

»Alles klar, wir bringen ihn rein.« Der zweite Kerl stutzte, hielt die Order wohl für einen schlechten Scherz. Selbst Finn hob die Brauen. Zwar freute er sich, dass man ihm den nächsten Abschnitt freiwillig zugänglich machte, allerdings konnte die Sache nur einen Haken haben. *Nepomuk macht nichts, ohne einen Vorteil daraus zu schlagen.*

Finns Angreifer hängte die Ohrmuschel zurück in den Kasten, schloss ihn und nickte dem anderen zu. Die Holztür zur Lagerhalle wurde beiseitegeschoben. Finn klappte die Kinnlade runter. Sie war lediglich eine Attrappe und verbarg die eigentliche Tür, ein stählernes Monstrum, aus dem Zahnräder und Bolzen ragten.

Wie der Tresor einer Bank. Was immer sich dahinter befindet, muss unglaublich wertvoll sein. Vielleicht bewahrt er hier ja sein Geld auf? Oder Gold? Besondere Antiquitäten? Womit Nepomuk Burke sein Geld verdiente oder womit er so reich geworden war, hatte er Arthur nie gefragt. Es war gut möglich, dass er diese Antwort nun bekam.

Der grimmig dreinblickende Kerl aus der Gasse ging an ihm vorbei. Aus dem Hemd zog er eine Kette, an der eine Art Schlüssel baumelte. Finn musste unwillkürlich an Gillian denken. Der Schlüssel war eine Karte und doch wieder nicht. Ihr Inneres war leer, als hätte man die schwarzen Felder aus einem Schachbrettmuster herausgedrückt.

Die Wache steckte die Karte in einen Schlitz, drehte sie um neunzig Grad und schob sie dann noch ein Stück weiter ein. Einen solchen Öffnungsmechanismus hatte Finn noch nie gesehen. Die Zahnräder vollführten einen magischen Tanz. Einige drehten sich schnell, andere nur ganz langsam, während die Bolzen in verschiedene Richtungen davonglitten. Ein beherztes Klacken schloss den Reigen ab. Neben dem Schlüssel tat sich ein schmaler Spalt auf.

Alle Angst war der Neugierde gewichen. Finn erhob sich, bevor sie ihn packen konnten. Die beiden nahmen ihn in die Mitte und betraten die Halle. Sie war voll mit Schätzen aus Papier. Buchregal reihte sich an Buchregal. Zwar tat die Sonne ihr Bestes, sich durch die schmalen Fensterreihen in den Außenwänden zu drücken, doch ihr warmer Schimmer verlor sich nach den ersten Reihen. Und so wachten lang gezogene Schatten in den Gängen.

Anders als in der Gasse und im Keller hetzten die beiden Bewacher nun nicht und so hatte Finn Gelegenheit, sich ein wenig umzusehen. Die Regalreihen waren nicht wie in einer Bibliothek gerade aneinander ausgerichtet, sondern verliefen trichterförmig zu einem Punkt in der Mitte der Halle zusammen. Er konnte sich nicht vorstellen, dass Nepomuks Sammelleidenschaft so ausufernd war. Es war unmöglich, all diese Bücher zu lesen. Sie nur zu besitzen, konnte doch niemanden glücklich machen. Oder doch?

Sind das vielleicht alles magische Bücher?

Sie traten in einen der Gänge. Nepomuk verwahrte seine Schätze auf dunklem, massivem Holz. Bis weit über ihre Köpfe ragten die Reihen hinauf. So weit, dass man die Bücher dort oben nur erahnen konnte. Unten befanden sich große Exemplare, so wuchtig und schwer, dass man sie nur zu zweit tragen konnte, und oben die kleinsten, die Finn je gesehen hatte. Über Leitern konnte man jedes einzelne erreichen, sofern man schwindelfrei war.

Im Vorbeigehen versuchte Finn, einen Blick auf das zu erhaschen, was genau hier lagerte. Den Verzierungen und der Verarbeitung nach hätten es die magischen Bücher aus Arthurs geheimer Kammer sein können. Ihnen fehlte allesamt der Titel, sodass Finn nur spekulieren konnte.

Nicht auszumalen, wenn dies wirklich magische Bücher sind. Nepomuks Macht wäre nahezu unbegrenzt. Allerdings wäre es merkwürdig, dass er dann ausgerechnet das Buch der Phantasien haben möchte. Ist es vielleicht eine Art Schlüssel zu noch größeren Geheimnissen? Doch seine Spekulationen brachten ihm nichts. Nepomuk würde sich nicht in die Karten schauen lassen.

Finn genoss die Ruhe in der Halle. Die Stadt war völlig ausgesperrt. Selbst der Klang ihrer Schritte wurde vom Papier einfach verschluckt. Die Stille war magisch. Zu ihr gesellte sich die Aura der Bücher. Ihre reine Präsenz sorgte für Selbstbewusstsein. *Liegt das an meinem Zugang zu den Phantasien?* Zumindest fühlte er sich nicht allein.

Als sie das Ende des Ganges erreichten, hätte Finn beinahe anerkennend gepfiffen. Die Enden der Regalreihen formten einen kreisrunden Raum, in dem auf einem Teppich eine edle Wohnzimmergarnitur stand. Eine Couch, zwei ausladende Ohrensessel, ein Tisch und ein Beistelltischchen. Einige der hölzernen Wände zierten große Gemälde, andere Teppiche oder mit aufwendigen Schnitzereien verbrämte Kommoden. Es war irgendwie unwirklich und doch gemütlich. Es lud zum Verweilen ein und bot dennoch die Möglichkeit, in den zahlreichen Gängen einfach zu verschwinden. An einer Wand bemerkte Finn einen Kasten, der dem vor der Tür ähnelte.

Ein Herr mit Zylinder saß auf der Couch, blätterte in Listen, während zwei andere Männer ihm angespannt zuhörten.

»Verstaut die anderen Sachen. Wir werden den Platz später benötigen. Sind die restlichen Vorbereitungen abgeschlossen?«

Einer der Männer nickte. Man schob Finn auf die andere Seite der Couch und damit mitten in die Unterhaltung. Nepomuk gab seinen Gesprächspartnern ein Zeichen und sie zogen von dannen. Seine Aufmerksamkeit galt nun Finn. Der Ausdruck in den kleinen Augen gefiel ihm gar nicht. Undurchsichtig und angriffslustig.

Zwei kräftige Hände drückten ihn in einen Ohrensessel.

Nepomuk schlug die Beine übereinander, die Hände darauf gefaltet.

»Ist es ein Zeichen deines Intellekts, dass du hier bist, oder ein glücklicher Zufall?«

Finn sah ihn stumm an. Es kam ihm wie ein Test vor. Er würde mitspielen. »Man könnte meinen, es sei Schicksal bei all den Wachen.«

Finn erntete anerkennendes Schmunzeln.

»In meine Nähe gelangt in der Tat nur, wer dorthin gelangen soll«, entgegnete Nepomuk und bemühte sich augenscheinlich darum, gelassen zu klingen. Finn bemerkte jedoch den unterschwelligen Zorn in seiner Stimme. Anscheinend war er genau im richtigen Moment angekommen.

»Wenn es kein Zufall ist, womit habe ich die Einladung dann verdient?«, zog er seinen Gastgeber auf. Nepomuks Augenlider zuckten nervös. Für gewöhnlich hatte man wohl so viel Respekt vor ihm, dass jedweder Unmut als vorsichtige Äußerung verpackt wurde. Doch Finn hatte keine Lust auf das oberflächliche Geplänkel. »Wo ist es?«, fragte er.

»Was genau meinst du?«

Höhnisches Lachen entglitt Finn, laut und herzhaft. »Ich bitte Sie. Soll ich etwa glauben, dass Sie in dem Koffer ein Kuscheltier in die Docks gebracht haben? Es ist wohl kaum ein Zufall, dass das Buch, nach dem Sie so eifrig gesucht haben, verschwindet und Sie nun hier landen? In einer Lagerhalle bis unters Dach gefüllt mit Büchern?«

Nepomuk ließ sich mit einer Antwort Zeit. »Ganz offensichtlich unterstellst du *mir* diesen Diebstahl, was mich in gewissem Maße kränkt. Nehmen wir aber einmal an, dem wäre so, weshalb bist du dann hier? Suchst du noch ein Kuscheltier für deine Sammlung?«

Touché. Finn musste sich eingestehen, dass Nepomuk nicht so einfach aus der Reserve zu locken war.

»Keine Sorge, ich werde niemandem etwas wegnehmen, nur weil es mir gefällt. Das wäre anstandslos. Mich würde allerdings interessieren, wofür Sie den ganzen Aufwand betreiben? Betriebsausflug? Männerabend? Oder einfach die Weltherrschaft?«

Nepomuk wollte gerade zu einer Antwort ansetzen, als Schritte ertönten.

»Diese Lampen werden Ihnen dort kaum nutzen«, platzte Gillian gedankenverloren in die Unterhaltung. Mit aufgerissenen Augen blieb er stehen. »Ich habe nicht gesehen, dass Sie Besuch haben.«

»Kein Grund zur Sorge, Mr. Cleverdon. Ich gehe recht in der Annahme, dass Sie sich bereits kennen?« Gillian nickte verhalten und klammerte sich an einen Gegenstand in seinen Händen. Am liebsten wäre Finn einfach aufgesprungen und hätte dem alten Kauz direkt eins auf die Zwölf gegeben.

»Das erklärt allerdings einiges«, presste er zwischen den

Zähnen hervor. »Es war dir wahrscheinlich nicht einmal peinlich, so zu tun, als wären alle Sicherungen in Arthurs Laden in Ordnung. Ziemlich traurig, wenn sich die Lösung als das Problem herausstellt.« Sein Blick war so stechend, dass Gillian ihm auswich und mit einem hilflosen Blick Schutz bei seinem Auftraggeber suchte. Doch der labte sich an dessen Ausweglosigkeit.

»Ich hoffe, man entlohnt deinen Verrat wenigstens anständig. Es wäre sonst nur schwer vorstellbar, weshalb man einen langjährigen Freund hintergeht und ihm seiner Lebensaufgabe beraubt.«

Die Worte trafen Gillian mit voller Wucht. Nepomuk Burke sprang plötzlich auf und klatschte laut in die Hände. »Meine Herren, wir wollen doch nicht theatralisch werden, davon bekomme ich Sodbrennen. Viel wichtiger ist, Mr. Cleverdon, wie der Stand der Vorbereitungen ist?«

Gillian schien froh über den Themenwechsel. »Sie sind abgeschlossen. Wir können aufbrechen«, hauchte er.

»Wunderbar!« Euphorisch riss Nepomuk die Hände in die Höhe und genoss die Aufbruchsstimmung. »Mr. Ward, wenn Sie schon einmal da sind, schlage ich vor, Sie schauen einfach zu. Mehr wird Ihnen ohnehin nicht übrig bleiben.«

Der Spott widerte ihn an und Finn schwieg trotzig.

Nepomuk nickte jemandem hinter dem Ohrensessel zu. Augenblicklich wurde Finn in die Polster gepresst. Metallringe schlossen sich um Beine und Arme, eine Teleskopstange schoss knapp an seiner Brust vorbei und riss ihm einen Knopf ab. Er war bewegungsunfähig.

Man teilte noch eine Wache für ihn ein, bevor der Rest in einem der angrenzenden Gänge verschwand. Wütend zog und rüttelte Finn an den Fesseln. Jetzt konnte er nichts mehr tun, ohne seine Fähigkeit zu offenbaren. So bewegungsunfähig wie er war, hatte er allerdings keine Ahnung, wie er sie kontrollieren sollte.

30

Nepomuk kam mit seinen Helfern im Zentrum der Halle zusammen. Bis auf ihn war jeder voll bepackt mit Utensilien. Keines davon ergab für Finn einen Sinn. Große Lampen, Decken, Kisten, Stemmeisen und noch einiges mehr. Es bedurfte nebst Gillian noch drei Mann, um alles tragen zu können. Der Tüftler trug nur einen Koffer, wenngleich dieser ihn schief gehen ließ.

Nepomuk hängte eines der großen Gemälde ab und stellte es vorsichtig in den angrenzenden Gang. Dahinter kam ein Zugang zum Vorschein. Nicht sonderlich tief, aber ausreichend, um einen Ständer mit riesigem Buch darauf zu beherbergen.

Da hat er es also versteckt. Aber weshalb haben sie so viel Zeug dabei? Das Buch der Phantasien ist keine Welt. Durch den Pulk an Leuten konnte er nicht viel sehen, hörte aber, wie jemand Seiten umblätterte.

»Ruhe jetzt«, forderte Nepomuk die Umstehenden auf. »Ich werde das Portal öffnen, danach folgen Sie mir zügig. Ich möchte keine Zeit verlieren.«

Finn hörte einige Wortfetzen, dann ein Rauschen. Plötzlich war die Sicht frei. Auf der ersten Seite des Buches war ein dunkles Viereck zu erkennen. Ein Fenster, genau wie das Buch der Ideen eines besaß.

Nacheinander legte jeder seine Hand auf das Bild und verschwand im Buch. Gillian ging als Letzter. Nicht jedoch, ohne sich Finn noch einmal zuzuwenden. Ihre Blicke trafen sich und in seinen Augen stand etwas, das Finn nur schwer deuten konnte. Die Unsicherheit des ersten Aufeinandertreffens war verschwunden, stattdessen spiegelten sich Selbstbewusstsein und Überzeugung in seinem Gesicht. Dies war nicht der Gillian, der gestern noch die Sicherungen im Buchladen geprüft hatte. Zitternd ging die Hand auf das Bild nieder und das Rauschen verschluckte auch ihn.

Statt Stille erfüllte eine merkwürdige Atmosphäre die Halle. Dumpfe Klänge schwebten umher, das Krächzen eines Raben durchzog die Luft wie ein Klageschrei und Wind säuselte beim Blätterspiel. Es kam aus dem Buch.

Wie ist das möglich? Arthur konnte ich nicht hören, als er im Buch der Ideen verschwand.

Je länger er auf das Buch starrte, desto unheimlicher wirkte es. Äste knackten und tiefes Grummeln drang zu ihm durch. Er bildete sich ein, ein dunkles Flackern umgebe die Öffnung.

Finn hatte Gänsehaut. Dieses Buch war ihm überhaupt nicht geheuer, von den Geräuschen, die es ausspuckte, ganz zu schweigen. Seine Phantasie spielte ihm Streiche, redete ihm ein, etwas Gefräßiges würde jeden Moment herausspringen. Und er saß da wie eine Opfergabe auf dem Silbertablett.

Geräuschvoll ließ die Wache sich auf die Couch fallen und verschränkte die Arme hinter dem Kopf. Amüsiert sah sie herüber. Finns Hilflosigkeit erfreute den Kerl ganz offensichtlich.

Ich muss mir was einfallen lassen. So kurz vor dem Ziel darf ich nicht scheitern. Aber was soll ich tun? Als sein Gegenüber die Augen schloss, nutzte Finn die Gelegenheit, sich umzusehen. Es musste einen Weg aus diesem Schlamassel geben. Auf dem Tisch stand nichts, nur der kleine Beistelltisch hielt ein Teeset auf einem Tablett bereit. Ringsherum gab es nur Bilder, Kommoden sowie unzählige Bücher.

Na prima. Ich kann ihn schlecht mit Staubflusen ohnmächtig pusten. Resigniert starrte er auf den Beistelltisch. Der Tee ... Der Tee!

»Ich muss aufs Klo.« Energisch riss er die Wache aus ihrem dösigen Zustand. Sie schlug die Augen auf und sah ihn skeptisch an, erwiderte aber nichts.

»Zum Glück nur klein«, schob Finn nach.

Genervtes Stöhnen und erneutes Augenöffnen. »Netter Versuch, Kleiner.«

Finn brabbelte vor sich hin: »Wie lang war die Fahrt von Mr. Burkes Anwesen bis hierher? Zwanzig Minuten? Er ist jetzt über eine Stunde hier, plus meinen Weg zu Mr. Burke ... Das macht ... bestimmt zwei Stunden. Bei der Hitze soll man ordentlich trinken, sonst wird einem schummerig. Also, ich finde, dass dies genug Anzeichen sind, dass ich nicht flunk–«

»Halt den Rand! Es interessiert mich nicht, was du willst oder musst.«

Finn schürzte die Lippen. *Dann eben anders.*

»Blubb.« Er sprach das Wort aus, als fiele dabei ein Tropfen in einen großen Wassertank. »Blubb.«

Wütend riss die Wache die Augen auf und lehnte sich nach vorn.

»Blubb.«

»Noch ein einziger Ton von dir und du wirst nie wieder eine Toilette betreten.«

»Hast du gewusst, dass, wenn man stirbt, der Schließmuskel nicht mehr funktioniert und sich Darm und Blase automatisch entleeren?«

Die Wache versuchte, ihren Unmut runterzuschlucken.

»Also so oder so wird es auf dem Sessel hier wohl eine Sauerei geben. Ich glaube, das würde Mr. Burke gar nicht gefallen. Wie teuer der Sessel wohl ist? Dann der ganze Fesselungsschnickschnack noch dazu ...«

Genervt rieb sich die Wache das Gesicht. Sie rutschte über den teuren Stoff der Couch und verschwand mit geballten Fäusten in einem der Gänge. Für einen Augenblick verharrte Finn irritiert, verstand aber, was der Kerl vorhatte. Schnell prüfte er noch einmal, mit wie vielen Schritten er am Beistelltisch sein konnte.

Mit einem Gefäß in der Hand trat sein Bewacher wieder ins Licht und baute sich vor ihm auf.

»Du wirst es hier tun und du wirst es schnell tun. Wenn nicht, drücke ich die Tropfen selbst aus dir heraus.«

Mit hochgezogenen Brauen sah Finn ihn an. »Nichts für ungut, aber das bekomme ich allein hin. Allerdings kann ich nicht, wenn einer guckt.«

»Willst du mich verarschen?« Dem Kerl fiel schwer, sich überhaupt noch zu beherrschen. Wütend drückte er Finn das Gefäß an die Brust, damit er es an sich nahm. Der sah ihn nur fragend an. Als die Wache verstand, stellte sie peinlich berührt den Behälter auf den Tisch und ging um den Sessel herum.

»Eine einzige Dummheit, eine einzige unbedachte Bewegung und ich breche dir die Beine. Nur damit das klar ist.«

Natürlich war Finn das klar. Eine Wahl hatte er dennoch nicht. Klackend schoben sich die Fesseln zurück in den Sessel und er genoss die kurzfristige Freiheit. Langsam drückte er sich hoch und nahm die Kanne vom Tisch. Seine Wache ließ ihn nicht aus den Augen und stellte sich unmittelbar hinter ihn. Finn tat so, als würde er die Hose öffnen. Sein Herz pochte wild, sodass er die Kanne kaum stillhalten konnte.

Noch einmal tief durchatmen. Auf die Plätze, fertig ... Mit einem Ruck schoss Finn herum und schlug der Wache die Kanne seitlich gegen den Kopf. Überrascht vom plötzlichen Angriff taumelte sie beiseite, stieß gegen den Sessel und kippte nach hinten weg.

Nach dem erfolgreichen Erstangriff ging Finn ohne Zögern in Phase zwei über. Er rannte zum Beistelltisch. Wilde Flüche donnerten in seine Richtung, unterbrochen von wütendem Schnaufen.

Am Tisch mit dem Teeset angekommen, stand die Wache bereits wieder und sprang in seine Richtung. Finn schleuderte die erste Tasse dem Angreifer entgegen, sie traf ihn klirrend an der Stirn, zersprang in einem Porzellanregen und hinterließ ein rotes Rinnsal am Kopf des Mannes.

Dieser strauchelte. Ein Teller folgte, traf den schützend hochgerissenen Arm. Ein Schrei durchzog die Halle. Wie ein bis aufs Blut gereizter Stier fixierte die Wache den Jungen und stürmte los.

Finn ließ sich nicht beirren, setzte seinen Angriff fort. Zweite Tasse, zweiter Teller, Deckel der Kanne, gefolgt von der Kanne selbst und dem Tablett. In einem Hagel aus Scherben bahnte sich der Angreifer seinen Weg. Schließlich griff Finn ins Leere.

Sein Gegner rutschte auf den Trümmern ihres Kampfes aus. Er knallte mit dem Kopf gegen die Kante des großen Tisches und blieb stöhnend rücklings liegen. Finn packte den Beistelltisch und warf ihn auf die Wache. Holz splitterte, dann herrschte Ruhe.

Völlig außer Atem sog Finn die Luft in kurzen Zügen in die Lunge. Sein Herz schlug heftig, der Atem ging zu flach. Ihm wurde schwindlig. Er wankte und musste sich setzen. Mit großen Schritten eilte er zur Couch und ließ sich darauf fallen. Die straffen

Federn der Polster gaben ihn mit Schwung wieder frei. Statt auf der Sitzfläche zu landen, drehte er sich um die eigene Achse und stürzte in die Lücke zwischen Tisch und Couch.

Das darf nicht wahr sein. Da übersteht man den Kampf mit einem Hünen und wird von einer Couch zu Fall gebracht.

Kraftlos beschloss er, liegen zu bleiben, bis Geist und Körper wieder im Einklang arbeiteten. Mit schwächelndem Kreislauf konnte er nicht einmal gegen diese wehrlose Sitzgelegenheit etwas ausrichten. Während das Klopfen in seiner Brust nachließ, überlegte Finn, was er jetzt tun konnte.

Ich kann unmöglich einfach in dieses Buch steigen. Selbst mit dem Schutz der Phantasien bin ich in der Unterzahl. Zudem werden wohl kaum genug Teeservice von den Bäumen hängen.

»Scheiße«, fasste er die Situation zusammen. Eilige Schritte hallten durch einen Gang. *Verdammt, die anderen Wachen! Sie müssen den Krach gehört haben.* Da er nicht fliehen konnte, drückte er sich einfach unter den flachen Tisch und hoffte, dass man ihn nicht bemerkte.

Unweit des Sessels wurde der Unbekannte langsamer und blieb dann stehen. Mit festem und selbstsicherem Gang bewegte er sich um die Sitzgruppe herum in Richtung Buch.

»Ich bin zu spät«, nuschelte der Unbekannte. Finn kniff überrascht die Augen zusammen, drehte den Kopf und erspähte einen farbenfrohen Umhang.

»Arthur?« Die Freude über die Rettung ließ ihn sich abrupt aufrichten. Laut scheppernd verdeutlichte der Tisch ihm die Grenzen seines Bewegungsspielraums. »Verfluchte ...«

Ein Gesicht tauchte seitlich von ihm auf.

»Finn? Gott sei Dank!« Arthurs kräftige Hände packten das

schmale Bündel und zogen es mit einem Ruck unter dem Tisch hervor. »Bist du verletzt?«

»Jetzt ja.« Finn rieb sich die Beule auf der Stirn. »Wie bist du hier reingekommen? Und viel wichtiger, wie bist du an den Wachen vorbeigekommen?«

Arthurs Lächeln wurde breiter. »Alte Männer haben die Kraft hier oben, nicht in den Muskeln.« Er tippte sich vergnügt an die Schläfe. Finns Skepsis wich nicht einen Millimeter. »Ertappt, ich hatte Unterstützung von ihr.« Er hob die Brauen und sah einen Augenblick nach oben.

Na klar, die erste Phantasie! Sie hatte Hilfe versprochen.

»Hat sie die Wachen schlafen geschickt?«

Arthur nickte. »Ich kann mir gut vorstellen, wie es ist, deine Gabe zu haben, wenn sie solche Dinge realisieren kann. Mensch, ich hätte irrsinnigen Spaß.«

»Damit spielt man nicht ...« Finn unterbrach sich. Wie es schien, hatten sie die Rollen getauscht. Dabei wusste Arthur noch gar nichts von seinem wahren Talent.

»Wir sollten uns konzentrieren, die anderen sind bereits gegangen«, ergänzte Finn.

Arthur schob die Euphorie für einen Moment beiseite und wandte sich dem Buch zu.

»Wann?«

»Vielleicht vor fünfzehn Minuten. Wenn wir uns beeilen, dann ...«

Eine große Hand legte sich auf seine Schulter. »Wir müssen vorsichtig sein. Es erscheint mir merkwürdig, dass das Buch so ungeschützt zugänglich ist.«

Dann fiel ihm etwas ein, das Arthur unbedingt wissen sollte.

»Ich muss dir etwas sagen. Gillian hat das Buch der Phantasien gestohlen. Zumindest war er daran beteiligt.«

Arthurs Blick war leer. Sein Kopf arbeitete. Das verrieten die feinen Muskelbewegungen im Gesicht.

»Er ist mit den anderen mitgegangen.« Finn ließ ihm ein wenig Zeit, die Botschaft zu verarbeiten.

»Es sollte mich nicht überraschen«, sagte Arthur. »Seine Erklärung kam mir gleich oberflächlich vor. Nur wenige haben Zugang zum Laden und noch viel weniger wissen, wo die Kammer ist und wie man sie öffnet.«

»Mich hatte es überrascht, dass er nicht erst zu dir ging, sondern direkt mit der Überprüfung der Anlage und des Ladens begann. Als wüsste er bereits, was zu tun ist.«

Ihre Blicke trafen sich. Arthurs dichter Bart verbarg sämtliche Reaktionen, allein seine Augen sprachen so deutlich, dass Finn darin lesen konnte. Enttäuschung, Wut, Tatendrang, Angst. Eine wilde Mischung aus zahlreichen Emotionen, die sich hektisch abwechselten.

»Nicht nur das. Ich habe lange mit Ring und Ka-Tsching gesprochen, um herauszufinden, wie es möglich war, dass sie beide außer Gefecht gesetzt wurden. Mit bloßem Zugang zum Buchladen wäre dies nicht möglich gewesen. Da Gillian ganz offensichtlich Unterstützung von Nepomuk hatte, möchte ich gar nicht wissen, welche Mächte hier wirklich im Spiel sind. Und das ist der Grund, weshalb wir sehr vorsichtig sein müssen.« Nun verstand auch Finn.

Gillian war nicht nur Tüftler, sondern schließlich auch derjenige, der sämtliche Fallen und Sicherungen in Arthurs Laden installiert und vor allem konzipiert hatte. Keiner von beiden konnte sagen, wie lange Gillian schon für Nepomuk arbeitete. Selbst wenn es erst wenige Tage waren, war es dennoch möglich, dass er bereits in der Konstruktion Fallen eingebaut hatte.

Arthur ging zur Nische und lauschte.

»Hörst du das auch?« Seine Hand wanderte vor dem Buch auf und ab. »Und es ist kalt.«

»Seit der Öffnung dringen diese Laute heraus. Es scheint, als gäbe es einen Wald und wilde Tiere auf der anderen Seite. Zumindest glaube ich, welche gehört zu haben.«

Arthur schüttelte leicht den Kopf. »Das gefällt mir gar nicht. Ich muss unbedingt hinter ihnen her.«

»Du meinst, *wir* müssen hinter ihnen her. Ich lasse dich da nicht allein reingehen.« Ein Anflug von Stolz umspielte Arthurs Augen und zierte sie mit dünnen Fältchen. »Stell dir vor, du bleibst mit deinem Umhang im Gestrüpp hängen, bringst so die Äste zum Knacken und verrätst damit deine Position. Ich kann schauen, dass du auf dem Weg bleibst und keinen Unsinn machst.«

Irritierte Überraschung.

»Auch wenn du gerade von dir auf andere schließt, weiß ich deine Sorge zu schätzen. Aber du hast recht. Unsere Chancen sind ohnehin nicht hoch. Zu zweit sind sie wenigstens doppelt so gut.«

Arthur blickte aufs Buch und überlegte, wie sie vorgehen sollten. Weder hatte er dieses Buch schon einmal gesehen noch konnte er erraten, was sie darin erwartete. Es war das reinste Glücksspiel.

»Lass mich zuerst durchgehen. Warte einen kleinen Moment, damit ich die Lage prüfen kann, ich gebe dir dann ein Zeichen. Und denk an die Stufe.« Ohne großes Zögern verschwand Arthur in einem Rauschen. Die unheimlichen Geräusche waren mit einem Mal präsent und aufdringlich zurück. Gleichzeitig griff die Kälte mit eisigen Fingern nach ihm.

Finn trat näher ans Buch, um Arthur im Sichtfenster zu entdecken, doch es war vollkommen schwarz. Sein Herz begann zu pochen.

Ich werde jetzt bis zehn zählen und dann einfach hindurchgehen. Eins.

Finns Finger zitterten.

Zwei.

Sein Blick glitt noch einmal durch den Raum und blieb an der Wache hängen. *Ich kann ihn unmöglich einfach liegen lassen. Er könnte den Zugang blockieren oder Verstärkung holen, wenn er zu sich kommt.* Er eilte hinüber, packte den Kerl und zog ihn zum Sessel. Nur mit Mühe wuchtete Finn ihn in Sitzposition. Er drückte den Kopf ins Polster, als er um den Sessel ging, um den Auslöser für die Fesseln zu suchen. Allerdings war außer edlem, mit Nieten befestigtem Stoff nichts zu sehen. Mit der freien Hand strich er über die Oberfläche und spürte einen Widerstand an der Kante. Ohne nachzudenken, drückte er darauf und das Rasseln der Fesseln ertönte.

Zurück am Buch verzichtete er auf das weitere Prozedere.

Zehn.

Die zittrige Hand landete auf dem Sichtfenster und eisige Kälte schoss ihm durch den Arm. Mit ungeheurer Wucht wurde er ins Buch gezogen und verschwand in der gähnenden Finsternis.

31

Das Tor spuckte ihn aus wie fauliges Brot. Finn war auf eine Stufe vorbereitet und ging umgehend in die Knie, als der Boden ihn ebenerdig empfing. Stolpernd landete er in Arthurs Armen. Er wühlte sich aus dem farbenfrohen Umhang und spähte in die Umgebung. Hohe Tannen umzäunten eine winzige Lichtung. Ihre verkrüppelten Arme griffen nach ihnen. In ihren Wipfeln wisperte der Wind undeutliche Flüche. Über die nackten Füße kroch die Kälte an ihm hoch. Finn schlang die Arme um seinen Oberkörper.

Zunächst hielt er es für eine Trübung der Sinne, doch dieser Welt fehlte die Farbe. Grau in Grau waren selbst die Wolken nicht mehr als helle Flecken auf dunklem Firmament. Den Rest des faden Lichts verschluckte die dunkle Erde. Trockenes Geäst und strohiges Gras. Toter Boden, wohin man blickte. Nur der Durchgang pulsierte wie ein schlagendes Herz mittig auf der Lichtung.

»Wie leblos und trostlos diese Welt ist. Als wäre alles nur da, um die Leere zu füllen.« Finn rückte näher an Arthur heran.

»Genau das bereitet mir Sorge. Selbst in einfachen Welten ist nichts einfach nur so da. Alles erfüllt einen Zweck. Das Prinzip des Lebens ist immer das gleiche: Wo es Wasser gibt, existiert Vegetation, wo es Wasser und Vegetation gibt, entwickelt sich Leben. Deshalb bin ich mir ziemlich sicher, dass wir in diesem Wald nicht allein sind.« Arthurs Erklärung sorgte für Unbehagen.

»Dann schlage ich vor, diesen Wald so schnell wie möglich

zu verlassen. Dort drüben scheint ein Weg zu sein.« Finn deutete auf eine Schneise im flachem Gestrüpp. Arthur ging voran und drückte sich hindurch. Er blieb mit seinem Umhang an einigen Zweigen hängen, die laut brachen. Sein Blick ging zu Finn.

»Ich hab's dir ja gesagt«, entgegnete dieser. Ein Grinsen konnte er nicht unterdrücken.

»Wenn du mich erst in die Gefahr rennen lässt, bringt mir dein waches Auge auch nichts«, redete Arthur sich heraus.

Auf der anderen Seite des Hindernisses wurde der Weg breiter. Er schlängelte sich wie ein Wasserlauf zwischen den Tannen entlang, vorbei an Felsen und Gräsern. Die Umgebung wurde hügelig, führte auf und ab, sodass man nicht sah, wohin der Weg führte. Vor jeder Kuppe wurde Arthur langsamer und spähte hinüber. Er wollte keine Überraschungen erleben.

Finn konzentrierte sich auf den bunten Umhang. Dieser Wald war unheimlich. Die knarzenden Äste klangen wie jammernde Geister. Zudem hatte er permanent das Gefühl, beobachtet zu werden. Ob es ein Lebewesen war oder seine beflügelte Fantasie konnte er nicht sagen. Vor der nächsten Anhöhe blieb Arthur stehen.

»Was ist?« Arthurs Habachtstellung gefiel ihm nicht.

»Wenn du auf den Weg vor uns blickst, was fällt dir auf?«

Der Junge drückte sich an Arthur vorbei und betrachtete das dunkle Band vor ihnen. »Sieht aus wie ein Trampelpfad. Nicht sonderlich breit, aber ausreichend.«

»Richtig. Und was bedeutet das?« Finn verstand nicht. »Aus wie vielen Mann bestand Nepomuks Gruppe?«

»Er selbst, Gillian und noch drei weitere. Warum ist das wichtig?«

»Weil fünf Mann nicht einen solchen Weg hinterlassen, wenn sie zum ersten Mal hier sind.«

»Oh. Du meinst, es sind entweder deutlich mehr Leute hier als in der Gruppe oder sie waren bereits etliche Male hier.« Das verhieß nichts Gutes.

Der Alte ging weiter, war allerdings nun noch wachsamer. Sein Blick wanderte über jeden noch so kleinen Gegenstand. Überall konnten Fallen warten. Doch bislang schien der Weg nur ein Weg zu sein.

Entweder sie haben keine Zeit gehabt, welche zu installieren, oder sie rechnen nicht damit, dass man sie hier stört. Der letzte Gedanke gefiel Finn, räumte es ihnen die Chance für ein Überraschungsmoment ein.

Nach und nach lichtete sich der Wald. Ein Licht tanzte zwischen knorrigen Ästen, wirkte wie eine Erscheinung, die gelb und warm in der Luft hing. Der Pfad verlor sich zwischen den vereinzelten Stämmen der Bäume. Eine Wiese wucherte wie ein schmutziger, alter Teppich in den Wald hinein. Eine steinerne Wand türmte sich vor ihnen auf, nur der Himmel konnte sehen, was sich dahinter verbarg.

Ein Stück entfernt ragte eine riesige Wurzel aus dem Boden. Sie gehörte zu einer Tanne, die wie ein gefallener Soldat im grauen Dickicht lag. Finn ging hinüber und kletterte auf den Stamm, Arthur folgte ihm. Sie blickten über die Kante der Mauer. Ein riesiges, sich nach beiden Seiten erstreckendes Dach zeigte sich in der Entfernung. Darunter konnte man einige Fenster sehen. Eines von ihnen war hell erleuchtet.

Zwei Erhebungen im Verlauf der Mauer ließen ein Tor vermuten. Er hüpfte hinunter und eilte in die Richtung, in der er den

Durchgang vermutete. Und er behielt recht. Ein altes Metalltor, rostig und schwer, hing zwischen zwei Pfosten. Zwischen den Stäben war das gesamte Haus zu sehen. Beide erkannten das Gebäude sofort wieder. Es war Nepomuks riesiger Palast.

»*Ein* Gebäude in dieser Größe ist ja schon übertrieben, aber zwei?« Finn konnte dieser Verschwendung nichts abgewinnen. Es gab so viele Menschen, bei denen es kaum von der Hand in den Mund reichte, da wirkte so ein protziges Bauwerk wie Hohn und Spott.

»Dieses Gebäude wurde wohl kaum von Menschenhand gebaut«, bemerkte Arthur.

»Wie kommst du darauf?« Finn zog die Stirn kraus.

»Erstens wäre der Pfad dann deutlich größer. Zweitens hätte man das Material nicht durch ein Buch transportieren können und drittens wäre Nepomuk schlicht zu geizig dafür. Erinnerst du dich an die zahlreichen Bücher in seiner Sammlung? Es würde mich nicht wundern, wenn es dort magische Folianten dafür gäbe.«

»Aber was nutzen ihm zwei von diesen Palästen? Wenn er geizig ist, wozu dann dieser Aufwand?«

Arthur überlegte einen Moment, dann hellte sich sein Gesicht auf, als wäre er zu einer Erkenntnis gekommen. »Erinnerst du dich an den Zeitungsartikel über Nepomuks Anwesen, den ich dir gezeigt habe?« Finn nickte. »Er ist in der einzigen Zeitung erschienen, die nicht seinem Imperium angehört, und der einzige Artikel, der sich kritisch mit dem Bau auseinandersetzte. Nepomuk hat alles darangesetzt, um zu einem bestimmten Zeitpunkt dort einziehen zu können. In etwa zu der Zeit, als er zum ersten Mal bei mir im Laden auftauchte und nach dem Buch der Phantasien fragte.«

»Aber das würde ja bedeuten, dass all das hier unfassbar lange im Voraus geplant sein muss. Das glaube ich nicht.«

»Es würde sogar sehr genau zu Nepomuk passen. Er ist ein Stratege und noch dazu Perfektionist. Was immer er vorhat, er wird kaum einen Weg, einen Ausgang oder eine Möglichkeit außer Acht gelassen haben, um sein Vorhaben umzusetzen. Ich bin mir sicher, dass er auf alle Eventualitäten vorbereitet ist.«

Finn lächelte. »Wenn du dich da mal nicht täuschst. Mein Erscheinen hat ihn durchaus aus dem Konzept gebracht. Und mit dir rechnet er erst recht nicht.«

Lautes Scheppern ließ sie zusammenzucken. Finn rüttelte mit aller Kraft am Tor. Eine dicke Kette hielt die Flügel energisch zusammen.

»Über die Mauer können wir nicht klettern, dazu ist sie zu hoch. Und die Kette ist massiv.« Finn blickte durch die Stäbe hindurch geradeaus auf einen Kiesweg, der zum Haupteingang führte. Beide Seiten wurden von den Hecken eines Irrgartens gesäumt.

Bevor wir weitere Zeit verlieren, werde ich Arthur in mein Geheimnis einweihen. Mit den Phantasien sind wir im Nu auf der anderen Seite und können Nepomuk in den Hintern ...

Tiefes Knurren erfüllte plötzlich die Luft.

Finn und Arthur blickten sich an. Es war nicht der Hunger, der sich bemerkbar machte. Auf den Pfosten neben der Tür hockten zwei steinerne Löwen. Einem fehlte ein Teil des Kopfes, der andere blickte grimmig drein. Und seine roten Augen waren auf sie gerichtet.

32

Brüllend und zuckend warf der steinerne Löwe sich hin und her, die linke Klaue brach in einem Kieselregen aus dem Sockel heraus. Arthur schrie aus Leibeskräften. »Lauf!« Finn taumelte rückwärts vom Tor weg, geriet ins Straucheln und vermied gerade noch einen Sturz. Er drehte sich um und preschte in den Wald. Arthur hatte Mühe, ihm zu folgen. Der Wind zog an der wehenden Kleidung und blähte sie auf wie ein Segel. Finn rannte durchs Unterholz, huschte zwischen den feinen Trieben hindurch, die Arthur peitschend entgegenschlugen. Schützend hob er einen Arm vor den Kopf.

Dicht an dicht standen junge Tannen, streckten ihre Zweige aus wie Polizisten. Sie schlugen Finn ins Gesicht, hinterließen brennende Striemen auf seiner Haut. Die Augen zusammengekniffen, brach er durchs Unterholz, sprang über kleine Felsen und versuchte, einen Weg zwischen all den Hindernissen zu finden. Dann blieb er abrupt stehen.

Arthur!

Er war einfach losgestürmt, hatte seinen Lehrer ganz vergessen. Hastig blickte er zurück, sah jedoch nur die hölzernen Skelette der Baumstümpfe. Finn wollte umkehren, als die bunte Gestalt, kaum zu übersehen, schnaufend in sein Sichtfeld kam. Arthur kämpfte gegen seine Kleidung, die er mit den Armen hochhielt.

»Hier drüben«, rief Finn. Ein kurzer Blick nach oben und Arthur passte seine Richtung an.

Ohrenbetäubendes Brüllen echote durch den Wald. Finn zuckte zusammen. Zwischen zwei großen Stämmen führte ein Pfad eine felsige Anhöhe hinauf. Er eilte weiter. Am Fuße des Anstiegs übersah er eine Wurzel. Vornüber schlug er gegen den harten Stamm, blieb liegen, stöhnte. Doch er gönnte sich nur ein, zwei Sekunden der Schwäche, dann stemmte er sich wieder auf die Beine.

Unter tosendem Gebrüll riss der Löwe sich los und sprang seiner Beute hinterher. In Fetzen schleuderten die kräftigen Klauen die Erde fort. Wie eine Kanonenkugel schlug der angespannte Körper ins Unterholz. Die Spur verlor sich gleich wieder. Wütend brüllte der Löwe seinen Frust hinaus. Leises Pochen hing in der Luft. Seine Ohren drehten sich in die Richtung, dann eilte er zwischen den Bäumen der Quelle des pochenden Herzens entgegen.

Arthur keuchte. Kämpfend zog er die Luft hinein, um den brennenden Brustkorb weiter mit Sauerstoff zu versorgen.

Er sah sich um. Hier konnte ihnen nichts als Versteck dienen. Es gab nur Büsche und junge Bäume. Er hastete ans andere Ende der Anhöhe. In der anschließenden Senke waren die Buschgruppen größer und von riesigen Felsen durchsetzt. Alles wirkte wie ein angelegter Abschnitt. Wichtig war jedoch nur, dass sie Deckung suchen konnten.

Arthurs Schnaufen war nicht zu überhören. Er stützte sich

auf Finns Schulter ab, um nicht entkräftet auf die Knie zu sinken. Schweiß stand auf seiner Stirn und sein heißer Atem hing dem Jungen im Nacken.

Mit den Pranken rutschte der Löwe über den losen Untergrund, als er für einen Augenblick wieder die Spur verlor. Er horchte in den Wald. Da war es. Ein hektisches, von Angst getriebenes Schlagen. Das Tier schnellte zu einem Pfad, der zwischen zwei Bäumen eine Anhöhe hinaufführte, um auf der kleinen Fläche erneut innezuhalten. Es konnte niemanden ausmachen. Dabei witterte es die beiden Menschen sogar. Langsam schritt der Löwe in die Senke, blickte aufmerksam in alle Richtungen. Dann ein Knacken. Das Tier schoss herum und hastete zu einem Busch ganz in der Nähe.

Finn hatte die Beine eng an den Körper gezogen. Beim Versuch, nach einem Stein zu greifen, ging sein Knie ungünstig auf altem Geäst nieder. Schneller als erwartet, war ihr Angreifer herbeigesprungen und knurrte nun ins undurchsichtige Dickicht. In hohem Bogen warf Finn den Stein auf die andere Seite der Senke und hoffte, dass er dort möglichst geräuschvoll niederging. Tatsächlich landete der Stein scheppernd auf einem Felsen und sprang von dort ins angrenzende Gebüsch.

Ja!

Neben ihnen war nur ein kurzes Fletschen zu hören, dann verschwand das Tier. Finn wartete nicht lange und kroch zu dem

Ast, den er unweit ausgemacht hatte und der das Ziel für seine Ablenkung war.

»Wir brauchen einen Plan. Mit dem Stock wirst du diesem Ding wohl kaum beikommen«, flüsterte Arthur. Das war Finn klar. Aber wenn er schon angegriffen wurde, wollte er wenigstens versuchen, sich zu verteidigen. Aber das konnte er. *Die Phantasien!*

»Das könnte funktionieren. Ich brauche einen Platz, von wo aus ich dieses Ding sehen kann.«

»Dort. Siehst du die beiden Felsen dort drüben?« Arthur deutete auf eine Formation, die wie spitze Zuckerhüte aufragte.

Finn nickte und wollte sich auf den Weg machen.

Arthur hielt ihn am Arm fest. »Warte. Was hast du vor?«

»Vertrau mir, das ist der einzige Weg.«

Schweren Herzens lockerte Arthur seinen Griff.

Der Junge schob sich vorsichtig an den Rand ihres Verstecks, um den Löwen auszumachen, sah aber außer Bäumen, Büschen und Felsen nichts.

Mist, ich muss wissen ...

Keine zwei Meter entfernt kam ein grauer Kopf ins Sichtfeld. Hinter dem Felsen war der Löwe kaum zu erkennen. Erschrocken sog Finn die Luft ein, unterdrückte einen Laut. Er brauchte einen weiteren Stein. Neben seiner Hand lag ein Winzling. Der musste reichen. Er warf ihn in die entgegengesetzte Richtung ihres Angreifers. Wenn es einmal geklappt hatte, würde es vielleicht auch ein zweites Mal funktionieren. Das tat es tatsächlich. Auf allen vieren kroch Finn hinüber und verschwand hinter der Steinformation. Arthur hockte sich hin, um einsatzbereit zu sein. Dann sah er Finns Gesicht zwischen dem steinernen V auftauchen.

Ihr Angreifer war ganz in der Nähe. Er war dem Geräusch gefolgt und erneut ins Leere gesprungen. Vor Wut hatte er einen Strauch aus der Erde gerissen und ihn wie ein zerfetztes Tier liegen gelassen. Dann trafen sich ihre Blicke.

Der Löwe rannte los.

Finn zitterte. Eiseskälte kroch ihm durch die Glieder und intensivierte das Gefühl der Lähmung. Unentwegt starrte er in die roten Augen. Der Spalt war eng. *Dieses Ding muss hoch springen, um zu mir zu gelangen.*

Immer schneller gruben sich die Pranken in den Boden.

Finn dröhnte der Herzschlag im Kopf. Er musste die Phantasie herbeiwünschen. Das rote Funkeln war jedoch alles, worauf er sich noch konzentrieren konnte. Sein Kopf war mit einem Schlag leer. So musste der Tod aussehen. *Der Tod!* Finn dachte an die gesichtslose Gestalt im schwarzen Mantel. Sie erschien am Felsen neben Arthur, der erschrocken zusammenfuhr. Trotz seiner trüben Sicht bemerkte er ihr Flackern. Ihm fehlte die Konzentration.

Mit einem ungeheuren Satz hob sein Angreifer ab und durchschnitt die Luft.

Finn riss sich zusammen und fokussierte die scharfe Sense. Tod holte aus und traf den Löwen mit einem kräftigen Hieb. Die Klinge der Sense zerbrach in einem Funkenregen. Donnernd prallte das Tier mit dem Schädel voran gegen den Felsen neben Finn.

»Scheiße, die war neu«, raunte Tod.

Unter wütendem Brüllen schüttelte sich der Löwe. Die Sense

hatte nicht einmal einen Kratzer hinterlassen. Er fixierte Finn erneut und sprang in die Lücke. Auf der feuchten, moosigen Oberfläche fand er jedoch keinen Halt. Seine Krallen zogen helle Narben in den Fels.

Gerade rechtzeitig wich Finn einem Prankenhieb aus, bevor der Löwe seitlich in den Schlitz rutschte.

Tod kam heran und legte seine knochig weiße Hand auf Finns Angreifer. Dessen Zucken wurde langsamer, bis es ganz verebbte. Völlig starr blickte Finn in die roten Augen. Seine Anspannung löste sich.

Die Pranke verfehlte ihn nur um Haaresbreite. Lebendiger als zuvor wand sich der Löwe in seinem steinernen Gefängnis. Tods Hand presste sich noch fester auf das Tier. Dann erloschen die funkelnden Augen ganz.

»Entschuldigt. War nicht ganz bei der Sache.« Tod hob die Schultern.

Finn erwachte schreiend aus seiner Starre. Er packte einen Findling und donnerte ihn auf den steinernen Schädel. Tod wich zurück und überließ dem Jungen das Schlachtfeld. Wieder sauste der Stein mit aller Kraft nieder. Es knackte. Wie im Rausch schlug Finn zu. Der helle Klang aufeinandertreffenden Steins war die reinste Befriedigung. Das Gefühl, sich endlich zu wehren, durchflutete die schmächtigen Arme wie magisches Elixier. Ein Schlag für Gordon, zwei weitere für Jay und Marvin und noch einer, weil es einfach guttat. Der Riss über dem rechten Auge des Löwen wurde größer.

Knirschend gab etwas nach und Finn hielt inne, um zu schauen, ob sein Schlaginstrument zerbrochen war. Es war der Schädel des Löwen, dem die rechte Hälfte fehlte. Erschrocken über seinen Gewaltrausch blickte Finn empor. Tods Antlitz zeigte Überraschen.

»Ich ... ich ... weiß nicht, was gerade passiert ist.«

»Braucht ihr mich noch?«, fragte Tod teilnahmslos. Arthur und Finn schüttelten den Kopf. »Alles klar, man sieht sich.«

Arthur kroch heran. »Du hast eine steinerne Bestie erledigt.«

Genau, eine Bestie.

Er ließ den Stein fallen.

Eindrücke schwappten über Finn zusammen. Noch bei der Unterschrift für diese Ausbildung hatte Arthur gesagt, dass man sterben könne. Nun wäre es beinahe so weit gewesen. Und seine Familie hätte nie etwas davon erfahren. *Was habe ich mir nur dabei gedacht?*

»Hey.« Vor ihm wehte Arthurs farbenfrohe Robe. »Es tut mir leid, dass das gerade passiert ist. Ich muss gestehen, dass ich auf diese Art von Fallen nicht vorbereitet war.«

»Ich habe mich von der Angst blockieren lassen. Das darf nicht noch einmal passieren.« Er zupfte seine Kleidung zurecht und stieg über die gefallene Bestie. »Wir sollten zum Haus zurückgehen und retten, was zu retten ist.«

Irritiert betrachtete Arthur seinen Schüler. Das war anscheinend nicht die Reaktion, mit der er gerechnet hatte. »Wer ist hier eigentlich der Lehrer und wer der Schüler?«, murmelte er, als er Finn durchs Unterholz folgte.

Mit aller Vorsicht waren sie wortlos zurück zum Tor gegangen, immer darauf vorbereitet, auch dem zweiten Löwen zu begegnen.

Doch dieser verweilte still auf seinem Pfosten. Finn konnte den Blick nicht vom leeren Sockel abwenden, zu unwirklich war das eben Erlebte.

Arthur rüttelte am Tor und prüfte den Spielraum der Kette.

»Du dürftest problemlos durch den Spalt passen. Ich befürchte allerdings, meine Leibesmitte macht dies unmöglich.«

»Mach dir keine Sorgen«, grinste Finn.

Arthur schob das Eisen ein wenig auf und Finn quetschte sich hindurch. Auf der anderen Seite blickte er sich neugierig um. Das Gefühl, beobachtet zu werden, war wieder da. Sie waren hier völlig ungeschützt.

»Bist du so lieb?«, bat Arthur um seine Aufmerksamkeit. »Wie hattest du dir das jetzt vorgestellt?«

»Mach es genauso wie ich. Vertrau mir.« Während sein Gegenüber stöhnend niederkniete, dachte Finn an die starken Arme des Gorillas. Kaum dass Arthurs Kopf zwischen den Torhälften steckte, wurde Finns Sicht milchig. Die Kette spannte sich klirrend. Bis zur Brust war der alte Mann hindurch, stieß nun mit dem Bauch ans Hindernis. Finns dünne Arme verwandelten sich in schwarze Pranken. Plötzlich schoss ihm ungeheure Kraft in die Muskeln. Stöhnend bog sich das Tor auf, schaffte genug Platz für den alten Mann. Mit protestierendem Knirschen zersprangen die Glieder der Kette. Arthur hielt sich schützend die Arme vors Gesicht und lugte zwischen seinen Fingern hindurch auf die kräftigen, haarigen Hände.

Finn verlor durch den schwindenden Widerstand das Gleichgewicht und fiel auf den Hintern. Der Schleier verschwand. Beide lagen nun auf dem Boden und schauten sich in die Augen.

»Da wäre noch eine Kleinigkeit, die ich dir erklären muss. Das mit den Phantasien ...« Finn verzog das Gesicht zu einer Grimasse. Arthur nickte nur. Sie reichten sich die Hände und halfen sich gegenseitig auf.

»Später. Ich gehe davon aus, dass deine Gabe zu unserem Besten ist. Momentan möchte ich diesen Ort einfach so schnell wie möglich verlassen.« Arthurs Kreuz knackte. »Obwohl ich gestehen muss, dass es sehr beeindruckend aussieht.«

Das war Finn nur recht. Er hätte ohnehin nicht gewusst, wie er die Erklärung hätte anfangen sollen. Sein Blick ging noch einmal zum Fenster. Man hatte sie noch nicht bemerkt.

Was der Wald an imaginären Augen besaß, übertraf der winzige Park vor dem Gebäude noch einmal. Sie liefen einen gepflegten Schotterweg entlang, der zu beiden Seiten von Bänken und kunstvoll geschnittenen Pflanzenskulpturen gesäumt war. Dahinter rahmten sie übergroße, kantige Hecken das Gelände ein. In ihrer Aufmachung und Pflanzung erinnerten sie an ein Labyrinth.

Eiseskälte wandelte mit ihnen auf dem Weg. Die Kiesel schmerzten unter Finns blanken Füßen.

»Ich weiß nicht, wie es dir geht, aber wie auch immer Nepomuk diese Welt geschaffen hat, sie scheint ein Spiegel seiner Seele zu sein.«

Arthur nickte. »Mich beschäftigt auch noch etwas anderes. Gillian wäre nicht in der Lage gewesen, eine Falle wie den Löwen zu konstruieren. Dafür ist Magie notwendig und die beherrscht er nicht.«

Ehe Finn antworten konnte, vernahm er ein Geräusch und drehte sich hastig um. Doch außer einer rostigen Bank und einem zu einer Figur gestutzten Busch war nichts zu sehen. Da in dieser Welt offenbar alles möglich war, schaute er noch ein wenig länger hin, doch nichts geschah. Er schloss zu Arthur auf, der seinen Gang bereits beschleunigte. Dann ertönte es wieder. Sein Blick glitt über die Bank und die nebenstehende Figur. Sie war wie ein Soldat geschnitten. Lange Beine, zwei abgehende Äste als Arme und ein buschiger Kopf. Finn wollte gerade weitergehen, als der rechte Arm zuckte. Er kniff die Augen zusammen. Es war windstill.

»Arthur?« Keine Antwort. »Arthur?« Er drehte sich um und erschrak, als dieser direkt neben ihm stand. »Ich befürchte, wir sind nicht allein.«

»Das denke ich auch.«

Auf der anderen Seite des Weges schälte sich ein weiterer grüner Soldat aus seinem Topf. Sein buschiges Haupt war merkwürdig in ihre Richtung gedreht. Daneben entrollten sich die barocken Beine der Bank wie eine überdimensionierte Spinne. Aus den verzierten Armlehnen bildeten sich Klauen, die gierig nach ihnen schnappten.

Finn wurde an der Schulter gepackt und mitgerissen.

In die angrenzenden Gegenstände und Pflanzen kam Leben. Und erst die Hälfte des Weges lag hinter ihnen. Bis zum Haus würde ihnen eine kleine Armee den Zugang versperren.

Zum Glück sind sie langsam und schwerfällig. Vielleicht schaffen wir es, ihnen auszuweichen, hoffte Finn. Um die ersten Angreifer konnten sie mühelos Haken schlagen, doch mit jedem weiteren Meter wurde es schwieriger. Als seien sie Kompostgräbern entstiegen, griffen sie nach ihnen. Eine modrige Aura eilte den Pflanzengestalten voraus.

Arthur duckte sich unter dem Griff eines Soldaten hinweg

und sprang vor der nächsten Bank hin und her. Ihre Bewegungen waren behäbig. Noch konnte er schneller reagieren.

Finn sprang über die Bank hinweg, um gleich darauf durch die Beine eines Soldaten zu schlüpfen. Solch akrobatischen Einsatz erlaubte Arthurs Körper nicht. Zwei Grünlinge bauten sich vor ihm auf, ließen ihm keinen Platz zum Ausweichen.

»Einfach durch!«, rief Finn. Arthur sprang mit der Schulter voran und durchbrach mit einem Rascheln die grüne Wand. Er strauchelte und landete mit einem »Uff« im Kies.

Einem der Soldaten hatte er bei seinem Sprung einen Arm abgetrennt, der sich nun an seinem Umhang festklammerte. Finn riss ihn fort und warf ihn in hohem Bogen davon.

»Los, wir haben es fast geschafft, da vorn ist schon die Treppe.«

Arthur fand kaum Halt. Er trat auf seine Robe und riss sich erneut zu Boden.

»Du brauchst unbedingt praktischere Kleidung. Du bist wie ein Leuchtturm in deinem bunten Umhang.«

Arthur hob die Hand und ließ sich von Finn aufhelfen. »Heute Morgen war noch nicht abzusehen, dass ich vor einem Löwen und wild gewordener Gartendekoration würde flüchten müssen«, gab er grimmig zurück.

Endlich erreichten sie die Stufen, die in einem Knick nach oben führten. Sie hetzten hinauf. Erst auf der Zwischenempore erlaubten sie sich einen Blick zurück auf ihre Verfolger. Ihr Vorsprung würde bis zur Tür reichen.

Finn nahm zwei Stufen auf einmal und erreichte ihr Ziel als Erster. Die Tür war riesig und überragte ihn nahezu um das Vierfache. Ein riesiger, bronzefarbener Ring prangte auf Brusthöhe, augenblicklich zog er daran. »Sie ist verschlossen!«, schrie er panisch.

»Drücken ... du musst drücken!«, rief Arthur japsend. Und tatsächlich, sie bewegte sich ein Stück. Doch sie war schwer. Zu schwer für einen schmächtigen Jungen wie ihn. Erst als Arthur sich erschöpft dagegenlehnte, ließ sie sich aufschieben. Sie drängten ins Innere, in der Hoffnung, der wirre Spuk würde draußen bleiben.

33

Es brauchte viel Kraft, die schwere Tür zu schließen. Trotz ihrer enormen Größe fiel sie lautlos ins Schloss. Finn lehnte sich gegen das kalte Holz. Seine Brust hob und senkte sich schnell. *Das alles muss ein Traum sein.* Und doch war es erschreckend real.

Finn blickte sich staunend um. In der Vorhalle hätte das Haus seiner Eltern mühelos Platz gehabt. Über drei Etagen reichte sie hinauf, zwei dicke Säulen reckten sich bis unters Dach. Pro Etage trugen sie zusätzlich einen Freigang, der sich einmal um den Raum schlang. Eine riesige, geschwungene Treppe wand sich vor ihm ins erste Obergeschoss.

»Hast du so was schon einmal gesehen?«, hauchte er.

Arthurs erstaunter Gesichtsausdruck war Antwort genug.

»Sehr unpraktisch«, sagte Finn. »Stell dir vor, du hast etwas vergessen und musst dann wieder zurück.«

Beide mussten unweigerlich schmunzeln.

Vom Obergeschoss drangen aufgeregte Stimmen zu ihnen hinunter. Beide eilten von der Tür weg. Sie mussten sich verstecken. Geradeaus befand sich eine Flügeltür, von der eine Seite lediglich angelehnt war. Sie rechtzeitig zu erreichen, war allerdings unmöglich. Rechts und links befanden sich weitere Türen, doch sie waren geschlossen. Mit etwas Pech waren sie sogar verriegelt und damit als Fluchtweg ungeeignet. Also blieben ihnen nur die beiden Säulen mittig in der Halle. Sie schlichen über den polierten Marmor, um hinter dem viereckigen Sockel in Deckung zu gehen.

Über die Brüstung drang eine hitzige Diskussion, deren Details in der Entfernung verhallten. Dann erschienen vier Männer am Absatz der Treppe, die Worte wurden deutlicher.

»Sie verstehen nicht! Niemand hat dies je zuvor gewagt. Sollte es schiefgehen, könnten die Folgen katastrophal sein.« Es war Gillians Stimme, die sich vor Erregung überschlug. Finn wagte einen Blick und sah ihn wild gestikulierend neben Nepomuk stehen.

»Ich weiß Ihren Einwand durchaus zu schätzen. Allerdings haben meine Mitarbeiter ausreichend Tests durchgeführt. Wir sind uns ziemlich sicher, dass uns keine Überraschungen erwarten.«

»Ziemlich sicher ... Bei solch einem Unterfangen gibt es keine Toleranzen. Entweder es klappt oder es geht fundamental schief.«

»Mr. Cleverdon, ich denke, ich habe meinen Standpunkt mehr als deutlich gemacht. Ich habe Sie nicht engagiert, damit Sie mir jetzt in die Suppe spucken. Ihre Anwesenheit obliegt allein meinem Wohlwollen. Daher rate ich Ihnen, dieses nicht überzustrapazieren und das zu tun, was ich von Ihnen erwarte.«

Gillian schüttelte verächtlich den Kopf. »Wie Sie wünschen. Wenn es im Desaster endet, spielt meine Warnung ohnehin keine Rolle mehr.« Nepomuks giftigen Blick konnte Finn sogar aus der Entfernung sehen.

Die Herren ließen den alten Zausel allein zurück, während sie energisch den Stufen nach unten folgten. Gillian klammerte sich ans Geländer und eilte hinterher, so schnell es seine Knochen erlaubten.

»Beeilen Sie sich, Mr. Cleverdon. Wir können ohne Sie anfangen, aber dann würden Sie das Beste verpassen«, rief Nepomuk, ohne sich umzudrehen.

Dem Greis auf den Stufen trieb dessen unverfrorene Überheblichkeit die Zornesröte ins Gesicht. Schnaufend grummelte er vor sich hin, während er sich die letzten Stufen hinunterkämpfte. Das Scheppern der großen Tür dröhnte als Echo durch die Halle. Finn und Arthur atmeten erleichtert aus.

Finn ging zu Arthur hinüber. »Wir müssen wissen, was sie vorhaben. Ich konnte dort hinten nicht viel erkennen.« Ohne eine Antwort abzuwarten, hastete er zur großen Tür.

Das Holz war dick, es verwandelte die Unterhaltung auf der anderen Seite in dumpfes Brummen. Enttäuscht schürzte Finn die Lippen und ging auf die Knie, um einen Blick durchs Schlüsselloch zu werfen. *Mein Gott ist das niedrig*, stellte er überrascht fest. *Na gut, wenn jemand das Geld hat, alles auf seine Größe anfertigen zu lassen, dann wohl er.*

Viel konnte er nicht erkennen. In der Mitte führten zwei kreisrunde Stufen zu einer Vertiefung im Boden, in die eine große Platte eingelassen war. Um die Vertiefung standen weitere Säulen, zwischen denen sich Kisten auftürmten.

Mit einem Mal schnitt ein Schatten das Bild ab. Er stand so dicht an der Tür, dass Finn das Muster auf dem Stoff erkennen konnte. Erschrocken wich er zurück. Gerade rechtzeitig. Jemand öffnete die Tür einen Spalt breit.

Es gab keine Möglichkeit sich irgendwo zu verstecken. Keine Vase, kein Schrank, nichts. Finn drückte sich gegen die nackte Wand. Wenn man den Prunk einmal brauchte, gab es ihn nicht. Doch die Tür verharrte in ihrer Position.

Finn klopfte es so laut in den Ohren, dass er die Unterhaltung zunächst nur in Fetzen vernahm.

»... Die Aufgaben sollten damit klar sein. Mr. Folding, haben

Sie die Karte aus meinem angrenzenden Arbeitszimmer? Gut, dann schlage ich vor, dass wir aufbrechen. Mr. Stolten, wo möchten Sie hin?«

»Ich dachte, es wäre sinnvoll ...«

»Alles, was Sie benötigen, befindet sich in diesem Raum. Das Denken habe ich bereits für Sie übernommen. Bitte schließen Sie die Tür und kümmern Sie sich um Ihre Utensilien.«

Das Scheppern der Tür verschluckte das Klatschen Finns nackter Füße, als er zurück zu Arthur rannte.

»Sie brechen auf, wir haben nicht mehr viel Zeit. Ich konnte eine Vertiefung im Boden sehen. Allerdings können wir da nicht einfach hineinspazieren. Nepomuk erwähnte aber ein angrenzendes Arbeitszimmer.«

»Das ist gut«, sagte Arthur leise. »In dem Zeitungsartikel stand, dass Nepomuk darauf bestanden hatte, alle Zimmer miteinander zu verbinden. Wir müssen also nicht diese Tür als Zugang nutzen, sondern können auch eine der anderen nehmen. Was meinst du? Rechts oder links?«

»Auf der linken Seite befanden sich einige Kisten. Ich kann mir nicht vorstellen, dass man sie Nepomuk direkt vors Büro gestellt hat«, erinnerte sich Finn.

Damit war ihre Entscheidung gefallen. Sie schlichen zur rechten Flügeltür und warfen einen Blick durchs Schlüsselloch. In diesem Palast konnten Nepomuks Wachen überall lauern, da war Vorsicht geboten. Doch mehr als einen blassen Fleck gab es nicht zu sehen. Arthur drückte die Klinge vorsichtig hinunter.

Staubiger Dunst hüllte sie ein. Schwer wie Brokatteppiche hing die Luft im Gang, machte das Atmen zu einem Kraftakt. Ein großes Fenster ganz am Ende warf schwaches Licht hinein, das nur wenige Meter weiter an Kraft verlor. Sie blickten in einen finsteren Schlauch.

»Man könnte meinen, dass jemand mit so viel Stil und Blick für Details in der Lage wäre zu lüften«, stieß Arthur leise hervor. »Da kann man nur hoffen, dass diese Kopie dem Original nicht ganz gleicht.«

Finn hatte seinem Lehrer nur mit einem Ohr zugehört und sich stattdessen um eine Lösung für die schlechte Sicht bemüht. Arthur zuckte regelrecht zusammen, als Lumière plötzlich warmes Licht verteilte. »F-finn, w-welch Freude dich w-wieder ... und auch M-monsieur Robinson!«, quietschte die Phantasie.

»Schhh ...«, machte Finn. Das Wachs färbte sich rosa.

»Ha-ab schon ve-erstanden. E-einfach still le-euchten.«

»Erinnere mich daran, dich zu fragen, wie du das machst. Dein Talent ist wirklich bemerkenswert.« Arthur ließ Finn passieren und folgte dem gelben Lichtkegel.

Holzgetäfelte Wände, rot gemusterte Tapeten und ein schwerer, breiter Teppich zeigten sich im zuckenden Licht der Flamme. Hinter einem kleinen Tisch mit spärlicher Dekoration zu ihrer Linken schälte sich ein Türrahmen wie ein Wächter aus der Dunkelheit.

»Das muss das Arbeitszimmer sein!«, bemerkte Finn und eilte darauf zu. Doch die Klinke gab die Tür nicht frei. »So ein Mist!«

»Lass uns die nächste versuchen.«

Finn verlor keine Zeit und eilte weiter. Soweit es der Schein der Kerze erlaubte, betrachtete er zwei der Bilder, deren Abbildung ihn stutzen ließen. Die detailreichen Gemälde zeigten Geschichten, auf denen jeweils ein Buch im Zentrum stand. Aus dem ersten stiegen finstere Wesen, rissen jeden in unmittelbarer Nähe in blutige Fetzen. Das zweite war nicht weniger verstörend, es trieb alle Anwesenden, bis auf den Vorleser der magischen Zeilen, in den Wahnsinn. *Diese Bilder haben eine Bedeutung.*

»Wie kann man sich an derlei Irrsinn nur erfreuen?«, sagte Arthur.

Doch Finn antwortete nicht, stieß nur ein kurzes »Ja!« aus, als er die Klinke der nächsten Tür herunterdrückte und sich ein schmaler Spalt auftat. Ohne zu warten, schob er den Kopf ins Unbekannte. »Du meine Güte, was ist das? Ein Museum?« Er hatte zwar noch nie eines von innen gesehen, aber genauso stellte er es sich vor.

Zwei riesige Fenster schickten Licht in einen hohen Raum, in dem Dutzende Exponate in gläsernen Kästen standen. Das schwache Licht glitt über die spiegelnden Oberflächen wie Mondlicht auf einem See. Die Stille hatte etwas Beruhigendes, wurde jedoch von der Skurrilität des Raumes verdrängt.

»Was sind das für Tiere?« Finn stand vor einer großen Vitrine mittig im Raum, hielt Lumière dicht davor, um mehr zu erkennen.

»*M-mon dieu*, sind die a-ausgestopft?«, jammerte der quirlige Kerzenhalter.

Arthur trat zu den beiden. »Sieht so aus. Allerdings habe ich solche Geschöpfe noch nie gesehen.« Sein Blick ging zu einer Plakette am Sockel. *Marsupilami.* Der Name kam ihn bekannt vor. Das Wesen war ein schlaksiges Tier mit drahtigen Gliedmaßen und einem Schwanz wie ein Affe. Lässig an einen künstlichen Baumstumpf lehnend, wirkte dessen keckes Grinsen völlig deplatziert. Allein die Augen vermittelten alles, was es zu wissen galt. Sie waren tot. Zwei reflektierende Perlen, in denen sich der gelbe Punkt einer Kerze hin und her bewegte.

»Oh, n-nein!«, stöhnte Lumière und begann zu zittern. »I-ich weiß, w-was das für ein W-wesen ist. E-es ist eine Pha-antasie, genau wie ich.« Seine Flamme begann zu flackern und verlor an Kraft.

»Aber wie soll das möglich sein?«, brummte Arthur.

Traurig fuhr Lumière fort: »I-ich weiß e-es nicht. E-es ist f-furchtbar lange he-er, dass ich Ma-arsupilami das letzte Mal g-gesehen habe. Pha-antasien kommen und g-gehen, je nachdem wie g-gerne ihre Ge-eschichten g-gelesen werden o-oder man an sie d-denkt. Da fä-ällt es manchmal nicht a-auf, wenn jemand überha-aupt nicht wiederkommt.«

Finn realisierte einmal mehr, was es bedeutete, zu lesen. Er selbst hielt eine Phantasie in den Händen.

Die Wolke sagte, dass sie außerhalb der Gedankenwelt verletzlich sind. Hat Nepomuk sie umgebracht oder gibt es ein Buch, das so etwas Grauenvolles anrichten kann? Finn teilte seinen Gedanken, erhielt aber nur betroffenes Schweigen. Derlei Bücher durften einfach nicht existieren.

»Wenn Nepomuk solche Bücher besitzt, was wird er dann erst mit dem Buch der Phantasien anrichten? Wird er sie alle auslöschen? Oder noch viel schlimmer, dafür sorgen, dass sie gar nicht mehr entstehen?«

Lumière sah Finn mit aufgerissenen Augen an. »E-er besitzt das B-buch der ...« Dem kleinen Kerl wurde das Wachs weiß. Die anderen Exponate ignorierend, ging Finn schnurstracks auf Nepomuks Bürotür zu. Sie stand einen Spalt breit offen. Er schlüpfte hindurch und ließ Arthur in der Dunkelheit zurück.

Auch hier waren zwei große Fenster die einzigen Lichtquellen, bis auf einen gelben Streifen, der sich von der anderen Seite unter der Tür hindurchquälte. Finn sah sich um und durchquerte langsam den Raum. Es zog ihn zur gegenüberliegenden Tür.

Vor den Fenstern übernahm ein hölzernes Monstrum die Aufgabe eines Schreibtisches, der selbst den riesigen Sessel dahinter wie eine Miniatur aussehen ließ. Die Wände waren mit hohen Schränken zugestellt, deren Inhalt mit der Dunkelheit zu schwarzen Flächen verschmolz. Beim Durchschreiten des Raumes stolperte er über die Kante eines dicken Teppichs. Finn war von der Schmucklosigkeit des Raumes beinahe ein wenig enttäuscht.

»Was hast du vor?«, fragte Arthur, der in der Tür erschien.

»Wir müssen ...« Mit einem Mal riss Finn die Augen auf und starrte auf die Wand neben Arthur.

»Was ist?«

»Sieh dir das an.«

Es war eine riesige Karte, die beinahe die gesamte Wand einnahm. Der Grundriss des Erdgeschosses war darauf abgebildet. Besonders ausgeschmückt waren die Empfangshalle sowie der angrenzende Raum, in dem Nepomuk mit seinen Komplizen verschwunden war. Die rechte Hälfte der Karte barg die eigentliche Überraschung. Vom Nachbarraum ging offenbar ein Tunnelsystem ab, das in einer kreisrunden Halle endete.

»Ist es das, wo Nepomuk hin will?«

»An irgendwas erinnert mich dieser Grundriss ...« Arthur stolperte rückwärts und stieß gegen den Schreibtisch. Kopfschüttelnd murmelte er vor sich hin.

»Was ist los? Was ist dir dazu eingefallen?«

»Der Zirkel des Ragnor.« Mehr sagte er nicht. Er sprach so leise, als wären die Worte verboten.

»Wer oder was ist dieser Zirkel?« Der Ausdruck in Arthurs Augen machte Finn Angst.

»Ich weiß nur das, was mein Vater mir als Kind erzählt hat. Bisher habe ich nichts davon für wahr gehalten.« Er machte eine kurze Pause, atmete tief durch. »Man sagte, sie seien eine Gruppe von zehn Magiern gewesen. Vier von ihnen mit Mächten über die vier Elemente, die anderen über die sechs Sinne des Menschen. Jeder für sich war bereits ein Unheil, alle zehn zusammen waren in der Lage, alles und jeden zu vernichten. Und als wäre dies noch nicht schlimm genug, entstand aus dem Zirkel ihrer Macht ein dunkles Wesen, der Ragnor. Er besaß die Fähigkeit, die Kräfte seiner Meister anzuzapfen und anzuwenden. Damit war er das schlimmste Übel, das je erschaffen wurde.« Sein Blick ging hoch zur Karte und verharrte auf der Halle.

»Du hast in der Vergangenheit gesprochen. Es gibt sie also nicht mehr?«

»Wie gesagt, bisher waren es nur Geschichten. Und diese besagten, dass man die Magier und den Ragnor verbannt und in einen tiefen Schlaf hat fallen lassen. In eine eigene Welt, zu der der Tod selbst den Zugang bewacht, um sicherzugehen, dass niemand sie je wecken würde. Schon gar nicht den Ragnor.«

»Na, ich hoffe nicht, dass wir hier vom Tod sprechen, der uns geholfen hat.«

Lumière zitterte bei der Erzählung so sehr, dass sein Licht beinahe ausging.

Finns Gedanken fanden keine Ruhe. »Aber soll das heißen, dass wir genau in dieser Welt sind?«, schlussfolgerte er. Arthur antwortete nicht. »Aber was hat das Buch der Phantasien mit all dem zu tun?«

»Das Buch der Phantasien kann keinem von ihnen Leben einhauchen. Aber er hätte Zugang zu den Köpfen der Menschen, die noch immer an die Geschichten glauben. Wenn das geschieht, könnte er sich der Phantasien der Magier bedienen, ohne dass diese ihr Gefängnis verlassen müssten. Ihre Macht wäre nahezu die gleiche, egal ob als Phantasie oder in Persona. Zudem wäre es ihm möglich, viele Menschen dahingehend zu manipulieren, ebenfalls so zu denken.«

»Aber warum macht er das nicht in unserer Welt? Warum hier?«

Arthur seufzte. »Ich weiß es nicht.«

Sie blickten zur Tür. Die letzte Pforte, die sie von all dem Irrsinn fernhielt. In der Überzeugung, all dem nicht viel entgegensetzen zu können, mischten sich Stimmen, die sich auf der anderen Seite der Tür näherten.

34

Die Stimmen drangen rau und kehlig durchs Holz. Arthur und Finn verharrten ganz still. Sie waren sich unsicher, ob die Wachen ins Arbeitszimmer treten würden oder es bei einem Schwätzchen beließen. Einem heiseren Lachen nach beschäftigte sie etwas anderes. Finn gab den Gedanken an Lumière frei, um vom Flackern der Flamme nicht entdeckt zu werden. Im schummrigen Blau des verbliebenen Lichts schmiedeten sie einen neuen Plan.

»Hast du einen Vorschlag, wie wir sie mit deinen Phantasien unschädlich machen können?«, fragte Arthur flüsternd.

»Mit Wumms oder still und heimlich?«

»Sofern du nicht vorhast, uns ans Messer zu liefern, würde ich die dezente Variante bevorzugen. Woran denkst du?«

Finn schlug vor, Sirenen in den Raum zu schicken. Arthur nickte begeistert.

Das karge Licht verschwamm zu einer milchigen Fläche. Finn schloss die Augen, um sich auf seine Gedanken zu konzentrieren. Sie kreierten einen sonnigen Tag auf dem Meer. Salziges Wasser schlug gegen den hölzernen Rumpf eines Bootes, das unmittelbar vor einer steilen Küste mit den Wellen tanzte. Kinderhände umschlossen große Ruder, sein Blick war auf die offene See gerichtet. Dort irgendwo mussten sie sein. Eine feine Melodie drückte sich durch das Rauschen und Krächzen der Küste.

Glänzende Rücken durchschnitten die Wasseroberfläche. Sie

tauchten aus dem dicken Teppich auf, um gleich wieder im soliden Holzboden vor der Tür zu verschwinden. Im Nachbarraum verstummten die Stimmen. Selbst durch die dicke Tür säuselte die zarte Melodie, sodass Arthur beschwingt mitsummte.

Es dauerte nicht lang, bis ein dumpfer Schlag zu hören war. Mit einem zweiten prallte etwas gegen die Tür, vor der sie standen. Erschrocken riss Finn die Augen auf und der Spuk verschwand. Ein wenig benommen blinzelte er in Arthurs Richtung.

»Das ist wirklich faszinierend!«, brummte dieser.

»Und den Gorilla hast du noch gar nicht gesehen«, erwiderte Finn.

Zögernd drehte Finn den Knauf, um einen Blick zu riskieren. Die Tür kam ihm entgegen und der Oberkörper eines kräftigen Kerls fiel ihm auf die Füße.

»Autsch. Was für ein Dickkopf.« Er spähte in den Raum, um niemanden zu übersehen. Sonst musste der Gorilla wieder zum Einsatz kommen. Sie packten den Kerl in der Tür bei den Schultern und zogen ihn ins Büro. Ebenso verfuhren sie mit dem zweiten. Finn hüpfte um die Wachen herum zu einem Schrank. Er öffnete die knarzenden Holztüren und wuchtete ein schweres Buch nach dem anderen heraus.

»Du willst sie in den Schrank sperren? Aber wie sollen wir sie dort hineinbekommen?«, wollte Arthur wissen.

»Mit harter Arbeit.«

Der Alte lachte lauthals.

Mit einiger Anstrengung falteten sie die beiden Riesen in den Schrank. Gleich darauf kniete sich Finn nieder, nicht um zu verschnaufen, sondern um die Schnürsenkel seiner Opfer miteinander zu verknoten.

Arthurs Blick drückte Überraschung und Bewunderung aus. »Simpel, aber effektiv. Von dir kann ich noch einiges lernen.«

»Für irgendwas müssen die Streiche von Gordon und seinen Freunden ja gut gewesen sein. Ich habe noch eine Idee.« Die Türen flogen zu und Finn stapelte die schweren Bücher davor auf. »Handlicher als Steine, aber mindestens genauso schwer.«

Grinsend stimmte Arthur zu und half ihm, die gewichtigen Hürden zu platzieren.

»Keine Ahnung, wie lange die Wirkung des Gesangs anhält, aber das dürfte sie eine Weile aufhalten.«

Sie verließen das Büro und betraten den angrenzenden Raum. Entgegen ihrer Erwartung und der ersten Einblicke handelte es sich der Größe nach eher um eine Halle. Nahezu quadratisch im Grundriss, aber dominiert vom eingelassenen, runden Element, das sich nun als Stahltür entpuppte. Sie hielt ihnen den Zugang wie eine offene Taschenuhr entgegen. Die Tür war das Zentrum, um das sich Stufen und Säulen anordneten. Hoch über ihnen trugen Letztere eine Kuppel. Finns Interesse galt allerdings eher dem schwarzen Schlund, der vor ihnen lag. Kalte Luft und drückende Stille umgaben ihn wie zwei Geister, die jeden fernzuhalten beabsichtigten. Es zog ihn immer näher an das Loch heran. Er musste hinterher …

»Warte«, rief Arthur und entriss ihn dem unbekannten Sog. »Ich weiß, wir haben wenig Zeit, aber wir müssen wissen, was Nepomuk vorhat. Sonst rennen wir ins offene Messer.«

Nach einigem Zögern nickte Finn, auch wenn ihn die Ungeduld antrieb. Widerwillig nahm er den Fuß von der Stufe und sah sich um. Zwischen den Kisten standen mehrere dunkle Koffer. Sie hatten Ähnlichkeit mit dem von der Kutsche.

»Arthur, sieh mal.« Er nahm ihn beim Arm und zog ihn zu seiner Entdeckung. »In solch einem Koffer hat Nepomuk das Buch der Phantasien hergebracht. Es wäre gut möglich, dass dort noch mehr magische Bücher drin sind.«

Arthur griff nach einem von ihnen. Nur mit Mühe ließ sich das schwere Ding hervorziehen. Klackend sprangen die Verschlüsse auf.

Finns Herz schob einen zusätzlichen Schlag ein. Was er sah, ließ ihn an seinem Verstand zweifeln.

»Ist das nicht das Buch der Ideen? Aber ... das wurde doch gar nicht gestohlen«, stellte er fest. Im leeren Blick seines Lehrers suchte er vergebens nach einer Erklärung. Arthur strich mit der faltigen Hand über das fein gearbeitete Emblem in der Mitte. Und dann sahen es beide gleichzeitig.

»Da fehlt etwas. Es gibt kein Schloss!«, rief Finn.

Arthur schnappte sich den nächsten Koffer und öffnete ihn. Zum Vorschein kam ein Buch, das Finn nicht kannte. Der lederne Einband war schwarz, an den Ecken mit goldenen Beschlägen geschützt. Über die Front zog sich eine verschnörkelte Schnalle, die in ein kleines, leicht zu übersehendes Schloss mündete. Dieses hier war echt.

Arthur ließ gleich wieder davon ab, um den dritten und letzten Koffer herauszuziehen. Ein leuchtend rotes Buch lag darin, dem ersten nicht unähnlich. Und auch hier fehlte das Schloss in der Mitte. Das Rot erinnerte an glühende Kohlen.

»Das sind Duplikate. Anders kann ich mir ihre Existenz nicht erklären.« Da den Büchern der Schutz fehlte, öffnete Arthur eines davon und blätterte durch die Seiten. Seinem Ausdruck nach hatte er so etwas bis eben selbst nicht für möglich gehalten.

»Wer schreibt denn bitte schön freiwillig Bücher ab? Kann man das überhaupt so einfach? Und wie soll das gehen, wenn sie so gut gesichert und versteckt sind?«

Stöhnend stieß sein Mentor die Luft aus. Seine Schultern hingen resignierend herab. »Ich habe das ungute Gefühl, dass Nepomuk dafür einen Weg gefunden hat. Was mir eher Kopfzerbrechen bereitet, ist das Warum?«

Finn sah ihn mit großen Augen an, bat um eine Erklärung.

»Nirgends auf der Welt existiert etwas zwei Mal. Magische Gegenstände, seien sie auch künstlich vervielfältigt worden, sind niemals zu einhundert Prozent identisch. Es wäre ein unkalkulierbares Risiko, mit solchen Folianten zu experimentieren.«

»Was, wenn sie zur Übung angefertigt wurden?« Nun war Finn es, der seine Überlegung ausführen musste. »So als würde man für ein Theaterstück proben. Du brauchst nicht das Original, um den Text zu verstehen und zu wissen, worum es geht. Was immer darin steht, könnte man wiederholen, bis es sitzt.«

Arthur erhob sich, doch Finn hielt ihn am Arm zurück. »Schau mal«, sagte er, »ist das nicht eines der Symbole von der Karte, die wir eben gesehen haben?« Er deutete auf eine Verzierung in der Mitte des Buches, die dem Grundriss der runden Halle ähnelte.

Mit zusammengekniffenen Augen beugte Arthur sich darüber, nickte schließlich. »Du hast recht. Zweifelsohne ein Zeichen vom Zirkel des Ragnor.«

Herannahende Schritte rissen sie aus ihrer Konzentration. Der Klang harter Sohlen drang aus den Tiefen des Loches. Hektisch schlug Arthur den Koffer zu, schob ihn rasch zurück, doch seine Robe klemmte zwischen den Hälften. Er zog daran, während Finn die anderen beiden zurück an ihren Platz schob. Er befreite das Stück Stoff und blickte sich hastig um.

»Wir werden es nicht zurück ins Büro schaffen«, flüsterte Finn. Seine Stimme bebte vor Aufregung. Arthurs Hand packte ihn, zog ihn um ein paar Kisten herum und gemeinsam verschwanden sie hinter der riesigen Stahltür. In ihrer Brust klopften die Herzen Hilfe schreiende Morsecodes. Die Schritte erklommen die letzte Stufe und verstummten.

35

Undeutliches Gemurmel war zu hören, dann setzte sich der Unbekannte wieder in Bewegung. Die gekrümmte Gestalt beugte sich über einige Kisten, betrachtete sie wie Schmuckstücke in einer Auslage.

Finn riskierte einen Blick und erkannte Gillians gebückte Gestalt. *Weshalb ist er nicht bei Nepomuk?*

Der Greis griff nach einem länglichen Gegenstand, schien ihn jedoch nicht heben zu können. Wütend zerrte er am Griff. Die längliche Kiste glitt über die gestapelten Gegenstände hinweg und landete laut polternd vor seinen Füßen.

»Verfluchter, sammelwütiger Pedant. Wie kann man nur so viel unnützes Zeug mitschleppen?«, raunte Gillian das entstandene Chaos an. Er brauchte beide Hände, um den Kasten fortzuziehen und zu öffnen. Der alte Mann nahm ein riesiges Gerät aus dem Koffer, das einer überdimensionierten Pulverbüchse glich. Zahlreiche Schalter zierten die Außenseite. Es sah aus wie eine Mischung aus Teleskop und Schreibmaschine. Gewiss war es alles andere als das. Gillians Ideenreichtum kannte keine Grenzen und für gewöhnlich arbeitete er so lange an einer Arbeit, bis sie perfekt war. Das Gewicht seiner Kreation musste allerdings enorm sein. Er brauchte zwei breite Lederriemen, um es zu tragen.

Wir könnten ihn unschädlich machen, dachte Finn. *Aber wir müssen wissen, was das für ein Ding ist. Vielleicht können wir es selbst nutzen. Oder den Einsatz tunlichst vermeiden.*

Es gab zu viele Optionen und zu wenig Zeit, sie zu überdenken. Geschweige denn, dass er sich mit Arthur absprechen konnte. Der lugte genauso neugierig über Finn hinweg.

»Es wäre doch gelacht, wenn Sie diesem Schätzchen etwas entgegenzusetzen haben, Mr. Burke. Dem dürfte Ihre herablassend-überhebliche Art wenig entgegenzusetzen haben. Oder glauben Sie, dass ich mich um den Finger wickeln lasse, um dann Ihre Marionette zu sein?« Gillian belohnte sich mit einem gehässigen Lachen. Er sprach einfach weiter, während er zurück zum Loch schlurfte. »Sie glauben, Sie wüssten als Einziger alles über diese Bücher. Dabei bin ich derjenige, der all ihre Sicherungen gebaut hat.« Ein weiteres Lachen echote in die Finsternis. Er kämpfte sich die erste Stufe hinab und verharrte, drehte sich um. Sein Blick ging zum Haupteingang der Halle, anschließend zur offen stehenden Bürotür. Ein verächtliches Grinsen entstellte ihn.

»Von wegen treu ergeben. Kaum ist die Katze aus dem Haus, öffnen die Mäuse den Champagner.« Gillian wandte sich den Stufen zu. Nur mit Mühe nahm er seine Laterne auf und schickte weitere Verwünschungen in die Dunkelheit. Der harte Klang seiner Sohlen verebbte nur langsam und so dauerte es einige Zeit, bis Finn und Arthur sich aus ihrem Versteck wagten.

»Wir müssen ihm folgen. Und wenn wir wissen, wo er hinwill und was er vorhat, schlagen wir zu«, plapperte Finn drauflos.

»Richtig«, stimmte Arthur zu und beließ es dabei. Sie tasteten sich um die Kisten herum und blickten auf den Eingang. Er lag da wie eine Mausefalle, die nur darauf wartete, zuzuschnappen.

Finn nickte Arthur zu und stieg als Erster die Stufen hinab, bis felsiger Untergrund sie ablöste. Es schien, als hätte die Finsternis einmal tief eingeatmet, als sie ihn verschluckte. Zumindest bekam er davon Gänsehaut.

Es war stockfinster. Und kalt.

»Halt dich an meiner Schulter fest«, flüsterte Finn. »Ich lasse mir etwas einfallen, wie wir Gillian folgen können, ohne Licht zu brauchen.« Mit dem Schwinden des letzten Funkens Helligkeit war das Einzige, was blieb, die Angst. Sie lähmte die Gedanken und seine Ideen blieben bloß Schemen. Er wandte sich an Arthur. »Ich fürchte, mir fällt nichts Sinnvolles ein«, gestand er.

»Oh, und ich dachte, du würdest dich bereits leiten lassen. Wenn das so ist, versuche es mit ... der Katze aus Alice im Wunderland.«

»Du meinst die Grinse-Katze?«

»Ja, sie kann sich unsichtbar machen und nur ihre Augen erscheinen lassen. Du könntest damit sehen, ohne gesehen zu werden – falls das überhaupt geht.«

Hervorragende Idee! Alice im Wunderland war eines der wenigen Bücher, das ein ganzes Farbenmeer an Bildern in seinem Kopf lostrat. Er drehte sich nach vorn, konzentrierte sich auf die rundliche Gestalt aus Lewis Carrolls Erzählung.

Ein lichter, feiner Nebel spann sich aus dem Nichts. Er wirbelte umher, bis er dem Umriss eines Kopfes ähnelte. Immer deutlicher bildete sich ein grinsendes Gesicht, mit freundlich-listigen Augen so groß wie Orangen. Sie fixierten den jungen Burschen und schienen überrascht.

»Sagt, seid Ihr Finn Oliver Ward? Und Meister Robinson ist ebenfalls anwesend. Welch ungewöhnlicher Ort für ein Kennenlernen. Gehe ich recht in der Annahme, dass es wichtig ist?« Langsam und zäh tropften die Worte heraus, während das breite Maul jedes einzelne mit Freude formte.

»So ist es«, übernahm Arthur. »Und wir dürfen leider keine Zeit verlieren.«

Finn schickte der Phantasie eine kurze, gedankliche Erklärung und sie verstand.

»Außergewöhnliche Situationen bedürfen außergewöhnlicher Lösungen, nicht wahr? Da ist es nur recht, dass ich sie bin.« Die Katze entblößte zwei breite Zahnreihen. »Was wünscht ihr, dass ich für euch tue?«

»Fliege voraus und sei meine Augen. Wir wollen sichergehen, dass wir nicht in eine Falle tappen. Du kannst doch im Dunkeln sehen, richtig?«, erklärte Finn.

Die Katze löste sich auf, lediglich ihre Augen blieben als helle Punkte zurück. »So in etwa?« Sie schenkte den beiden ein kurzes Kichern und verschwand.

»Auf geht's«, drängte Arthur.

Diese Fortbewegung kostete Finn einiges an Konzentration. Seine eigene Sicht war durch die der Katze um etliche Meter versetzt. Gleichzeitig musste er sicheren Fußes über den Untergrund gehen. Zum Glück flachte der Gang ab. Die Wahrnehmung der Katze zeigte ihm die Umgebung in schwachen Grautönen, während Arthur hinter ihm stolpernd an seiner Schulter zerrte. Gillians Schritte waren längst verstummt, geschweige denn, dass sie seinen Lichtkegel irgendwo sehen konnten. Bislang war der Gang ein einziger steinerner Schlauch, der feucht und modrig geradeaus führte.

Ein Knall drückte sich in Wellen durch den Gang. Er schmerzte in den Ohren.

Hektisch sahen sich die Katzenaugen um, huschten noch ein Stück weiter voraus, um mögliche Gefahren auszumachen. Doch statt einer Quelle für das Geräusch tat sich eine Gabelung auf.

»Dort vorn teilt sich der Weg«, informierte Finn seinen Begleiter. »Gillian ist allerdings verschwunden.« Was sollten sie tun? Sich trennen oder gemeinsam für eine Richtung entscheiden? Arthur hielt die Trennung für ratsam. Sollte es zu gefährlich werden, konnte Finn immer noch umkehren und zu ihm aufschließen oder fliehen.

»Aber du wirst nichts sehen können.«

»Keine Sorge, mein Junge. Blinde sind keineswegs hilflos. Es ist genau dieses Vorurteil, das ihre wahren Möglichkeiten unterschätzt. Und bevor du mir die Frage stellst: Ich wandle stets auf dem rechten Pfad, dementsprechend geht es für mich da lang.« Mithilfe der Katzenaugen konnte Finn sehen, wie sein Lehrer ihm zulächelte und nach rechts deutete. »Wir sehen uns dann dort. Wo auch immer das sein mag«, schob er leise nach und tauschte seinen Platz mit der Einsamkeit. Ohne das leiseste Geräusch verschwand er in der Finsternis.

Finn konzentrierte sich auf seine Atmung. Er musste die Anspannung reduzieren, um konzentriert zu bleiben. Er tastete sich weiter ins Ungewisse vor. Der Gang führte eine ganze Weile geradeaus. Irgendwann bog er nach rechts. *Es scheint, als gäbe es zwei Zugänge zur Halle. Hoffentlich sind sie nicht bewacht. Im Grunde genommen erwartet uns ja niemand.*

Groteske Schatten huschten zuckend über die Steinwand. Die schmale Röhre wurde breiter und mündete in einen großen Raum. *Tatsächlich, keine Wachen!* Dankend entband Finn die Grinse-Katze von ihrer Aufgabe und wartete einen Augenblick, bis der milchige Schimmer verschwand. Dann schlich er zur Öffnung.

Als wäre alles aus dem Felsen herausgeschnitten worden, ging der steinerne Weg in einen Rundgang über. Er führte kreisförmig einmal bis auf die andere Seite der Halle. Dicke Säulen trugen die Decke und den Rundgang. Gleichzeitig boten sie ihm Deckung. Erst durch die fünf Gestalten im Zentrum ließ sich die wahre Größe erahnen. Die Gruppe stand verteilt um eine Erhöhung, an der sie das Equipment abgeladen hatten. Zahlreiche Fackeln brannten an verschiedenen Stellen und erlaubten es, die Halle zu inspizieren. Die Gruppe starrte in seine Richtung. Nicht direkt auf ihn, sondern auf den Fels, der zwischen ihm und der anderen Seite den Durchgang unterbrach und die ganze Fläche vom Boden bis zur Decke einnahm.

Finn drückte sich dicht an die Wand. In ihrem Schutz gelangte er zur nächsten Säule. Er musste wissen, was sie so in den Bann zog. Noch nicht ganz am Ziel wurde er langsamer. Ein Relief nahm die gesamte Wand ein, ragte sogar in den Raum hinein, als wären die Figuren darauf einfach zu Stein geworden. Zehn Männer mit langen Umhängen umgaben ein riesiges und furchteinflößendes Wesen, dessen steinernes Abbild bereits für Gänsehaut sorgte.

Das muss der Ragnor sein! Mein Gott, vier Arme. Wofür ... für jedes der Elemente! Und dieses Ding will Nepomuk befreien? Finn konnte sich vom Anblick des Monsters nicht loseisen. Nichts daran ähnelte einem bestimmten Tier. Es besaß die stechenden Augen eines Adlers, die Zähne eines Krokodils, Schnauze und Schuppen einer Echse, die Statur eines Ringers und schien auf den Hufen des Teufels zu stehen.

Mit einem Mal kam er sich unbedeutend vor. Hilflos. Hoffentlich fand Arthur eine Lösung, bevor er sich aus seinem Versteck trauen musste. Plötzlich wollte er gar nicht mehr so genau wissen, welche Macht dieses Buch gefangen hielt.

Ohne die Schwerkraft hätte Arthur völlig die Orientierung verloren. Die Finsternis hielt ihn fest im Griff, spielte mit ihm Katz und Maus. Um nicht die Orientierung zu verlieren, glitt er mit einer Hand an der Tunnelwand entlang. Der Gang schien endlos, bis sich das ersehnte Licht zeigte wie ein Hoffnungsschimmer. Es zog ihn in die Halle, doch er mahnte sich zur Vorsicht.

Der Tunnel mündete in einen Vorraum, der ohne eine Tür direkt in die Halle überging. Nur zwei Kisten standen darin. Sie dienten Gillian als Stütze, um seine Waffe einsatzbereit zu machen. Arthur verfolgte sein Treiben im Schutz der Dunkelheit. Er musste verstehen, was der Tüftler plante. Gerade als er glaubte, Gillian hätte seine Vorbereitungen abgeschlossen, griff dieser in seine Jackentasche und brachte ein kleines Buch zum Vorschein. Es war winzig, nicht größer als ein Block für Quittungen. Doch es war alles andere als unscheinbar. Trotz des spärlichen Lichts war der aufwendige Einband gut zu sehen sowie die Eckbeschläge und der Titel: Ragnor.

Nie zuvor hatte Arthur etwas Ähnliches gesehen. *Was ist das für ein Buch? Wenn es keines von Nepomuks ist, was soll dann der Unsinn?*

Das Buch verschwand wieder in der Tasche. Gillian richtete sich auf, nahm die riesige Waffe in beide Hände und platzierte sich so, dass er in die Mitte der Halle zielte. Was sich dort befand, entzog sich Arthurs Blick, doch er ahnte es.

Gillian oder Nepomuk, wer zuerst? Ich muss mich für einen der beiden entscheiden!

Gillian legte einen Schalter an der Seite um. Es wurde Zeit für Arthur, die Maskerade fallen zu lassen.

36

Arthur trat hörbar in den kleinen Raum. Gillian riss die Augen auf.

»Arthur, bist du das? Was ist mit dir passiert?«

Statt der farbenfrohen Robe trug Arthur nun einen Anzug aus geprägtem Leder. Und wo sonst die üppige Leibesfülle hing, befand sich nun ein flacher Bauch.

Arthur wollte den Moment der Überraschung nutzen, um Gillian abzulenken. Doch der ließ sich nicht beeindrucken. Er drehte sich ruckartig um und richtete die unhandliche Waffe auf ihn. Arthur sprang aus der Bahn, drückte sich darunter hinweg und zerrte an dem riesigen Rohr. Die dicken Lederriemen erledigten ihre Arbeit gut und hielten die Apparatur an Ort und Stelle.

Eine Faust schoss auf ihn zu, zwang ihn dazu, auszuweichen. So viel Aggressivität hatte er seinem ehemaligen Freund nicht zugetraut. Arthur ging auf Abstand und streifte unabsichtlich die zahlreichen Schalter und Hebel. Ein sirrender Ton schob sich zwischen die beiden und Gillian grinste hämisch. Er drückte den Abzug.

Ein ohrenbetäubender Knall brachte die Wände der Halle zum Zittern. Pfeifend hallte der Ton in Nepomuks Ohren nach. Hektik brach aus. Sämtliche Blicke gingen zur anderen Seite des Rundgangs. Nepomuk gestikulierte wild, schickte zwei seiner Leute zu einer schmalen Treppe, die auf den oberen Rang führte.

Zusammen mit einer weiteren Wache hob Nepomuk rasch ein großes Buch auf eine Halterung. Lautes Krachen hallte aus allen Richtungen durch den Raum. Das sternförmige Muster des Bodens teilte sich. Sämtliche weiße Abschnitte sanken rasch in die Tiefe. Die Wache klammerte sich mit ängstlichem Gesichtsausdruck an die Halterung.

Auf der anderen Seite erreichte die zweite gerade noch die Stufen, die dritte stolperte und verschwand schreiend im Loch. Außer sich vor Wut wedelte er mit den Armen die Stufen hinauf. Er hob seinen Zylinder und schlug der ängstlichen Wache energisch auf den Kopf. Die Arme fest um den Buchständer geklammert, blinzelte der große Kerl ihn irritiert an.

»Hör auf, dir in die Hosen zu machen. Ich kann hier keine Weicheier gebrauchen. Los, assistiere mir mit den Seiten. Wir dürfen keine Zeit verlieren.«

Nur zögerlich setzte der stämmige Kerl sich in Bewegung. Er richtete sich auf, suchte an der Kopfseite des Buches nach festem Stand. Hektisch wanderte sein Blick über die offenen Löcher.

All das ließ Nepomuk kalt. Er verfluchte den alten Kauz und seine Sturheit. Ihm war bewusst, dass dieser ein schwer einzuschätzendes Risiko war. Allerdings gab es sonst niemanden, der mit so viel Talent und Erfahrung den Zugang zu den Büchern ermöglicht hätte. Frust war eine nicht zu unterschätzende Motivation und den hatte er sich zunutze gemacht. Allerdings hatte Gillian Cleverdon noch einen Vorteil: Er kannte jede einzelne Sicherungsform der magischen Bücher. Zum Glück hatte er den Folianten zum Ragnor vorab bereits geöffnet. So war es Nepomuk herzlich egal, mit wem der Tüftler da oben einen Tanz aufführte, solange er die Zeremonie abhalten konnte.

Nepomuk schlug die ersten Seiten des Folianten um. Er suchte die entsprechende Textstelle, tippte schließlich zufrieden auf die ersehnte Passage. Sie war nur vier Seiten lang. Sein Blick ging hoch zum Ragnor, dann sprach er die ersten Zeilen.

Die Wucht, mit der Arthur von den Beinen gerissen wurde, schleuderte ihn durch den gesamten Raum. Er hatte sich gerade noch von der Öffnung weggedreht. Selbst Gillian hatte die Kraft seiner Waffe anscheinend unterschätzt. Der Rückstoß schleuderte ihn nach hinten und ließ ihn gegen eine der Kisten prallen. Auf ihm lag nun das gesamte Gewicht des Ungetüms, drückte ihn zu Boden wie ein gestürztes Pferd. Sein Schädel pochte und dröhnte.

Nur mit Mühe kam Arthur auf die Knie. Das Klingeln in seinen Ohren nahm ihm immer wieder das Gleichgewicht. Aus dem Augenwinkel sah er einen Schatten auf sich zustürmen. Der erste Tritt traf die Rippen. Zwar absorbierte der lederne Harnisch weitestgehend die Energie, jedoch nicht den Schmerz. Mit Schwung landete er auf dem Rücken. Jetzt konnte er auch den Angreifer sehen. Ein grober Kerl mit Gesichtszügen wie ein alter Baumstumpf.

Arthur ließ die herabsausende Faust gegen seine Handfläche schlagen und drückte so fest zu, bis die Finger seines Gegners knackten. Eine zweite Faust schoss nieder. Sein Unterarm parierte den Schlag und brachte den Kerl aus dem Gleichgewicht.

Arthur schlug ihm gegen die Rippen, knapp unterhalb des Herzens. Japsend ging der Hüne zu Boden. Arthur winkelte die Beine an, fing ihn ab und stieß ihn mit Schwung von sich. Er flog durch die Luft, schlug mit Kopf und Rücken gegen die Felswand und blieb reglos liegen.

Gillian hatte die Zeit genutzt, sich aus seiner ledernen Umklammerung zu befreien und aufzurichten. Ächzend wuchtete er die Waffe wieder hoch, doch noch bevor der zweite Riemen wieder den Platz auf der Schulter eingenommen hatte, stand Arthur vor ihm.

Angst war über Finn hinweggeschwappt und hinterließ ein zusammengekauertes Bündel. Das Gesicht halb von den Knien verdeckt, sah er zu, wie Nepomuk eine Zeile nach der anderen sprach. Auch die kämpfenden Schatten auf der anderen Seite hatte er bemerkt. Genau wie bei Gordons Angriffen fühlte er sich wie gelähmt. Er wollte einfach alles über sich ergehen lassen, um anschließend fortzugehen. Doch hier würde das nicht möglich sein. Das hier war keine alberne Schulhofschlägerei. Die negative Energie zirkulierte in der Halle, brachte die Luft zum Knistern.

Reiß dich zusammen! Soll Arthur das allein für dich klären? Du hast es bis hierher geschafft, weit über jeden Angriff von Gordon hinaus. Benutze deinen Kopf und lass dir was einfallen! Sein Blick haftete noch immer auf dem kleinen Mann mit dem großen Buch.

Das ist es! Finn zögerte nicht länger und genoss die Stärke, die sich mit der milchigen Sicht und den Gedanken an die Phantasien einstellte.

Ein Tentakel tastete schmatzend über eine Kante des Sockels. Ein zweiter und dritter folgten gleich darauf. Zwei weitere Arme schossen in die Höhe und landeten klatschend zu beiden Seiten des Podestes.

Nun bemerkte auch Nepomuk den ungebetenen Gast und unterbrach sein Gemurmel. Die Wache war nichts weiter als eine wimmernde Gestalt, deren weiße Finger sich ans Holz klammerten. Wütend trat Nepomuk auf einen Tentakel, als dieser ihm zu nahe kam.

Ein Ruck ging durch die Halterung, als die wimmernde Wache plötzlich hochgerissen wurde und schreiend in der Luft baumelte. Ein orange schimmernder Tentakel hatte ihn am Knöchel gepackt, wirbelte ihn hin und her. Zappelnd fummelte der Kerl ein Messer aus seinem Gürtel und rammte es ins weiche Fleisch des Angreifers. Martialisches Brüllen donnerte aus dem schwarzen Loch. Der Griff lockerte sich und der Mann fiel hinunter. Ein weiterer Arm schoss heran, umschlang sein Opfer, als das Messer erneut aufblitzte. Der Kraken schlug ihm die Waffe aus der Hand.

Finn hatte alle Mühe, dem zappelnden Angsthasen keinen Schaden zuzufügen. Er wollte ihn lediglich unschädlich machen, damit er sich Nepomuk zuwenden konnte. Mit zwei menschlichen Armen acht andere zu steuern, war jedoch schwieriger als gedacht. Sie taten mehr oder weniger, was sie wollten. Die Wache geriet kopfüber, ihr eigenes Gewicht zog sie hinab. An ihrer Kleidung klebte Schleim, der es noch schwerer machte, sie zu halten. Dann glitt sie aus seinem Griff, zurück blieb nur eine einsame Hose.

Schreiend verschwand der Kerl im dunklen Schlund. Finn schlug die Hände vor dem Mund zusammen. *Was habe ich getan?*

In dem kleinen Raum verlor Arthur keine Zeit. Eine friedliche Lösung mit Gillian war aussichtslos. Es gab keine Freundschaft mehr, keinen Respekt, nur blanke Wut. Er trat gegen die Öffnung der Waffe und stieß sie ihm mit voller Wucht in den Bauch. Gillian japste und ließ sie aus den Händen gleiten. Arthur sprang vorbei, packte den linken Arm und riss den Lederriemen mit einer Drehung vom Körper des Tüftlers. Unter dem verbliebenen Gewicht knickte Gillian ein, der zweite Riemen rutschte von seiner Schulter. Arthur stieß ihn augenblicklich von der Waffe weg. Der Alte stürzte vornüber und rutschte über den Stein.

Die Waffe war tatsächlich so schwer, wie sie aussah. Arthur hievte sie zum Rundgang. Sie flog im weiten Bogen in die Tiefe.

»Nein!«, schrie Gillian am Boden liegend. Die rechte Hand zum Protest erhoben. »Du egoistischer Bastard. Du hast keine Ahnung, was du da gerade zerstört hast!«, presste er zwischen den Zähnen hervor.

Arthur schenkte ihm einen verächtlichen Blick. »Das Gleiche gilt für dich.« Er wandte sich ab, doch Gillian kroch auf ihn zu und packte ihn am Knöchel.

»Verdammt seien eure Bücher. Ohne mich seid ihr alle nicht mehr als einfache Händler.«

Arthur versuchte, ihn abzuschütteln, doch sein Griff war fest.

»Und damit bin ich noch immer mehr, als du jemals sein

wirst.« Dann schlug er zu. Mitten ins Gesicht. Nur der letzte Funken Ehre einem alten Freund gegenüber hielt ihn zurück, ein weiteres Mal zuzuschlagen.

Gillian sank zu Boden und gab seinen Knöchel frei. Arthur eilte zur Treppe. Gellend schnitt ein Schrei durch die Halle. Erst jetzt bemerkte er die riesige Kreatur, die dort vor dem Podest um sich griff. Finn kümmerte sich offenbar um Nepomuk.

Kräftige Arme schlangen sich um seine Brust und rissen ihn zur Treppe. Das Baumgesicht war wieder zu sich gekommen. Der Griff wanderte zu Arthurs Hals, drückte ihm die Luft ab. Im Taumeln rutschte Arthur über die Kante der Treppe und verlor das Gleichgewicht. Zusammen kippten sie nach vorn. Wie Geröll donnerten sie die Stufen hinab.

Die Wache drehte sich wild um die eigene Achse, hatte keine Möglichkeit, sich festzuhalten. Am Ende der Stufen trug der Schwung sie gegen eine Säule. Sie prallte ab, rutschte über die Kante des Loches. Die riesigen Hände suchten Halt, kratzten über Dreck hinweg wie über Seife, bis das eigene Gewicht nicht mehr zu halten war. Ein weiterer Schrei erfüllte die Halle.

Arthur lag zusammengekauert am Fuße der Stufen.

Klatschend schlugen die Tentakel nach dem kleinen Mann auf dem Podest. Doch der sprang wie ein Kind hin und her, ließ weiterhin nicht von den Zeilen ab. Finn zuckte beim Ertönen eines Schreis zusammen. Ein weiterer von Nepomuks Helfern verschwand in der Finsternis. An den Stufen sah er eine dunkel gekleidete Gestalt liegen, deren weißer Bart leuchtete wie ein

Glühwürmchen. Leblos lag sie da, den Kopf an die Wand gelehnt. *Arthur!*

Finn sprang auf, trat aus seiner Deckung und erkannte seinen Lehrer dort auf der anderen Seite. Allerdings sah er völlig verändert aus. Zweifel und Angst brachen aus ihm heraus, mischten sich mit Wut. Finn sah zu Nepomuk. Ihre Blicke trafen sich.

Nun war es kein Geheimnis mehr, wer Nepomuk so begierig dazwischenfunkte.

Etwas Großes und Kräftiges schlang sich um Nepomuks Brust und hob ihn spielerisch empor. Der Hut fiel herab, der Anzug flatterte im Wind. Doch Finns Widersacher zeigte keinerlei Angst. Ihn zierte nur ein siegessicheres Grinsen.

Wieso zeigt dieser Widerling keine Angst? Ich könnte ihn mühelos zerquetschen.

Splitternder Fels durchbrach die Stille. Finn schnellte zur Wand hinüber. Wie ein schwarzer Blitz zog sich ein Riss um die monströse Gestalt.

Nepomuk hatte die letzten Worte noch sprechen können. Der Ragnor war erwacht.

37

Zeigen Sie, was Sie können, Mr. Ward. Wie wäre es mit einem Duell auf Augenhöhe?« Das Echo ließ Hohn und Spott von den Wänden widerhallen.

»Dann müsste ich ja auf Knien gegen Sie antreten, Mr. Burke. Das wäre keine faire Begegnung, meinen Sie nicht?«, schrie er.

Nepomuks Gesicht färbte sich rot vor Zorn. »Sie glauben, meine Größe wäre hinderlich? Weshalb lassen Sie sich dann davon so einschüchtern?«

»Sie verwechseln Größe mit Körperlänge, Mr. Burke. Das ist ein kleiner, aber feiner Unterschied.«

Brechender Fels unterbrach den Dialog. Am Arm des Ragnor begannen Steine herabzuregnen. Die Hand befreite sich. Sie formte eine Faust, um die Muskeln anzuspannen und das steinerne Gefängnis zu sprengen.

Was soll ich jetzt nur machen? Verdammt, ich brauche Arthur jetzt mehr denn je. Seine Gedanken rasten, doch er bekam keinen so recht zu fassen. *Arthur sagte, dass der Ragnor aus den vier Elementen und den sechs Sinnen gespeist werde und Nepomuk ihn über die Phantasien steuern wolle. Nehme ich ihm aber die Marionette, kann Nepomuk nichts mehr anrichten. Also muss ich gegen den Ragnor antreten. Oh Mann, da würde ich mich lieber Gordon stellen.*

Vielleicht konnte er ihn mit den eigenen Waffen schlagen. Es musste Phantasien geben, die die Elemente mindestens genauso gut beherrschten.

Mittlerweile hatte sich der ganze Arm befreit und schlug gegen die massive Felswand. Jeder Hieb brachte die Halle zum Zittern.

Wenn dieses Ding sich befreite, war eine Flucht zwecklos. Er musste jetzt handeln!

Ein milchiger Schimmer versteckte das Dunkel der Halle. Er dachte an das erste Wesen, das ihm zu Wind einfiel. Neben ihm erschien ein Wolf. Er stand auf den Hinterpfoten, trug eine gelbe Weste und blickte ihn irritiert an.

»Bist du noch ganz bei Trost?«, beschwerte er sich. »Jaja, ich hab schon verstanden, dass du Hilfe brauchst. Aber doch nicht gegen das Ding da!« Er verschränkte die Arme und trat einen Schritt zurück. Drei kleine Schweine hielten ihn auf.

»Aha, dafür ist er sich also zu fein, chrrr. Wohl doch nicht der große Held, was? Chrrr.« Unter anderen Umständen wäre Finn in schallendes Gelächter ausge-brochen. Seine erste Wahl war keine große Hilfe.

»Entschuldigt, aber da bin ich raus.« Und dann war der Wolf verschwunden, gleich gefolgt von den Schweinchen.

Finn erhaschte einen Blick auf Nepomuk, der hastig im Buch blätterte und ebenfalls nach Möglichkeiten suchte, die Phantasien zu nutzen. *Ich darf mich nicht von ihm ablenken lassen. Ich brauche eine Idee. Das ist es!* Dumpfes Gurgeln drang aus der Tiefe. Wasser drückte sich nach oben, flutete die Halle. Aus dem Podest wurde eine Insel ohne Fluchtweg.

Respektvoll wich Nepomuk zurück. Aus dem flimmernden Spiegel erhob sich eine riesige Gestalt, riss das Wasser in Massen mit sich. In Bächen floss es an ihr wieder hinunter. Langes weißes Haar klebte an kantigen Gesichtszügen. Der muskulöse Oberkörper war nackt, in der Hand befand sich ein Dreizack. Selbst Finn war von Poseidons Erscheinung beeindruckt. Sie schenkten sich einen kurzen Blick und die Phantasie wusste, was zu tun war.

Große Felsen stürzten klatschend in die See, als der Kopf des Ragnor sich in die Freiheit drückte. Sein Schrei war markerschütternd. Schrill und schneidend vertrieb er die Stille und erfüllte die Halle mit Anspannung. Kaum hatte er Poseidon entdeckt, hob er die freie Hand und streckte die Handfläche in seine Richtung. Die See bäumte sich auf, drückte sich am Gott der Meere hinauf.

Finn holte Zeus hinzu, um See und Sturm miteinander zu vereinen. Ein Blitz schoss quer durch die Halle und traf den Fels oberhalb des Reliefs. Dicke schwarze Wolken formierten sich dort. Ein Gewitter wuchs heran, dessen Wassermassen und gelb zuckende Spitzen auf den Schädel des Ragnor niedergingen.

Auf der freien Hand des Monsters entstand ein Feuerball. Er wuchs so schnell, dass Poseidon die Zeit fehlte, sich auf den Aufprall vorzubereiten. Die glühende Kugel schoss durch die Halle und traf ihn am Oberkörper. Trotz des schützenden Dreizacks vor der Brust ging die Wirkung nicht verloren. Der Feuerball ließ die Haut seines Oberkörpers binnen Bruchteilen von Sekunden vollständig austrocknen. Finn sog scharf die Luft ein. Ohne Wasser schwand seine Energie. Poseidon geriet ins Straucheln, fing sich ab, hob die Hände und sammelte das Wasser um sich wie einen Reifen. Dann stürmte er auf die Bestie zu. Der Dreizack bohrte sich knirschend in den Fels, den Hals des Ragnor fest umschlossen. Wütend schnappte das Wesen mit dem Maul nach dem Speer, eine Klaue versuchte, ihn zu ergreifen, doch der Stab war zu lang. So packte er stattdessen einen der Zacken und zog daran. Das Metall ächzte unter der enormen Kraft. Sirrend brach die Spitze.

Finn und der Meeresgott sahen einander an. Neptuns Augen verrieten, dass er diesem Wesen allein nichts entgegenzusetzen hatte. Auch Zeus blickte ratlos aus den Wolken herab. Er brauchte weitere Unterstützung. Das Feuer hatte Finn auf eine Idee gebracht. Er erinnerte sich an ein Buch, auf dem Karl der Bücherwurm gesessen hatte. Die Geschichte über drei Drachen kam ihm in den Sinn und er entschied sich für den violetten von ihnen. Nerol war sein Name. Ohne zu zögern, holte er ihn in diese Welt.

Zunächst erschien ein runder Bauch, der wie ein Ballon über Neptuns Kopf schwebte. Gleich darauf folgten der lange Hals, ein runder Kopf sowie Schwanz und Flügel. Nerol sah sich in der neuen Umgebung um. Beim Anblick von Ragnor, der Götter, des Wassers und einem kleinen Mann mit großem Buch war er irritiert.

»Heiligs Ärschle, wos isch denn hia los? Machd ihr a Poolparty? Hät i des gwusst, hät i kloine Schirmche fr dia Drinks mitbracht.«

Der Ragnor begrüßte den Drachen mit martialischem Gebrüll. Gleichzeitig brach der zweite Arm aus dem Fels. Dem violetten Riesen verschlug es die Sprache. Dies war alles andere als ein lustiges Beisammensein.

Finn machte sich über seine Gedanken bemerkbar und sendete die ersten Instruktionen. Vielleicht konnten sie den Ragnor mit Feuer in Schach halten. Sie brauchten einen Vorteil. Der riesige Drache stieß mit den Flügeln permanent gegen die Höhlenwände, ihm fehlte Bewegungsspielraum. Nerol betrachtete seinen Gegner. Nebst einer hässlichen Hülle war dessen einziger Antrieb Aggression. Unablässig drosch das Wesen auf sein Gefängnis ein, während der Oberkörper wild hin und her zuckte. Ein schauriger Anblick.

Überraschend schoss eine flammende Fontäne durch die Halle, traf den Ragnor direkt am Kopf. Der jedoch genoss die Hitze der Flammen. Seine Augen glühten rot auf.

Finn ließ die Schultern hängen. Wie sollte er diesem Etwas bloß entgegentreten? Sein Blick wanderte zu Nepomuk, der in der Zwischenzeit nicht untätig gewesen war. Er schien gefunden zu haben, wonach er suchte. Seine Arme waren drohend nach oben gereckt und er sprach laut vor sich hin, ohne das Gebrüll des Ragnor zu übertönen.

Nein, nicht noch eine Beschwörung!

Doch es war zu spät. Die Arme sanken nieder und das überhebliche Grinsen zeigte sich wieder auf seinem Gesicht. Gleich darauf drangen aus dem düsteren Gang hinter Finn merkwürdige Laute wie das Klimpern eines Windspiels. Finn starrte in die Dunkelheit. Helle Flecken kamen näher, schaukelten sachte wie Laternen im Wind. Als Finn erkannte, was dort auf ihn zukam, wich ihm das Blut aus dem Gesicht.

Der weiße Schädel grinste ihn an, als wäre es Nepomuks totes Ebenbild. Einen knochigen Fuß vor den anderen setzend, trat das Skelett aus dem Gang heraus. Es war nicht allein, immer mehr dieser fürchterlichen Gestalten, die Körper bloß leere Hüllen, an denen Kleidung als letzte Fetzen des Lebens hing.

Panisch schob Finn sich von der Säule weg und eilte weiter auf den Rundgang. Was sollte er tun? Wie konnte er sie aufhalten? Er schrie nach dem Drachen, in der Hoffnung, sein Feuer würde sie zu Asche verbrennen. Doch Nerol war zu weit weg. Mit drei kräftigen Flügelschlägen drückte er sich an Poseidon und der Empore vorbei. Er landete im Wasser und sackte in eines der Löcher, tauchte jedoch schnell wieder auf. Seine Flamme war hell und heiß. Sie verbrannte jedoch nur die Kleidung. Mit dunkel verfärbten Knochen kamen die Skelette immer näher.

Der Weg, für den Finn sich entschieden hatte, endete in einer Sackgasse. Der Rundgang vor ihm war an der Stelle weggebrochen, wo eine Treppe hätte sein sollen. Der Schutt wurde vom Wasser weggespült. Über die Lücke zu springen, war nicht möglich, dafür war der Abstand zu groß.

Denk nach, denk nach, denk nach! Er wandte sich um.

»Poseidon, schnapp dir Mr. Burke. Er darf keine Gelegenheit haben, an diese Phantasien zu denken!« Die kräftige, nasse Hand umschloss die kleine Gestalt. Zum ersten Mal zeigte sich Angst in Nepomuks Zügen.

»Vorsicht, Nerol!«, schrie Finn in die Halle. Der Ragnor warf mit Felsen groß wie Heuwagen. Gerade noch rechtzeitig duckte sich der Drache darunter hinweg. Unmittelbar vor Finn zerbarst der Stein am Rundgang und riss ein großes Stück heraus. Eines der Skelette verschwand klappernd in der Tiefe. Der Boden erzitterte, Finn wurde gegen eine der Säulen geschleudert.

Nerol verschluckte sich an der Welle des Gerölls. Statt einer Feuerfontäne donnerte ein Rülpser seinem Angreifer entgegen. Nebst einer akustischen Überraschung sorgte er für eine unerwartete Reaktion. Der Ragnor schwankte für einen Augenblick und wurde still.

Jetzt dämmerte es Finn, wie er dieses Ding angreifen konnte. Nicht mit einer Salve fehlgeleiteter Magenwinde, sondern mit etwas Unerwartetem. *Mit den Elementen komme ich nicht gegen ihn an. Es muss etwas sein, das dieses Ding nicht beherrscht.* Er sah sich noch einmal um und bemerkte, dass die Skelette nur noch wankend dastanden. *Beschwörungen, Phantasien ... das Buch!* Die

Erkenntnis strahlte so hell wie ein Leuchtfeuer. Er schlug sich gegen die Stirn. *Darauf hätte ich gleich kommen können.*

»Nerol, vernichte das Buch! Es ist die Verbindung zu all dem Spuk. Nepomuk ist darüber sowohl an den Ragnor als auch die Skelette gebunden. Ohne den Weg über die Phantasien kann keines dieser Wesen gelenkt werden.« Zwar verstand der Drache, doch auch Nepomuk kannte nun seinen Plan.

Ich Dummkopf! In seinem Eifer hatte er ganz vergessen, seine Gedanken zu benutzen.

Nerol packte das Buch und wollte es in den Fluten versenken.

Nein, nicht! Es muss brennen, es darf nichts davon übrig bleiben, schrie Finn über die Verbindung hinüber.

Der Drache erschrak bei der Lautstärke in seinem Kopf. Das Buch rutschte ihm aus den Klauen. Hastig versuchte er, es wieder einzufangen. Es sprang ein paar Mal von den Krallen, bis es sicher in der rechten Pfote landete. Mit der Faust klopfte er sich gegen die Brust, um eine Flamme und kein weiteres Bäuerchen freizusetzen. Noch bevor die erste Flamme zündeln konnte, schwoll das Gewitter über dem Ragnor an. Donner und Regen krochen als schwarze Schlange zu Nerol hinüber. Zeus verlor die Kontrolle über das Gewitter.

Wassersäulen peitschten über den Drachen hinweg, durchweichten ihn und das Buch. Nerol japste ins Nass, hielt die zweite Pfote schützend über den Gegenstand. Die erste Feuersalve. Der Foliant verschwand zischend im Wasserdampf. Regen prasselte mit solcher Kraft auf den Einband herab, dass selbst Drachenflammen nichts ausrichten konnten.

Was Finn fehlte, war ein Schild. Mit einem Mal verschwand Poseidon und Nepomuk fiel aus einiger Höhe in die Fluten. Er rettete sich zur Empore und zog sich am Buchständer aus dem Wasser.

Eine neue, deutlich kleinere Gestalt mit langem Bart erschien. Sie trug einen robusten, verzierten Lederharnisch vor der Brust, die Füße waren in dicke Felle gewickelt und die Hände in Handschuhen versteckt. Die muskulöse Gestalt stützte sich auf einen edlen Stab.

Finn schickte ihm seine Anweisungen. Väterchen Frost erklomm den Drachen mit flinken Sprüngen, hob seinen Stab und ließ den Regen vor und über ihnen zu Eis erstarren. Mit jedem Tropfen schwoll die Schicht an, formte sich zu einem schützenden Schirm. Nerol startete einen neuen Versuch.

Ein Blitz durchzuckte die Halle. Sein grelles Licht ließ alles weiß aufleuchten. Der Schild barst, doch die Tropfen verbanden sich bereits zu einer neuen Schicht. Nerols Flamme hüllte das Buch in einen Feuerball. Unter dem Knistern sich auflösender Seiten zerstoben die Skelette zu Staub. Nepomuk und der Ragnor schrien, als seien sie ein einziges Wesen.

Neben Finn erschien der Wolf ein weiteres Mal und erschreckte ihn zu Tode.

»Hab's mir anders überlegt. Braucht ihr noch meine Hilfe?«, fragte er vom schlechten Gewissen geplagt.

»Ganz schlechter Zeitpunkt«, rief Finn durch das Getöse der Wassermassen.

Der Wolf verstand, nickte und verschwand wieder.

Gerade als der Ragnor den Fuß aus seinem Gefängnis zog und sich zu voller Größe aufrichtete, entschwand dem Buch der Zauber. Die dicken Seiten zerbröselten zu funkelndem Staub. Ihnen folgte der steinerne Riese. Gierig verschluckte die nasse

Dunkelheit sein kehliges Brüllen. Zurück blieb ein fluchender, hin und her springender kleiner Mann. Väterchen Frost drehte sich herum und richtete seinen Stab auf die wütende Gestalt. Im Eisstrahl verebbten die Flüche. Nepomuk war erstarrt.

Der Sturm verflüchtigte sich, gab die steinerne Decke frei. Scheppernd zerbarst der Eisschild auf der Empore und Nerol pustete die kläglichen Reste des Buches in die dahinschwindende See. Das Wasser gluckerte in die Tiefe zurück und kurz darauf schlossen sich die Löcher im Boden wieder zu einer einzigen Fläche. Der Spuk hatte ein Ende.

Nerols Blick haftete auf Nepomuks Figur. Er grinste. Vorsichtig hob er sie zwischen den Krallen hoch, polierte ihr den Kopf. Dann ging er gemächlich zum Relief hinüber und platzierte sie im Spalt des Ragnor.

»I find hier machd'r sich guat. Vo dr Figur her isch no Platz, aba des Ego füllt definitiv allesch aus.« Er lachte über seinen eigenen Scherz.

Finn schmunzelte, doch es erstarb beim Blick ans andere Ende der Halle. In der ganzen Aufregung hatte er Arthur völlig vergessen! Er wollte losrennen, doch es gab keinen Weg vom Rundgang hinunter. Väterchen Frost bemerkte seine Hilflosigkeit und zauberte ihm eine Eisrutsche in die Mitte der Halle. Ohne zu zögern, sprang Finn darauf und sauste hinab. Schlitternd rutschte er über den kalten Boden, bis er quietschend abbremste und sich überschlug. Auf allen vieren kroch er die letzten Meter. Vorsichtig berührte er den leblosen Körper seines Mentors.

Arthurs Haut war kalt, seine Kleidung durchnässt. *Hoffentlich ist er nicht ertrunken.* Doch seine Brust hob und senkte sich mühsam, tanzte schwach den Rhythmus des Lebens. Finn drückte sich zwischen Oberkörper und Wand und legte Arthurs Kopf in seinen Schoß. Er starrte auf den Brustkorb, bis alles um ihn herum verschwamm. Die Erschöpfung stahl ihm die letzten Reserven und er sackte entkräftet in sich zusammen. Und mit der Auflösung seiner Gedanken verschwanden die Gestalten, die ihm zur Hilfe eilen wollten.

Unweit der Empore tanzte feiner Nebel durch die leere Halle. Er suchte sich ein ruhiges Fleckchen und wuchs dort zu einer Wolke heran. Als sie dicht genug war, öffnete sich ein Paar Augen. Die erste Phantasie blickte in die düstere Umgebung. Nie hätte sie sich träumen lassen, diesen Ort mit den eigenen Augen zu sehen. Natürlich war sie anwesend gewesen, hatte den Kampf verfolgt. Wahrhaftig hier zu sein, sorgte auch bei ihr für Unbehagen.

Finn und Arthur lagen zusammengekauert am Fuße der Treppe. Sie konnte und wollte die beiden nach ihrem Einsatz für die Phantasien nicht zurücklassen. Was sie geleistet hatten, war herausragend. Dass Arthur sich sogar zu erkennen geben musste, unterstrich die Bedrohung, der sie alle ausgesetzt gewesen waren.

Aus dem Schatten der Wolke traten sieben kleine Gestalten. Mit kurzen Schritten hasteten sie zu den leblosen Körpern und überprüften sie auf äußere Verletzungen. Bis auf die kühle und feuchte Kleidung schienen sie unversehrt.

Eine Gruppe Ritter in voller Rüstung gesellte sich klappernd dazu und legte zwei Bahren nieder. Mit geschickten Griffen platzierten die Zwerge die kostbare Fracht und hoben die Tragen über ihre Köpfe. Die Ritter gingen voraus. Niemand konnte sagen, ob es noch mehr Gefahren gab. Die Gruppe verschwand über den Rundgang im angrenzenden Tunnel.

Am Absatz der Treppe hielt die Wolke ein letztes Mal inne. Sie bemerkte das schmelzende Eis um Nepomuks Körper. Auch wenn sie sich kein Urteil über die Menschen und ihre Eigenarten erlaubte, empfand sie doch eine gewisse Genugtuung, ihn so zu sehen. Sie musste das Buch für die Welt des Ragnor unschädlich machen und den Zugang zu diesem Ort ein für alle Mal versiegeln. Es sollte niemandem gelingen, die hier gebündelte negative Energie je wieder zu entfesseln. Und für Nepomuk würde es ein Gefängnis für die Ewigkeit werden.

38

Die Stille schlich zwischen den Regalen umher wie ein unentschlossener Kunde. In den Lichtsäulen, die die Fenster in den Raum warfen, tanzte der Staub, segelte an den einsamen Buchrücken vorbei hinab auf die Dielen. Rings Halterung war verwaist, Ka-Tschings Platz auf dem Tresen ebenso. Im angrenzenden Arbeitszimmer jedoch war es voll. Arthur saß zurückgelehnt im großen Sessel, tat es Finn gleich, der im zweiten weilte. Die beiden magischen Wesen lehnten in ihrer menschlichen Gestalt an einer Kommode und lauschten dem unglaublichen Abenteuer, von dem Arthur und Finn berichteten.

Zwei Tage hatte es gedauert, bis ihre Unsicherheit endlich ein Ende hatte und Arthur den Laden wie gewohnt aufschloss. Der Verband um seinen Kopf war unübersehbar. Noch bevor sie ihn mit Fragen bombardieren konnten, hatte er die Hand gehoben und sie auf später vertröstet. Was zählte, war seine Anwesenheit sowie das unerschütterliche Lächeln, das alles in bester Ordnung sei.

Finn erschien nur Augenblicke später. Er drückte Ring und Ka-Tsching, als wäre er jahrelang fort gewesen.

»Jetzt spannt uns nicht länger auf die Folter. Was ist passiert?« Vor Aufregung wackelte Ka-Tschings Körper wie Pudding.

Arthur und Finn gaben die Details in Fetzen wieder, so wie die Erinnerungen daran zurückkamen. »Danach gibt es irgendwie ein schwarzes Loch.« Finn erntete fragende Blicke. »Der ersten Phantasie nach …«

»Oh, ihr habt se wieda jesehn!«, unterbrach Ring juchzend und klatschte freudig in die Hände.

»... haben sie uns zurückgebracht. Meine Eltern erzählten, dass ich gestern Morgen einfach neben ihnen im Bett aufgetaucht war und bis heute früh durchgeschlafen habe. Es war nicht ganz leicht, ihnen glaubhaft zu erklären, dass wir die Nacht wegen eines besonderen Projekts durchgearbeitet haben und ich deshalb so erschöpft bin.«

Arthurs Bart zuckte. Der Versuch eines Lächelns.

»Wie geht es deinem Kopf?«, wandte Finn sich an ihn.

»Ich bin ganz froh, dass er nicht abfallen wird. Allerdings scheint jede Türe zu klein für ihn.«

Ka-Tsching rutschte ungeduldig hin und her. »Was ist mit Nepomuk? Wird er uns in Ruhe lassen, nachdem ihr ihn bezwungen habt?«

Arthur schob sich im Sessel zurecht. »Ich bin davon überzeugt, dass wir ihn nicht wiedersehen werden. Die Welt, vielmehr das Buch, wurde versiegelt und Nepomuk mit ihm.«

»Die Nulpe is jefagn is seena eijenen Welt? Dit is hart.« Dann hob er fragend die Augenbrauen. »Wadde ma. Ihr wart doch weggetreten. Wer hatn dit Buch vasiejelt?«, schob er gleich nach.

»Lass mich so viel sagen: Das Wissen darüber ist so undurchsichtig wie eine Wolke.« Wissendes Zwinkern.

»Was geschieht nun mit Nepomuks Vermögen? Ob es so etwas wie einen Nachlass gibt?«, fragte Finn.

Ka-Tsching gluckste: »Es wird sicherlich genug Interessenten geben, die nun wie die Geier um das Anwesen kreisen. Sobald es etwas zu holen gibt, sind sie zur Stelle. Das ist so sicher wie das Amen in der Kirche.«

Das Bild gut situierter Herren in ihren feinen Anzügen ging Finn durch den Kopf, die sich wie einfache Ganoven bekriegten, nur um einen kostbaren Kerzenleuchter zu ergattern.

»Aba wird da keena nachbohrn?« Ring verschränkte die Arme.

Arthur hatte die Frage erwartet. »Sicher. Es wird jedoch niemand eine Antwort haben und so werden Gerüchte in Umlauf gelangen. Vielleicht sogar eines, das besagt, er sei zu einer Expedition aufgebrochen, die so geheim ist, dass nur wenige Kenntnis davon haben.«

Arthur war ein Fuchs. Bevor die Mühlen zu mahlen begannen, hatte er die Maschinerie bereits geölt. Und auf das Geschwätz der Oberschicht war Verlass.

»Ihr habt jesacht, dat Gillian der eijentliche Auslöser fürdn janzen Schlamassel wa. Wo issa jetze? Habta ihn och dort jelassen?«

»Ich denke, ich muss euch etwas erklären«, sagte Arthur und Finn setzte sich aufrecht, um den Worten seines Lehrers zu lauschen. »Um magische Bücher zu schützen, sind euch bisher drei Gruppen bekannt: Da wäre der Rat, der uns lenkt und ein waches Auge auf alles Üble hat. Dann gibt es euch, die Buchwächter. Ihr dient mit euren magischen Fähigkeiten dem Schutz der Phantasien. Zu guter Letzt wären da noch die Buchhändler, die als Augen, Ohren und Vermittler zum Leser fungieren. Es gibt jedoch noch eine vierte Gruppe, deren Existenz nur dem Rat bekannt ist: die Agenten.«

Stille.

Ungläubige Blicke.

»Literaturajenten?«, fragte Ring skeptisch. »Wat solln die fürne Uffjabe ham und wat hat dit mit Gillian zu tun?«

Arthur wiegte den Kopf hin und her. »Nicht immer lassen sich Situationen mit planerischem Geschick oder Hinterlist lösen. Manchmal muss man Konflikte mit Muskelkraft angehen.« Er umschiffte damit das Wort *Gewalt*.

Die beiden Buchwächter wechselten irritierte Blicke. Dann blieben sie an Arthurs runder Leibesfülle hängen. Sie fingen schallend an zu lachen. Ihre Rückmeldung schien Arthur zu irritieren. Langsam dämmerte es Finn. Finn und Ka-Tsching kannten ihn nur in seiner Maskerade.

»Du willst uns weismachen, dass man ihn verprügelt hat? Von einer Gruppe buchtreuer Eigenbrötler?« Ka-Tschings Körper wollte gar nicht mehr aufhören zu vibrieren, so sehr erheiterte ihn die Vorstellung. Mit dem Ärmel wischte er sich die Tränen weg. »Jetzt mal im Ernst. Habt ihr ihn dagelassen?«

Arthurs Zügen fehlte die Heiterkeit.

»Du meenst dit ernst?« Ring starrte nun auch Finn an, der zustimmend nickte.

Arthur hob seine lange Robe an und schob den dicken Bauch beiseite.

Rings Staunen wehrte nur kurz. Er stippte Ka-Tsching mit dem Ellenbogen an. »Dit würdste wohl och jern können, wa?« Sein Freund bedankte sich mit einer Kopfnuss.

»Ich werde euch bei Gelegenheit mehr zeigen«, lenkte Arthur ab. »Er wurde gestern dem Rat übergeben. Sein Wissen ist zu kostbar, als dass man es einfach wegsperren könnte. Was mit ihm geschieht, wird man noch entscheiden.«

Aus dem Verkaufsraum drangen Geräusche. Es folgte lautstarkes Klopfen gegen die Eingangstür. Ring saß bei ihnen, so konnte sein beherztes Läuten den Fremden nicht ankündigen.

»Mr. Robinson, Mr. Ward, sind Sie zugegen?« Die Stimme klang jung.

Arthur erhob sich stöhnend und schlurfte nach vorn. *Er spielt seine Rolle nach wie vor perfekt*, fand Finn. Kaum war der Alte aus dem Zimmer, hörte man den Fremden wieder.

»Ich habe hier eine Zustellung für Mr. Finnley Oliver Ward.«

Finn stand augenblicklich auf und eilte in den Verkaufsraum. Ein junger Bursche stand dort, nicht viel älter als er selbst, mit der dunklen Uniform jedoch um einiges schicker gekleidet. Sie saß so perfekt wie der Schokoladenüberzug auf einer Torte. Goldene Knöpfe, feine Handschuhe, eine Mütze mit ledernem Schirm und goldenem Emblem. Für wen auch immer er arbeitete, sie sparten nicht an teurem Zwirn.

»Gehe ich recht in der Annahme, dass Sie Mr. Ward sind?«, riss ihn der Bote aus dem Staunen. Er nickte. Sein Gegenüber hielt ihm eine kleine Schatulle entgegen. Finn brauchte erst Arthurs auffordernden Blick, um sie entgegenzunehmen.

»Ich bräuchte noch Ihr Zeichen«, schob der junge Mann nach, reichte ihm Papier und Feder sowie ein Tintenfässchen. Finn nahm auch dies, legte alles auf die Ladentheke und tauchte die Feder ein. Sobald der Kiel das Papier berührte, folgte ihm eine funkelnde Spur. Sein Name erstrahlte wie ein Kunstwerk.

Genau wie bei meinem Vertrag. Ist das vom Rat der Buchwächter?

Ring und Ka-Tsching traten heraus und bestätigten damit Finns Annahme.

»Hi Fred«, grüßte Ring den Boten strahlend. »Wenn de uns beehrst, jibbet wohl jute Kunde?« Der Junge blieb dem Wächter eine Antwort schuldig, erwiderte aber die freundliche Begrüßung.

Finn machte sich daran, die Schatulle zu öffnen. Sie war fein gearbeitet, aus dunklem Holz, ansonsten aber unauffällig. Auf der Vorderseite prangte ein Knopf, den er unvermittelt drückte. Mit leisem Klacken sprang der Deckel einen Spalt breit auf. Finn lugte hinein. Eine Münze lag auf dunklem Samt. Sie trug keinen Wert, wie es bei Geld üblich war, sondern geschwungene Linien, die ein geöffnetes Buch darstellten.

Ring und Ka-Tsching hatten sich so weit vorgebeugt, dass sie den Gegenstand ebenfalls sahen. Sie jubelten und legten ein spontanes Tänzchen hin. Finn starrte sie verständnislos an.

»Was ist das für eine Münze? Warum freut ihr euch so?«

Die beiden Spaßvögel hielten inne. Ring erklärte es ihm: »Dit, du Glückspilz, is een Seitentaler. Eene Ehrenauszeichnung für besondre Leistungn. Sie is selten und bisher nur Buchwächtern vorbehaltn.«

»Aber ich bin doch gar kein Buchwächter. Ich stehe noch ganz am Anfang meiner Ausbildung.« Die Feststellung ließ die Euphorie nicht abebben. Im Gegenteil.

»Na, dann bedeutet es wohl, dass man dich bereits jetzt als einen von uns betrachtet.« Ka-Tsching zwinkerte ihm zu. Arthurs große Hände landeten auf Finns Schultern.

»Herzlichen Glückwunsch. Ich bin sehr stolz auf dich. Diese Auszeichnung ist in der Tat verdient.«

Es waren zu viele Eindrücke für den Augenblick und Finn schloss den Deckel wieder. Er hatte doch nur getan, wozu seine Gabe ihn verpflichtete. Aber vielleicht war es eben genau das, womit er aus der Masse herausstach.

Fred räusperte sich.

»Mr. Robinson, für Sie gibt es ebenfalls noch eine Zustellung.« Der Bote reichte ihm einen Umschlag. Arthurs freudiger Ausdruck verlor an Intensität. Finn konnte das gleiche Symbol wie auf der Münze erkennen.

Je länger Arthur las, desto unruhiger wurden die Anwesenden. Zeile für Zeile wanderte sein Blick über das Papier, bis er endlich aufsah. Die neugierigen Blicke baten um Aufklärung.

»Wie es scheint, ist Rahns Liste verschwunden. Man bittet uns alle unverzüglich nach Esidor.« Was bei Ring und Ka-Tsching für ausdruckslose Gesichter sorgte, hinterließ bei Finn nur Fragezeichen. Zudem hatte er noch nie von einem Ort namens Esidor gehört.

»Macht es euch etwas aus, nicht in Rätseln zu sprechen?«, bat Finn.

Arthur drehte sich ihm zu.

»Rahns Liste ist das einzige Verzeichnis, in dem alle magischen Bücher dokumentiert sind, inklusive ihres Aufenthaltsortes. In Esidor befindet sich zudem der Rat der Buchwächter. Ich gehe davon aus, dass man unsere Hilfe einfordert. Wie und in welchem Maße steht hier allerdings nicht.«

»Wann hat man das Verschwinden festgestellt?«, wollte Ring wissen.

»Vor zwei Tagen.«

Ka-Tsching trat nach vorn. »Es kann kein Zufall sein, dass genau dann Nepomuk Zugang zum Ragnor erhalten hat. Meint ihr, er konnte sich aus seinem Gefängnis befreien? Oder hatte noch ganz andere Hilfe?«

Arthur seufzte und zog die Schultern hoch. »Das werden wir wohl erst erfahren, wenn wir mit dem Rat gesprochen haben.« Er wandte sich Fred zu. »Mir fehlt ein passendes Gefährt, um zeitnah aufzubrechen.«

»Dafür wurde bereits gesorgt.« Der Bote deutete hinaus auf eine weinrote Kutsche, vor die vier prächtige Pferde gespannt waren.

»Ich muss meinen Eltern Bescheid geben. Und Kleidung benötige ich ebenfalls«, warf Finn ein, dem dies alles zu schnell ging.

Fred schenkte ihm ein wissendes Lächeln. »Auch das ist bereits erledigt. Eurem Aufbruch steht nichts mehr im Wege.«

»Wie ... macht ihr das? Freier Wille und Selbstbestimmung sind den Buchwächtern aber keine fremden Begriffe, oder? Was habt ihr ihnen erzählt?«, wollte Finn wissen.

»Sie gehen auf einen Lehrgang. Man hat Ihr besonderes Talent bemerkt und möchte es fördern.«

Fred schmunzelte. Stumm öffnete er den Anwesenden die Ladentür. Arthur ging voraus, doch Finn folgte ihm nicht.

»Keine Sorge, der Laden wird ein paar Tage ohne uns auskommen«, sagte Arthur.

»Das ist es nicht. Ich bin noch nie von zu Hause fort gewesen«, erklärte Finn. »Und was ist mit den anderen beiden? So können doch unmöglich so ...«

»Keene Sorje. Dit is ne magische Kutsche. In ihrer Nähe sehn wa nur aus wie Kinda.« Ring tänzelte an ihnen vorbei. Ein Kutscher half ihm beim Einsteigen.

»Wie passend«, säuselte Finn. Er löste sich aus der Starre und trat zögerlich hinaus. Es fühlte sich unwirklich an. Er hatte zwar vor Kurzem erst an einer Kutsche gehangen, aber noch nie war er im Inneren gereist, schon gar nicht in solch einem prächtigen Gefährt. Er klopfte sich die Hose ab, um ja nichts schmutzig zu machen. Der Kutscher half auch ihm und er nahm auf der gepolsterten Bank Platz.

Gegenüber prangte ein weiteres Mal dieses Symbol. Bevor ihn die Gedanken wieder einholten, wackelte der Wagen unter Arthurs Gewicht.

»Dann wollen wir mal. Sei gespannt, das wird eine aufregende Reise.«

Nachwort

Die Welt der Phantasien ist groß und jeder Einzelne von uns besitzt solch einen kleinen Kosmos in seinem Kopf. So ist es nicht verwunderlich, dass es Geschichten in verschiedenen Varianten und Interpretationen gibt. Die Phantasien für den Buchwächter sind unter anderem an die von Disney adaptierten Versionen angelehnt. Allein schon, weil sie mich persönlich geprägt haben sowie wohl den Großteil der Leser. Ihre Eigenschaften, ihr Äußeres und ihre Charakterzüge entspringen meinen eigenen Vorstellungen und müssen daher nicht an die Originalgeschichten angelehnt sein.

Die Geschichte ist an ein Setting in England, des 19. Jahrhunderts angelehnt. Ich erhebe aber keinen Anspruch, dass ich die Zeit entsprechend korrekt wiedergebe. Viel wichtiger war mir die Atmosphäre dieser Zeit und welchen Einfluss sie auf den Umgang der Menschen miteinander hatte.

Danksagung

Man mag es kaum für möglich halten, aber die Idee zum Buchwächter ist mir beim Ausräumen der Geschirrspülmaschine gekommen. Zum Glück ist es für die Fortsetzung des Buchwächters nicht nötig, sich erneut solch einer waghalsigen Tätigkeit auszusetzen.

Mein Dank gilt in erster Linie Michaela Stadelmann, mit der ich die solide Basis für den Buchwächter gelegt habe. Ebenso für ihre konsequente, wie effiziente Art, an meinem Sprachstil zu schleifen.

Nina Hasse hat aus diesem Text ein passendes Ganzes gezaubert. Die richtigen Fragen zu stellen, um mich auf Schwachstellen hinzuweisen, ist für mich nach wie vor eine Kunst.

Natürlich muss ich Alexander Kopainski erwähnen, der es geschafft hat, meine Vision vom Buch der Phantasien in ein Cover zu gießen. Genauer kann man keinen Blick in meinen Kopf werfen.

Ein besonderer Dank gilt Claudia Heinen. Sie bringt meine Texte nicht nur grammatikalisch in eine einwandfreie Form, sondern leistet insbesondere für die Selfpublisher einen außergewöhnlichen Dienst.

Meine Frau Iris hat mit viel Geduld meine permanente Abwesenheit toleriert, damit ich etwas Großes schaffen kann. Sie wird froh sein, wenn ich sie mit meinen Ideen und Zeichnungen erst einmal in Ruhe lasse.

Zu guter Letzt gilt mein Dank aber vor allem meinen Lesern und Fans, die mir auf Twitter und Facebook so zahlreich geholfen haben, bestimmte Entscheidungen für den Buchwächter zu treffen. Ihr motiviert mich, so etwas Außergewöhnliches zu schaffen.

Der Autor

Andreas Hagemann wurde 1982 in Berlin geboren. Ausbildung und Studium verschlugen ihn 2002 nach Düsseldorf, wo er noch heute mit seiner Frau lebt. Während dieser Zeit hatte er kaum Möglichkeiten zu schreiben. Erst mit Beendigung seiner Ausbildung gab es mehr Raum zur Entfaltung. Kurzgeschichten und Gedichte folgten, bis die Ausschreibung eines Wettbewerbs den nötigen Impuls gab, seinen Debütroman *Xerubian – Aath Lan'Tis* zu beenden.

Schon sehr früh von den Büchern Douglas Adams' fasziniert, zieht sich auch durch Andreas Hagemanns Schaffen das Skurrile und Humorvolle, wodurch stets ein amüsanter, aber hintergründiger Blick auf fantastische Welten erfolgt.

Xerubian: Aath Lan'Tis

Andreas Hagemann

Wie soll man ordentlich ermitteln, wenn der faule Dienstdrache dauernd schläft, die Bürokratie einen erschlägt und die Zeugen zickende Minidrachen sind?

Vor diesem Problem steht Inspektor Dalon, der herausfinden soll, was es mit dem Diebstahl eines uralten Artefakts auf sich hat. Und was haben Gott und Billiard mit der Sache zu tun? Sein einziger Hinweis, eine schwarze Feder, führt ihn direkt auf die Spur einer antiken Zivilisation; doch diese dürfte längst nicht mehr existieren.

Jetzt heißt es einen kühlen Kopf bewahren, denn die Ermittlungen rund um den Mythos des verlorenen Kontinents Aath Lan'Tis sind nichts für schwache Nerven.